맛있는 동거

맛있는
동거

1

여름날 장편소설

고즈넉이엔티 GOZKNOCK ENT

맛있는 동거 1

초판 1쇄 발행 2018년 4월 15일

지은이 여름날
펴낸이 배선아
펴낸곳 (주)고즈넉이엔티

출판등록 2017년 3월 13일 제2017-000022호
주소 서울시 강서구 공항대로 649 제성빌딩 303호
대표전화 02-6269-8166 **팩스** 02-6166-9199
이메일 gozknock@naver.com

ⓒ 여름날, 2018
ISBN 979-11-88504-78-7 04810
     979-11-88504-77-0 (세트)

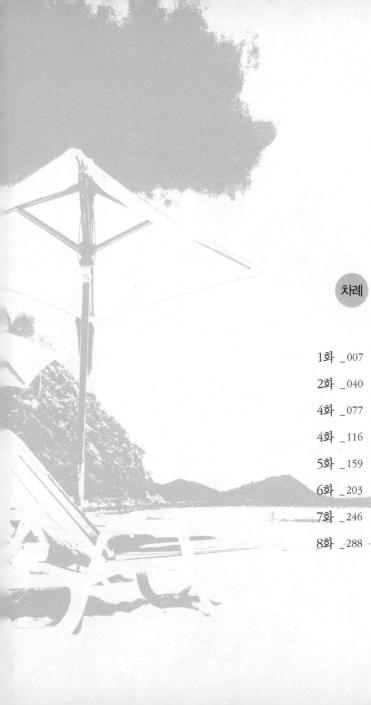

차례

1화

"우와! 첫눈이다!"

가게 문을 닫고 돌아서는데 코끝에 하얀 눈이 내려앉았다. 올해 들어 처음 내린 눈이었다.

현아는 어린아이처럼 상기된 얼굴로 하늘을 올려다보았다. 솜털 마냥 부드럽게 눈이 날리는 허공으로 손을 뻗었다.

"어머, 빵집 사장. 이제 퇴근해?"

어, 이 목소리는? 현아는 불길한 예감이 들었다. 천천히 고개를 돌려보니 역시나 건물주였다.

"아, 네."

"크리스마스이브인데 데이트도 하고 그래야지. 저번에 봤던 그 남자친구 안 만나?"

"아, 그 친구랑은 헤어졌어요."

"그래? 아휴, 잘됐어. 저번에 보니까 얼굴이 딱 건달 상인 게, 여자 등쳐먹고 살게 생겼더라고. 잘 헤어졌어."

할 말, 안 할 말 가리지 않고 다하는 저 뻔뻔함. 조물주보다 높은 건물주니 내가 참아야지.

현아는 당장이라도 자리를 뜨고 싶었지만 미소를 날리며 건물주를 상대했다.

"어휴, 오늘도 빵이 한 가득이네. 그러게, 왜 식빵만 팔아? 이런 날은 케이크도 만들어 팔고 그래야지."

"네, 그러게요. 하하. 아, 식빵 좀 드실래요?"

"그래, 그럴까? 난 별론데 우리 딸이 여기 식빵이 맛있다더라고. 많이는 필요 없고 두 봉지만 주면 되겠다."

현아가 손에 있던 세 봉지 중에서 두 봉지를 건물주에게 건넸다.

별로면 먹지 마! 이 말이 목구멍까지 차올랐지만 현아는 꾹꾹 잘 참아냈다.

"고마워, 잘 먹을게."

"네, 안녕히 가세요."

"아참, 다음 달 월세는 늦지 마. 늦으면 가게 뺄 거야."

"아, 네."

건물주의 월세 협박에 현아의 심장이 덜컹했다. 이번 달은 간신히 월세를 냈다지만 다음 달에는 어떻게 될지, 한 달 한 달 버티는 게 큰일이다.

식빵만 파는 건 무모한 욕심이었나?

현아는 마음이 뒤숭숭해졌다.

"에휴, 첫눈이 나랑 뭔 상관이야. 가게 문이나 닫을 판에…. 춥구나, 추워."

이런 날에 약속도 없이 아무도 없는 집에 간다는 생각에 현아는 조금 쓸쓸해졌다. 그래도 이렇게 추운 날 따뜻하게 지낼 수 있는 집이라도 있으니 다행이다 싶었다.

얼른 집에 가서 남은 식빵에 소주나 한 잔 해야겠다는 생각을 하며 현아는 힘을 냈다.

태민은 벌써 30분 째 눈이 오는 밤길을 걷고 있었다.

눈 오는 밤은 추웠고, 길은 미끄러웠다. 제 몸만 한 캐리어는 끌면 끌수록 점점 무거워졌다. 게다가 이때껏 모르고 살아왔던 허기를 처음으로 느끼고 있었다.

마침내 기다리던 갈림길이 나타났다. 태민은 가로등 아래서 잠시 걸음을 멈추고 숨을 골랐다.

드르르, 진동벨 소리에 태민이 휴대폰을 꺼내들었다. 발신자는 황집사였다.

"황집사, 당신 이럴 거야? 역에서 15분 거리라고 했잖아. 내가 지금 30분째 걷고 있는데 아직 길 위라고!"

-진정하세요, 도련님. 흥분은 몸에 좋지 않습니다. 그리고 한국에서 15분 거리라고 하는 것은, 컨디션이 아주 최고조에 이른 성인 남자가, 방해물이 없는 새벽에 뛰어서, 15분 거리라는 표현입니다.

"그래, 그렇다 치자. 그런데 황집사. 나, 원이어 이거 꼭 해야 해?"

-도련님, 원이어는 우리 룩 그룹의 전통 있는 후계자 검증 절차

로 지금껏 후계자라면 반드시 거쳐야 하는 관문입니다.

"아니, 예전이야 후계자들이 많아서 검증할 필요가 있었다지만, 나는 유일한 후계잔데! 굳이 할 필요가 없지 않아?

-도련님, 회장님께서는 도련님께서 원이어를 제대로 수행 못하실 경우 외부 CEO에게 회사를 맡길 생각도 하고 계십니다.

"우리 할아버지, 손자한테 너무 하시네."

-도련님, 사자는 새끼를 강하게 키우기 위해 절벽에서 민다고 합니다.

"난 사자 새끼가 아니라 사람 새끼거든."

-도련님. 너무 걱정 마십시오. 도련님은 충분히 하실 수 있는 분이십니다. 어린 시절부터 총명함이 남달라 세계 명문교를 우수한 성적으로 조기 졸업하셨고, 얼마 전에는 MBA 과정까지 훌륭하게 마친 분이십니다.

"그러면 뭐해? 그런 거 하나도 못 쓰고 내 이름만으로 살아야 하잖아."

-원이어는 철저한 블라인드 시스템이고, 블라인드 테스트는 원래 그런 거니까요.

"그러지 말고 황집사가 할아버지 몰래 한 달에 천만 원씩만 주면 안 될까? 원이어 끝나면 내가 열 배로 갚을게."

-도련님, 회장님 도착하셨습니다. 제가 도련님과 연락하는 걸 알면 불호령을 내리실 테니 이만 끊겠습니다.

"이봐, 황집사!"

태민이 다급하게 황집사를 불러보지만 이미 전화는 끊긴 후였다.

앞으로 일 년 동안 이런 구질구질한 동네에서 살아야 한단 말이지?

태민은 절로 한숨이 나왔다. 하늘을 보니 눈은 도무지 그칠 것 같지 않았다. 태민은 마음이 눈처럼 자꾸만 아래로 가라앉는 느낌이었다.

큰 길에서 갈림길이 나오는 길로 들어서자 분위기가 한산했다. 주택가 인근이라 다들 일찍들 집에 들어간 모양이었다. 오가는 사람 없는 적막한 길에 뽀드득 뽀드득, 현아가 눈길을 걷는 소리가 울려 퍼졌다.

순간 발걸음이 멈췄다.

현아의 시선이 머문 곳은 가로등 아래였다. 은은한 할로겐 불빛 아래 카멜색의 롱코트를 입은 태민이 눈을 맞고 서 있었다. 뭔가 힘든 일이라도 있는지 한숨을 연신 내쉬었다. 그렇게 내쉰 한숨이 하얗게 안개처럼 퍼져나갔다.

하얀 눈이 눈을 감은 채 고개를 쳐든 태민의 얼굴에 살포시 내려앉았다.

"와!"

영화 속 한 장면 같은 모습에 현아는 저도 모르게 감탄을 내뱉었다.

탄성을 들었는지 태민이 고개를 돌려 현아를 보았다. 헐, 어떡해? 들었나봐. 와씨, 완전 쪽팔려. 빨리 걷자. 빨리 사라지자.

현아는 고개를 푹 숙이고 왼쪽 작은 갈림길로 걸어갔다.

최대한 빨리 멀어지자. 현아가 성큼성큼 태민을 지나쳐 골목길로 들어섰다.

골목에 들어서자마자, 살짝 언 길에 순간 발이 미끄러졌다.

현아의 몸이 부웅하고 떠올랐다. 이대로 엉덩방아인가? 현아가 눈을 질끈 감았다.

푹.

응?

차고 딱딱한 아스팔트 바닥이 아니다. 따뜻하고 부드러운데? 현아는 번쩍 눈을 떴다. 태민이 현아를 내려다보고 있었다.

눈처럼 하얀 피부에 별처럼 빛나는 눈, 미끄럼이라도 탈 수 있을 듯 잘 빠진 콧날, 이슬 머금은 장미처럼 탐스러운 입술. 눈을 깜빡일 때마다 긴 속눈썹이 나비 날개처럼 팔랑거렸다. 현아는 넋을 잃고 한참 태민을 바라보았다.

"대체 언제까지 안겨 있을 작정이지?"

짜증이 묻어나는 태민의 말투에 현아가 퍼뜩 정신을 차리고 몸을 일으켰다.

"고, 고맙습니다."

"다치지 않아 다행이네."

태민이 현아의 손에 든 빵을 보며 말했다.

평범한 사람들에게 빵은 소중할 거라는 생각이 어디서 나왔는지 모르겠지만, 태민은 현아가 아닌 현아의 빵을 걱정해주었다. 하지만 현아는 자신을 걱정해주었다며 태민을 다정한 사람이라 착각했다.

짧은 순간이었지만 눈 오는 날 크리스마스이브에 멋진 남자 품에 안기다니, 현아는 크리스마스 선물이라도 받은 듯 마음이 따뜻해졌다. 집으로 향하는 발걸음이 훨씬 더 가벼워졌다.

오르막길을 걸어 집으로 향하는 길, 문득 뒤에서 누군가가 따라오는 느낌이 들었다.

걸음을 멈추고 조심스레 뒤를 돌아보았다. 태민이었다. 태민이 현아의 뒤를 따라오고 있었다. 현아는 조금 놀랐지만 태연하게 다시 걸음을 놓았다.

설마 저 남자 나한테 마음 있는 건가? 아까 안았을 때 나한테서 뭐 느낀 거 아냐? 하긴, 내가 나름 마니아적인 매력이 있긴 하지. 아니지, 냉정하게 볼 때, 내가 첫눈에 반할 만한 타입은 아니잖아. 설마 연쇄살인범? 저 큰 트렁크가 이상해.

현아가 잡다한 상상을 펼치는 사이 어느새 집 앞에 도착했다.

걸음을 멈추자 뒤에 따라오는 남자도 우뚝 멈춰 섰다. 현아는 곧장 집에 들어가지 않고 돌아서 태민에게 다가갔다.

"저기요, 제가 마음에 드셨어도 이렇게 집까지 따라오시는 건 아니라고 봅니다. 제게 먼저 번호를 알려주시면 생각해보고 연락드릴게요."

현아가 조금은 도도한 말투로 말하며 태민의 눈치를 살폈다.

어쩐지 태민의 눈빛은 매서웠다. 이건 썸의 눈빛이 아니라 쌈, 싸움의 눈빛이랄까? 현아는 자신이 헛다리 짚은 걸 바로 알아차렸다. 그럼 연쇄살인범? 현아는 순간 오싹해지면서 긴장되었다.

"음, 그런 건 아니신 거 같으니까 다시 말씀드릴게요. 참고로 이

앞에는 방범용 CCTV 저곳과 저곳, 두 개나 있습니다."

태민은 현아의 분주한 손가락을 따라 시선을 움직이며 CCTV를 확인했다. 현아는 나름 위협적인 눈빛을 쏘아대며 차분하게 말을 이어갔다.

"그러니 섣불리 행동하시지 않는 게 좋으실 겁니다. 게다가 제가 유도 유단자라 그쪽 정도의 덩치는 아주 쉽게 내던질 수 있어요. 좋은 말로 할 때 돌아가세요."

잠자코 듣던 태민은 현아의 말이 끝나자 천천히 입을 열었다.

"비켜. 남의 집 앞에서 엉뚱한 소리 말고."

태민이 현아를 옆으로 밀어내고는 유유히 문 앞으로 가 섰다.

"무슨 소리예요? 여기 우리 집이에요."

순간 황당해진 현아는 출입 비밀번호를 누르려는 태민의 팔을 잡아끌며 말했다.

"내 집이야."

"아니, 제 집이라니까요."

도저히 말로 해서는 안 되겠다는 생각이 들었는지 태민은 주머니에서 계약서를 꺼냈다.

계약서를 펼쳐 현아의 얼굴 앞에 들이밀었다.

"이게 뭐예요?"

"집 계약서. 거기 보면 임차인 이태민이라고, 보이지? 그 사람이 나야."

"아니, 제가 계약서를 쓴 적이 없는데 무슨 소리예요?"

현아는 별 헛소리를 다 듣겠단 생각이 들었지만, 계약서라고 들이미는데 한 번 봐주기나 하자 싶었다.

전전세 계약서. 주소가 도산동 123번지.

어, 우리집 주손데, 임차인 이태민, 임대인 조윤석? 뭐, 조윤석? 한 달 전 내게 문자로 이별을 통보한 그 개자식? 현아는 순간 머리가 띵해졌다.

부엌 식탁에 현아와 태민 두 사람이 마주 앉았다.

"계약한 그 사람은 이 집에 잠시 살았던 사람이지, 이 집 주인이 아니에요. 안타깝게도 님께서 사기를 당한 거예요."

"아니, 이 계약은 아주, 적법하게 이뤄졌어. 이미 우리 법률단의 검토도 끝났고, 그쪽한테는 안타까운 일이지만, 조윤석이라는 사람이 적법한 계약 당사자야."

"좋아요, 잠시만 기다려보세요."

법률단 어쩌구 하며 한 치도 물러서지 않는 태민을 안됐다는 듯 바라보더니 현아가 방으로 가서 계약서 봉투를 들고 나왔다. 계약서를 꺼내 식탁 위에 탁, 올려놓았다.

"자, 봐요. 이름이 김현아라고 되어 있죠?"

"내 눈에는 조윤석만 보이는데?"

"네?"

현아가 그럴 리 없다며 계약서를 들어 확인하는데, 정말 조윤석이라고 쓰여 있었다.

맞다! 계약할 때 가게 오픈 준비로 바빠서 윤석에게 대신 계약을 맡겼다. 그래도 그렇지, 자기 이름으로 계약을 할 줄이야. 또 그

걸로 전전세 계약을 해?

그동안 간신히 억눌러놓은 분노가 꿈틀거리기 시작했다.

"이 나쁜 놈!"

현아의 비명 같은 욕설이 울려 퍼졌다.

쩌렁쩌렁 울리는 소리에 태민은 순간 정신이 혼미해졌다. 현아는 한껏 소리를 내지르고서야 분노를 조금 가라앉힐 수 있었다. 심호흡으로 마음을 진정시키고 나서 태민을 보았다.

태민은 조금은 한심스럽다는 표정으로 현아를 지켜보는 중이었다.

"아, 나쁜 놈이라고 한 건 님 말고, 조윤석이라는 놈이요."

"물론 그렇겠지."

"돈은 제가 윤석이 그놈을 잡는 대로 바로 돌려드리겠습니다. 그러니 계약은 없던 걸로 해주세요."

"일단 난 이 계약 없던 걸로 할 생각이 전혀 없어. 그러니 조윤석 씨를 잡든 말든 그건 그쪽이 알아서 해."

"아니, 저기…."

"그럼 상황은 다 정리된 거 같으니, 이만 계약을 이행해주실까?"

"계약이행이요?"

현아는 태민이 말하는 계약이행이라는 게 뭔지 퍼뜩 이해가 되지 않았다. 하지만 곧 그 의미를 알아차렸고 하얗게 질린 얼굴이 되었다.

"설마, 지금 이 밤에 저더러 나가라는 건가요? 눈도 오고 바람도 부는데?"

현아가 제발 아니라고 말해달라는 듯, 애절한 눈빛을 보내보지만 태민은 아주 시크하게 고개를 끄덕였다.

"저기요, 제가 정말 갈 곳도 없고, 당장 방 구할 돈도 없어 그러는데 윤석이 놈 잡을 때까지만이라도 여기서 좀 살게 해주시면 안 될까요?"

"이 좁은 공간에 두 사람이 사는 건 무리지 않나?"

"아니, 이 집이 뭐가 좁아요? 방도 두 개에 부엌도 있고 거실도 있는데? 다른 사람들은 이런 집에 네다섯은 충분히 살아요."

"아니, 좁아."

현아가 구구절절 말해보지만 태민의 대답은 아주 단호했다.

"그럼 그쪽 눈에 제가 안 보이도록 할게요. 혼자 있는 걸로 착각할 만큼 죽어지낼게요. 그리고 공짜로 살게 해달라는 거 아니에요. 월세도 낼게요. 요새 같은 세상에, 월세 받는 게 얼마나 좋은지 아시죠?"

"월세 따위 필요 없어. 그리고 그쪽이 눈에 안 띌 그런 몸은 아니지 않나?"

태민의 무례한 말에 현아는 순간 열이 확 뻗쳐올랐다.

하지만 당장 갈 곳이 없는 처지라 속으로 참을 인 자 수십 개를 새겨가며 화를 삼켰다.

"딱 보니 자취 처음이시죠? 이 집이 작아보여도 청소하려면 은근 커요. 제가 할게요, 청소."

"딱히 어지를 일 없어."

"혼자 살면 밥 해먹기가 정말 귀찮아요. 다행히도 제가 요리를 좋아합니다, 게다가 잘하기까지 하네. 제가 할게요, 요리."

"아니, 요리는 나도 좀 해."

이 남자 왜 이렇게 빡빡해? 비집고 들어갈 틈이 없네. 자꾸만 튕겨져 돌아오는 태민의 대답에 현아는 슬슬 지치기 시작했다.

"이봐요! 왜 이렇게 야박해요? 오늘은 크리스마스이브잖아요. 크리스마스이브. 사랑과 용서의 크리스마스이브! All you need is love! 제발, 이 불쌍한 이웃에게 사랑이라는 걸 좀 베풀어주시면 안 될까요?"

현아는 마치 최후변론을 마치고 판결을 기다리는 사람처럼 간절한 눈으로 태민을 바라보았다.

"좋아."

"고, 고맙습니다. 고맙습니다."

됐다, 그리 야박한 사람은 아니었어. 현아는 제가 지낼 곳을 지켜냈다는 생각에 가슴이 벅찼다. 하지만 그것도 잠시.

"오늘 밤은 늦었으니, 내일 아침에 여기서 나가."

"네?"

"딱 오늘만이야. 피곤하니 그만 얘기하지."

태민은 현아가 말 붙일 틈도 주지 않고 바로 자리에서 일어났다.

너무나 피곤해 한시라도 빨리 쉬고 싶었다. 태민이 캐리어를 끌고 큰 방으로 가자 현아가 놀라며 퍼뜩 문 앞을 막아섰다.

"여긴 제 방이에요!"

현아가 결사적인 얼굴로 태민을 보았다.

태민은 더는 언쟁할 힘도 없는지 아무 말 없이 큰 방 바로 옆에 붙은 작은 방 문을 열었다.

순간 휭, 하고 찬바람이 불어 나왔다. 방 안은 행거 하나만 덩그러니 놓여 있을 뿐 아주 휑했다. 한 명이 누우면 끝일, 아주 작은 방을 보니 태민은 절로 한숨이 나왔다. 하지만 모든 걸 체념한 듯 방으로 한 걸음 내딛자, 얼음 같은 냉기가 발끝을 타고 올라와 머리털을 곤두서게 했다.

　"이 방은 왜 이렇게 춥지?"

　"아, 그게 그 방 보일러가 며칠 전에 고장 나서요."

　"보일러가 고장이 나다니?"

　"워낙 오래된 집이라 그렇죠, 뭐. 일단 주인아저씨한테 말해놓기는 했는데 바쁘신지 영 말이 없으시네요."

　태민과 현아가 말을 할 때마다 하얗게 입김이 서렸다. 서늘한 공기에 몸이 떨려오자 태민은 서둘러 작은방 문을 닫았다. 그리고 큰방 문을 열려고 문고리를 잡는데 현아의 손이 덥석 태민의 손을 붙잡았다. 태민이 또 뭐냐는 듯 현아를 쳐다보았다.

　"제 방에는 왜?"

　"저런 방에서 잘 수 없잖아."

　"부엌 있잖아요."

　"내가… 왜 방도 아닌 곳에서 자야 하는 거지? 내 집에서?"

　몇 시간 전만 해도 내 집이었다고! 라고 말하고 싶은 걸 현아는 꾹꾹 참았다. 그랬다간 아마도 내쫓겨서 이 밤중에 잘 곳을 찾아 헤매야 할 테니까. 대신 조심스레 물었다.

　"그럼, 저는 어디서 자요?"

　"부엌. 이제 그만 그 손은 치우지."

현아가 화들짝 놀라며 태민에게서 손을 떼어냈다. 하지만 태민이 큰 방 문을 열려고 하자 또다시 그의 손을 세차게 붙들었다.

"이번에는 또 뭐야?"

"제, 제가 먼저 들어가서 정리 좀 할게요."

태민에게서 별다른 말이 없자 현아가 큰 방 문을 살짝 열고는 그 틈 사이로 쏙 들어가서는 문을 닫았다. 현아는 바닥에 널브러진 옷가지들을 주워 옷장 안에 밀어 넣었다. 그리고 돌돌 말린 이불 두 개를 탈탈 털어 재빨리 갰다.

마지막으로 한 번 더 살펴보고 이만하면 됐다 싶어서야 문을 열었다.

"들어오세요."

"이 방은 따뜻하네."

웃풍이 약간 있긴 했어도 꽤 훈기가 돌았다. 태민은 방 한쪽에다 캐리어를 내려놓고 안 나가냐는 눈빛으로 현아를 쳐다보았다.

"이불 가지고 나가려구요. 부엌에서 자더라도 이불은 덮어야 하잖아요? 하하하."

현아가 어색하게 웃으며 아까 개어놓은 이불 중 하나를 안아 들었다. 하지만 나갈 생각은 않고 옷장 앞에서 미적거리자 태민이 재촉했다.

"안 나가?"

"아, 나가야죠. 근데, 여기 옷장이랑 책상은 손대지 말아주시면 하는 자그마한 소망이 있네요. 특히 옷장이요. 제가 아주 까다로운 사람이라 물건들이 제자리에 있지 않으면 되게 신경이 쓰이거든요. 여튼, 내일 이대로 가지고 가야 하니까 절대로 손대지 마세요."

현아는 자신이 생각해도 말이 안 되는 말을 늘어놓으며 어색하게 웃었다.

태민은 잠자코 듣고 있더니 안쓰럽다는 얼굴로 현아를 보았다.

"너무 모르고 있는 거 같아 알려주는 건데, 이 집에 있는 모든 물건들은 내가 쓰기로 했어. 그러니 내일 나갈 때는 가볍게 본인 짐만 챙겨 나가면 돼."

"네? 뭐라구요? 아니, 집만 가졌으면 됐지, 뭘 이런 거까지 가지려고 그래요?"

"집에 모든 것이 포함된, 한마디로 표현하자면 풀옵션이라고 하지. 조윤석 씨랑 그렇게 계약했어. 따라서 이 옷장도 내 거란 말이지."

태민이 억지로 입 꼬리를 당겨 웃으며 현아를 보았다.

그리고 한 손으로 옷장 문을 벌컥 열었다. 그러자 아까 현아가 밀어놓은 옷가지들이 우르르 쏟아졌다. 민망한 현아의 얼굴이 금세 붉어졌다. 현아는 바닥의 옷가지들을 주워 다시 옷장에 집어넣고 나서 태민을 매섭게 노려보았다.

"나갈 거예요, 나간다구요!"

현아가 문을 쾅 닫고 방을 나갔다.

태민은 너무 했나 싶었지만 피곤해서 더 이상은 아무것도 생각하고 싶지 않았다. 바닥에 깔린 매트 위에 풀썩 누웠다.

룩 그룹의 이태민이 아니라 평범한 이태민으로 살아가는 게 이다지도 힘든 건가! 황집사가 준비해준 평민의 삶에 대한 시청각 자료를 보며 철저히 준비했는데, 그들의 삶은 생각보다 만만하지가 않다. 겨우 하루 살았을 뿐인데도 이렇게 진이 빠지니, 앞으로 이렇게 일 년을 어떻게 살아야 하나! 태민은 너무 막막해졌다.

태민은 황집사에게 전화를 걸었다. 하지만 통화 연결음만 들릴 뿐 전화를 받지 않았다. 전화를 끊자마자 황집사에게서 메시지가 왔다.

-도련님, 지금 회장님과 함께입니다. 제가 곧 전화 드리겠습니다.

기분은 바닥까지 가라앉고, 몸은 천근만근 무거웠다.

태민은 따뜻한 물에 몸이라도 담가야 살 것 같은 기분이 들었다. 천천히 몸을 일으켰다.

"아니, 그걸 꼭 굳이 열어야 해? 착한 걸 죄다 얼굴에만 몰아줬나? 왜 심보가 그 모양이야? 내가 진짜 성질 많이 죽었지. 일 년 전만 됐어도 업어치기로 눈길 위에 확 메다꽂는 건데, 아휴."

현아가 구시렁거리며 부엌 바닥에 이불을 깔았다.

덜컥, 큰방 문이 열리고 태민이 밖으로 나와 현아를 보았다. 설마 내가 욕하는 게 안에까지 들렸나? 현아가 괜히 찔려 태민의 시선을 피했다.

"욕실이 어디지?"

"저, 저기요."

태민은 현아가 가리킨 화장실 문을 열었다. 그리고 잠시 후 의아한 얼굴로 현아를 돌아보았다. 현아가 왜 저러나 싶어 태민의 옆에 와 섰다.

"욕조가 안 보이는데?"

"딱 봐도 욕조가 들어갈 공간이 아니지 않아요?"

"그럼 대체 어디서 몸을 씻지?"

"저기 세면대 샤워기로 씻으면 되잖아요."

태민은 큰 충격에 휩싸였다. 그야말로 문화 충격이었다.

욕조가 없는 욕실이라니! 그것도 화장실과 같은 공간. 변기 바로 옆에 있는, 저 세면대의 샤워기로 몸을 씻는다고? 태민은 믿을 수가 없었다. 황집사가 보여준 평민들의 집에도 욕조는 있었다.

"그러면 관리인이 청소는 자주 해?"

"지금 농담하는 거죠?"

현아는 너무나 터무니없는 물음에 어이가 없었다. 하지만 너무 진지한 표정이라 답을 안 해줄 수도 없었다.

"청소는 사는 사람이 해야죠."

"그럼 저 변기도 다 직접 닦는다고?"

"당연한 거 아니에요?"

저걸 내가 닦아야 한다고? 황집사가 보여준 시청각 자료에 화장실 청소란 건 없었다고! 태민은 충격을 넘어 절망에 가까운 표정을 지으며 화장실 문을 닫았다.

그때 태민의 발 앞에 바퀴벌레 한 마리가 나타났다.

"저 검고 큰 물체는 뭐지?"

태민이 공포에 질린 목소리로 물었다.

현아가 뒤에서 성큼성큼 다가와 보더니 시큰둥하게 대꾸했다.

"바퀴벌레잖아요."

"내가, 벌레를 아주 싫어해."

"쟤 좋아하는 사람은 아마 없을 걸요."

"당장 좀 치워."

뭐야, 이 사람, 현아가 태민을 어이없이 보고는 화장실에서 휴지를 돌돌 말아 나와 바퀴벌레 쪽으로 조심조심 다가갔다. 그 순간 생명의 위협을 느낀 바퀴벌레가 푸드득 하고 높이 날아올랐다. 그리고는 태민의 발 위에 살포시 내려앉았다.

"아악!"

태민이 기겁하며 온몸을 흔들어댔다. 같이 놀란 바퀴벌레가 날개를 퍼덕이며 태민의 곁을 맴돌았다. 순간 바퀴벌레가 방향을 바꾸어 얼굴로 돌진했다. 태민은 바퀴벌레를 피하려 림보라도 하는 것처럼 몸을 뒤로 젖혔다. 그리고 현아는 돌진하는 바퀴벌레를 향해 손을 뻗어 공중에서 낚아챘다.

"잡았어요!"

안도하는 것도 순간, 뒤로 젖힌 태민의 몸이 중심을 잃고 바닥으로 넘어가려 했다. 현아가 재빨리 태민을 부둥켜 잡았다. 순간 태민이 현아의 품에 안겼다. 마치 빙판길에서 현아가 태민의 품에 안겼던 것처럼.

"이번에는 제가 구했네요."

태민이 현아에게 기댄 채 올려다보았다. 순간 그녀의 얼굴에서 빛이 났다.

끔찍한 벌레를 눈 한 번 깜짝 않고 잡을 수 있는 담대함, 세면대에 달린 샤워기로 샤워할 수 있는 대범함. 황집사의 시청각자료는 현실과는 너무 동떨어져 있다. 평범한 세상에 적응하려면 그에 맞는 롤모델이 필요하다. 평범, 그 자체인 사람. 태민은 현아를 뚫어지게 바라보았다.

"어이, 저기요? 제가 조금 힘든데 그만 일어나면 안 될까요?"

태민이 눈빛을 반짝이며 몸을 일으켰다. 평범한 세상에 적응하기 전까지는 이 여자와 함께 사는 게 내겐 유리하다. 태민이 결심한 듯 입을 열었다.

"이 집에서 살게 해주지."

"네?"

"기한은 조윤석이라는 사람을 잡을 때까지. 요리와 청소는 그쪽이 다 하는 거야. 본인이 잘하고, 좋아한다고 했으니까."

갑작스런 제안에 현아는 어안이 벙벙해 아무 말도 못했다.

"싫어?"

"아니요. 좋아요, 좋아. 절대 무르기 없기예요."

현아는 이불을 덮고 눕는데 웃음이 자꾸만 새어나왔다. 당장 내일 어디로 가야 하나 걱정이었는데 이제 그럴 필요 없어졌으니, 두 다리 쭉 뻗고 잘 수 있겠다 싶었다. 근데 왜 갑자기 마음을 바꿨대? 내가 구해준 게 고마웠나? 현아는 태민의 속마음이 궁금해졌다.

그러다 문득 왜 내가 내 집에서 쫓겨날까 전전긍긍하며 수모를 당하고 있나 하는 생각이 들었다. 이 모든 일의 원흉은 조윤석 그 개자식이다! 자기 이름으로 전세 계약을 하고 전전세 계약을 해서 돈을 챙긴,

"조윤석, 이 나쁜 놈!"

현아가 분노에 가득 차 벌떡 자리에서 일어났다. 그리고 휴대폰

을 꺼내들고 윤석의 전화번호를 눌렀다. 이별을 문자로 통보 받자마자 휴대폰에서 삭제한 번호지만 아직도 기억하고 있었다. 통화 연결음이 들렸다. 그런데 갑자기 중간에 끊기더니….

-고객님이 전화를 받지 않아 소리샘으로 연결합니다.

"조윤석, 이 개자식아! 너, 당장 내 앞에 계약서랑 돈 가지고 와라. 안 그럼, 내가 너 찾아내서 확! 알지? 나, 인내심이 그리 많지 않으니까 빨리 나타나는 게 좋을 거다."

현아가 악담을 퍼붓고 전화를 끊었다. 신경질적으로 자리에 누워 눈을 감았다.

피곤해서 금방이라도 잠들 것 같았는데 너무 추워 잠이 오지를 않았다. 아무리 이불로 몸을 감싸 봐도 한기가 파고들어 잠을 잘 수 없었다. 현아가 큰 방 쪽을 보았다.

좀 재워 달랠까? 아냐, 더 이상은 비굴하게 굴지 말자. 아니, 지금 얼어 죽게 생겼는데 그런 거 따지게 생겼어? 일단 살고 보자. 현아가 이불을 들고 일어섰다.

"황집사, 대체 어떻게 된 거야? 빈 집이라더니 왜 여기 사람이 살고 있어? 자기 집이라며 못 나가겠다고 버티는 바람에 내가 얼마나 정신적 육체적으로 힘들었는지 알아?"

-도련님, 인생에는 언제나 변수가 생기기 마련입니다. 그래서 그 사람은 어떻게 처리하셨습니까?

"뭐, 일단은 쓸모 있을 거 같아 그냥 뒀어."

-도련님, 설마 도련님처럼 까다로운 분께서 다른 사람과 한 집

에서 같이 사시겠단 겁니까?

"응, 여기서 나 혼자는 살 수가 없어. 황집사가 보여준 시청각 자료랑은 전혀 다르다고. 훨씬 나빠, 훨씬!"

-도련님, 제가 보여드린 자료들은 평균입니다. 도련님도 아시다 시피, 평균은 보통의 것들보다 위에 있지 않습니까? 그보다 훨씬 나쁜 게 당연한 겁니다.

"나도 아는 그런 변명 따위는 됐고. 하루라도 빨리 원이어를 그만둘 수 있게 할아버지를 잘 좀 설득해봐.

-도련님, 도련님의 할아버님이신 지금의 회장님께서는 원이어 당시 평범한 신분으로 일본에서 료칸 컨설팅으로 초기 자본의 10배를 불리신 분입니다. 그런 분이 도련님의 원이어를 중도에 그만두게 하실 일은 절대 없을 겁니다. 이제 그만 포기하고 받아들이시죠.

"받아들여? 황집사, 황집사가 와서 한 번 살아봐. 그렇게 쉽게 받아들이라는 말이 나오는지."

-도련님, 인간은 적응의 동물입니다. 도련님께서도 언젠가는 적응하실 겁니다.

"그래, 언젠가는. 그게 원이어가 끝날 때쯤일 수도 있겠지."

-도련님, 긍정적인 생각을 해보시는 건 어떨까요? 일단 도련님께서는 일 년 후 보증금 회수가 예정되어 있어 초기 자본의 원금은 이미 확보된 상황입니다. 그리고 도련님의 능력이라면 평범한 신분이라도 취업이든 창업이든 가능하실 테고요. 물론 회장님께는 못 미치겠지만 그리 나쁘지 않은 원이어를 수행하실 겁니다.

"황집사, 고마워. 기분이 완전 바닥이라 더는 못 내려 갈 것 같았는데, 황집사 덕분에 더 깊은 바닥도 있다는 걸 알겠어. 아주 고마워."

-별 말씀을요.

똑똑, 갑자기 문을 두드리는 소리가 들렸다.

다시 똑똑.

"황집사, 끊어."

태민은 서둘러 전화를 끊고 짜증스럽게 자리에서 일어나 문을 열었다.

"이번에는 뭐야?"

"부엌이 너무 춥네요."

"그래서?"

"여기서 좀 자면 안 될까요?"

"설마, 내가 그렇게 해줄 거라 생각해?"

"아마도요?"

"내가 그래야 할 이유는?"

"크리스마스 날 아침, 부엌에 얼어 죽어 있는 시체를 손수 치우고 싶지 않다면 그렇게 해주지 않을까요?"

제발, 제발, 현아는 태민을 향해 최대한 불쌍하게 표정을 지어보였다.

그 모습이 먹혔는지 태민은 잠시 고민하다 입을 열었다.

"내가 그 쪽을 어떻게 믿고 내 방에 들이지? 오늘 처음 본 사인데."

"오늘 처음 본 사이기는 하지만 앞으로 함께 살 사이이기도 하잖아요?"

현아가 천진한 눈빛으로 태민을 바라보았다.

저 여자는 머릿속에 의심이라는 게 없는 건가? 태민은 자신을 아무렇지 않게 믿는 현아가 그저 놀라웠다.

"난 남자고, 그쪽은 여잔데?"

"설마, 제가 덮칠까 봐 그래요? 걱정 마세요, 안 덮칠 테니."

현아가 너스레를 떨자, 태민은 어이없다는 듯 웃다 짐짓 정색을 해서는 현아에게 물었다.

"내가 덮치면 어떡하려고?"

"덮칠 건가요?"

"그럴 리가 없잖아!"

"그러면 아무 문제없는 거네요?"

현아는 말이 끝나자마자 아주 자연스럽게 태민을 지나쳐 방으로 들어갔다.

태민이 방문을 닫고 돌아보니, 현아는 이미 그의 이부자리 옆에 이불을 펴고 누웠다.

저 여자 정말 뻔뻔하기가 그지없네.

태민은 어이없었지만 별 도리가 없을 뿐더러 당장은 너무 피곤해서 불을 끄고 자리에 누웠다.

창문으로 가로등 불빛이 은은하게 들어왔다. 현아가 태민 쪽으로 돌아누우며 물었다.

"저기, 자요?"

"어."

"우리, 같이 살기로 했는데 아직도 이름을 모르네요. 전 김현아예요."

"난 이태민."

"근데 대체 몇 살이에요?"

"그게 왜 궁금하지?"

"아니, 나이도 저보다 어려 보이는데 아까부터 계속 반말이시길래."

"쭉 이렇게 살아와서 이게 편해."

"혹시, 외국 살다 왔어요?"

"이봐, 김현아 씨. 나에 대해서는 뭐든 궁금해 하지 마. 어차피 난 그쪽이랑 다른 세상 사람이라, 여기가 아니면 서로 마주칠 일은 절대 없어."

다른 세상? 헐. 지가 하늘나라 천사라도 되는 줄 아나?

저나 나나 이 작은 집 하나 가지고 싸운 마당에 무슨 다른 세상 사람이래? 내 살다 살다 별 놈을 다 보네. 현아는 태민의 대답에 어이가 없었다. 하지만 앞으로 같이 살 사람인데 싶어, 다시 한 번 용기를 내 물었다.

"그럼, 이태민 씨는 저한테 궁금한 거 없어요? 직업이라든가, 고향 같은 거?"

"하나 있긴 한데…."

"뭔데요? 친절하게 대답해드릴게요."

"대체 언제쯤이면 그 입을 다물고 잘 거지?"

"네?"

으휴, 까칠한 놈. 내가 얼마나 떠들었다고 저래? 같이 사는 사람끼리 좀 알고 지내자는데, 꼭 말을 저렇게 해야 해?

현아는 기분이 확 상해 뭐라도 대꾸해주고 싶었다.

"자꾸 그렇게 시끄럽게 굴 거면 이 방에서 나가줬으면 좋겠는데."

하지만 바로 뒤따라 나온 협박에 분한 마음을 달래며 이불을 목까지 끌어올려 덮고는 눈을 감았다.

"아, 추워."

새벽녘이 되자 방에 한기가 돌았다.

추위에 잠이 살짝 깬 현아가 눈도 안 뜬 채 바닥을 더듬거렸다. 손끝에 이불이 걸렸다.

힘껏 몸 쪽으로 당겨보지만 꿈쩍도 않자 몸을 굴려 이불 속으로 들어갔다. 따뜻한 난로가 마치 옆에 있는 듯 따스했다. 순간 현아는 왠지 불안한 느낌이 들어 살포시 눈을 떴다.

"헐!"

현아의 코앞에 잠든 태민의 얼굴이 있었다. 자신의 놀란 목소리에 깰 세라 현아는 서둘러 입을 다물었다. 김현아! 어쩌자고…!

현아는 태민이 깨지 않게 아주 조심스럽게 뒤로 물러났다. 하지만 그의 잠든 얼굴이 현아를 자꾸만 끌어당겼다. 현아는 영문 모를 힘에 이끌려 움직임을 멈추고 가만히 그 얼굴을 들여다보았다.

처음 봤을 때 느낀 거지만, 진짜 예술이다! 피부 봐라, 피부. 어쩜, 사람이 모공도 없어? 입술은 또 왜 이렇게 빨개? 깨물면 달콤한 맛이 나려나? 현아는 자기도 모르게 태민의 빨간 입술에 손가락을 살짝 갖다 대었다.

그 순간! 태민이 번쩍 눈을 떴다.

태민과 현아의 눈이 딱 마주쳤다.

현아가 퍼뜩 손가락을 내려 등 뒤로 숨겼다. 그리고 매섭게 노려보는 태민에게 어색하게 인사를 건넸다.

"아하하, 메리 크리스마스. 아하하하."

"뭐하는 짓이지?"

태민이 정색하고 물었다. 현아가 최대한 웃음으로 상황을 넘겨보려 하지만 태민에게는 먹히지 않았다. 오히려 그의 표정이 더 굳어졌다.

"왜 김현아 씨가 지금 내 이불 속에 들어와 있는 거냐고?"

"아니, 그게, 제가, 새벽에 너무 추워서 이불을 찾아서 덮었는데, 그 안에 이태민 씨가 떡하니 있더라구요."

"그 말을 지금 나더러 믿으라고?"

"믿기 어렵겠지만 정말이에요."

"그럼, 내 입술에 손을 갖다댄 건 어떻게 설명할 건데?"

"아니, 그건 입술이 너무 탐스러워서…,"

현아는 아차, 싶었다. 태민이 그러면 그렇지, 하는 눈빛으로 현아를 보았다.

"아, 아니에요! 절대! 덮치려는 생각은 없었어요."

"변태의 변명 따윈 듣고 싶지 않으니, 그만 내 이불에서 나가."

"아니, 말이 너무 지나친 거 아니에요? 변태라뇨?"

변태란 말에 현아가 발끈했다. 태민이 싸늘한 눈빛으로 현아를 보자 저도 모르게 마른 침을 꿀꺽 삼켰다.

"잘못을 인정하지 않겠다? 내 집에서 당장 나가야겠어."

태민이 아주 단호한 표정으로 말했다.

치사하게 집을 걸고 넘어져? 진짜, 일부러 그런 거 아닌데. 현아는 분하고 억울한 마음에 속이 터질 것만 같았다. 하지만 이 엄동설한에 집에서 쫓겨나지 않으려면 달리 방법이 없었다, 변태인 걸 인정하는 수밖에.

"변태 맞습니다. 하지만 덮치려 한 건 아니었어요."

현아가 기어들어가는 목소리로 말했다. 그리고 낙엽이 바람에 쓸리듯 힘없이 데구루루 옆으로 굴러 이불 밖으로 나왔다.

"변태가 해주는 밥은 먹고 싶나? 아침은 밥, 국, 반찬 서너 가지로 간단하게 준비해? 아니, 그게 어떻게 간단하게야? 밥은, 국은? 지가 알아서 되는 줄 알아? 어떻게 말만 하면 저렇게 밉상이야? 잘생기면 뭐 해, 인성이 완전 글러 먹었어."

현아는 태민의 요구사항에 맞춰 아침식사 준비를 하면서도 입은 쉴 새 없이 구시렁거렸다.

"내가 진짜, 치사하고 더러워서. 조윤석, 그 개자식 잡아봐. 전세금 돌려받자마자 이 집 나갈 거니까, 두고 봐."

현아가 비장한 얼굴로 미역국의 불을 껐다. 그리고 태민의 요구사항인 반찬 서너 가지를 맞추기 위해 다시 냉장고 문을 열었다. 달걀이 보였다. 근데 하나뿐이었다. 현아는 하나 남은 달걀을 태민에게 주고 싶지 않았다. 잠시 고민하더니 좋은 꿍꿍이가 떠올랐는지 씨익 미소를 지었다.

"식사하세요."

현아가 태민을 부르며 큰 방 문을 활짝 열었다.

"무슨 짓이야!"

옷을 갈아입고 있던 중이었는지 속옷만 걸친 태민이 깜짝 놀라 소리를 질렀다.

"아, 아무것도 못 봤어요!"

서둘러 문을 닫았지만 현아는 보았다, 태민의 넓고 단단한 어깨, 잔뜩 성을 내고 있던 우락부락한 등 근육 그리고 탱글탱글 한껏 올라간 엉덩이를.

현아는 순식간에 얼굴이 붉어졌다.

뭐야, 저 남자. 피지컬이 너무 완벽하잖아. 현아는 한껏 붉게 달아오른 얼굴을 식히려 손으로 얼굴을 감쌌다.

문이 열리며 잔뜩 미간에 주름을 잡은 채 태민이 나왔다.

"노크하는 거 몰라?"

"아니, 그게, 혼자 살다보니, 버릇이 안 돼서… 죄송합니다."

현아는 자신이 잘못한 게 맞으니 순순히 사과했다. 그래도 태민은 좀처럼 화가 풀리지 않는 모양이었다.

"혹시 제가 봤을까 봐 그러는 거면, 걱정 마세요. 저 아무것도 못 봤어요."

현아는 태연한 척 말했지만 태민과 눈이 마주치는 순간 조금 전 보았던 그의 완벽했던 뒤태가 떠올라 그만 얼굴이 붉어졌다.

"아무 것도 못 봤다면서 대체 왜 얼굴은 붉히는 거지?"

현아는 태민의 말에 찔려 저도 모르게 그의 시선을 피했다.

"이제 보니, 변태에 상습범이네."

"뭐라구요? 변태에 상습범? 이 사람이 진짜! 그쪽 입술에 손댄 건 변태짓 맞다 쳐요. 그런데 상습범이라뇨? 누가 이태민 씨 몸 보고 싶어 한대요? 본인이 좀 잘생겼다고 세상 모두가 자기만 볼 거라고 생각하는가 본데, 흥입니다요. 전 이태민 씨 같은 사람, 백 트럭 갖다 줘도 됐거든요."

상습범이라는 말에 현아는 꼭지가 돌아 막 내지르기는 했는데, 지르고 나니 후회가 밀려왔다.

이러다 쫓겨나는 거 아냐? 됐어, 쫓아내려면 쫓아내라 그래. 현아는 맘먹고 태민을 노려보았다.

"듣던 중 반가운 소리네. 앞으로도 꼭 그러길 바랄게."

태민이 가소롭다는 듯 현아를 보며 말했다.

헐, 대박 재수 없어. 역시나 겉만 멀쩡하지, 속은 영 아니야.

현아가 고개를 절레절레 내저었다. 태민이 식탁을 쓰윽 둘러보더니 자리에 앉았다. 그리고 조금 겉이 탄 달걀 프라이를 가리키며 현아에게 물었다.

"저건 뭐지?"

"약간 태웠네요. 제가 잠시 딴 생각하느라. 아, 걱정 마세요. 이태민 씨 생각은 안 했으니까."

현아가 빈정거리며 대답했다. 실은 현아가 까칠한 태민이라면 탄 음식은 먹지 않을 거란 생각에 일부러 달걀을 살짝 태웠다. 못 먹게 하고 싶었다.

태민은 탄 달걀 프라이를 보자 기분이 묘해졌다.

어머니가 메이드를 물리고 직접 해줬던 첫 요리가 달걀 프라이였다. 그게 처음이자 마지막이었다. 태민은 세 식구가 타버린 달걀 프라이를 먹었던 스위스 별장에서의 따뜻했던 아침이 떠올랐다. 그때와는 전혀 다른 좁디좁은 부엌에서, 그것도 저 뻔뻔한 여자와 함께 있는데, 그날을 떠올리다니. 자신이 생각해도 어이가 없어서 웃음이 났다.

"너무 많이 타서 아무래도 못 먹겠죠? 제가 먹을게요."

생각에 잠긴 태민을 보더니 현아가 회심의 미소를 지었다. 그리고 달걀 프라이를 향해 젓가락을 내미는데 태민의 젓가락이 가로막았다.

현아가 고개를 들어 태민을 보았다. 태민이 달걀 프라이를 보고 웃으며 말했다.

"잘 먹겠습니다."

전혀 예상하지 못했던 반응에 현아는 황당했다.

잘 먹겠습니다? 반말만 찍찍 해대던 놈이 갑자기 왜 저래? 달걀 프라이가 그렇게나 좋은 거야? 저 탄 걸 굳이 먹을 정도로? 혹시 저 밉상, 저거, 내가 먹는 게 싫어서 일부러 저러는 거 아냐? 현아는 태민의 입속으로 사라지는 달걀 프라이를 보면서 아까워했다.

현아가 화장대 앞에 앉아 빗질을 하더니 머리를 질끈 묶었다. 태민이 곁으로 다가와 화장대 바로 옆 책상에 앉았다.

책상 위에 놓인 현아의 노트북을 한쪽으로 밀더니 자신의 노트북을 펼쳤다. 현아는 화장을 하면서 슬쩍 그의 노트북을 훔쳐보았다. 모니터에 익숙한 사이트가 보였다.

오호라, 취업 준비생이셨구만. 현아는 이력서를 작성하는 걸 보며 드디어 때가 왔구나 싶어 미소를 지었다.

"어머! 고등학교 졸업하고 경력이 하나도 없네. 어쩜, 멀쩡하게 생긴 사람이 일도 안 하고 그동안 놀고먹었던 거예요?"

현아가 신이 나서 깐죽거렸다. 태민은 순간 평정심을 잃고 버럭 소리 질렀다.

"놀고먹다니! 날 대체 뭘로 보는 거야!"

"네, 네. 그럼 뭘 했는데요?"

하버드대에서 경영학을 전공하고 와튼스쿨에서 MBA 과정을 마쳤다는 사실을 말할 수는 없었다. 신분과 배경을 밝히지 않는 게 원이어의 규정이라 태민은 부글부글 속만 끓였다.

"어머! 대답도 못하는 걸 보니 놀고먹은 거 맞네, 맞아."

"이봐, 김현아 씨. 자세한 건 말할 수 없지만, 딱 한 가지만 분명하게 해두지. 난 당신이 생각하는 그런 평범한 사람이 아니야. 당신이 막 말 섞고 함부로 대할, 그런 사람이 아니라고. 중요한 일만 아니었으면 이런 곳에 있을 사람이 아니야, 난."

태민이 자리에서 벌떡 일어서더니 현아를 내려 보며 하찮다는 듯 말했다.

하지만 태민이 룩 그룹의 후계자란 걸 알 리 없는 현아는 그 말이 아주 우습게 들릴 뿐이었다.

"어머나! 그래요? 어쩜, 나랑 똑같네요. 나도 계약서만 그렇게 안됐어도 당신이 막 말 섞고 함부로 대할, 그런 사람이 아니거든요."

"이봐, 제대로 못 들었어? 난, 당신이랑 여기서 말싸움할 그런

급이 아니라고."

태민은 그녀가 빈정거리는 걸 참아내기가 쉽지 않았다. 오히려 신이 난 현아는 모니터를 또 슬쩍 들여다보고는 공격 포인트를 찾아냈다.

"어머! 토익 성적도 없어요?"

"그런 게 왜 필요하지? 그런 거 없어도 영어 정도는 이미 유창한데?"

"아니, 그런 게 왜 필요하긴요? 그게 있어야, 말을 시켜줘요. 영어 유창해봤자 성적 없으면 말도 못하고 끝인데. 쯧쯧, 이태민 씨 세상을 몰라도 너무 모르네."

이제는 현아가 태민을 아주 하찮다는 듯 쳐다보았다.

지금 세계 육대주에 450여 개의 호텔을 가진 룩 그룹의 후계자인 나한테 세상을 모른다고 하는 거야? 태민은 현아의 말에 자존심이 박박 긁히자 분노가 불처럼 일었다, 활활.

"자격증도 없네, 없어. 아니, 경력도 없어, 토익 성적도 없어, 자격증도 없어. 텄네, 텄어. 취업하긴 글렀어."

현아가 흥이 나 깐죽의 절정을 찍자, 태민은 더 이상 참을 수 없었다.

저 여자, 지금 당장 내쫓을까? 이 모욕을 겪느니 혼자 적응 못하고 죽는 게 차라리 낫겠어.

태민이 내쫓으려고 입을 열려는 찰나, 현아가 인자한 미소를 지어 보이며 말했다.

"제가 인심 써서 우리 가게 알바 정도는 시켜줄게요. 하긴 이태민 씨처럼 사회 무경험자가 하기에는 우리 가게 일이 좀 벅차기는 하겠네요. 손님들 오면 당황해서 계산이나 제대로 하겠어요? 아마 하루도 못 버티고 울면서 나가기나 하겠지."

어때, 변태한테 무시당하는 맛이? 현아는 한껏 얄미운 표정을 지으며 웃었다.

순간 태민은 끓어오르던 분노가 착 가라앉았다. 서늘하게 입꼬리를 끌어올려 웃으며 현아를 보았다. 내가 특별히 룩 그룹 후계자의 능력을 보여주지.

"하루, 버티면 어쩔 건데?"

하루? 못 버텨, 넌. 왜냐? 내가 못 버티게 해줄 거니까!

현아는 자신만만했다.

"제가 빨래도 할 게요. 단!"

"단?"

"그쪽에서 못하겠단 말이 나오면 요리랑 청소는 앞으로 나눠서 해요."

"그럴 일은 없겠지만, 만에 하나 내가 못 버틴다면, 요리는 내가, 청소는 김현아 씨가 하는 걸로 하지."

"좋아요."

서로를 노려보는 눈빛이 금방이라도 불꽃이 튈 듯 살벌했다.

"그럼 함께 가게로 가볼까요?"

"그러지."

'이태민, 힘들어서 못하겠다는 소리가 나오게 굴려주마!'

'김현아, 빨래까지 다 하게 만들어주마.'

2화

"근로시간은 9시 반부터 6시 반까지, 오픈 시간은 10시에서 6시까지, 점심시간은 1시부터 2시까지. 시급은 8천원. 점심은 별도 제공. 알바 업무는 가게 환경 미화 업무와 카운터 계산 업무 등. 언제든 못 하겠으면 그만둬도 됩니다."

현아가 제법 근엄한 얼굴로 태민에게 알바와 관련한 정보들을 간략하게 설명했다.

"이태민 알, 바, 알겠습니까?"

"어."

태민이 아무렇지 않게 반말로 대답하며 고개를 끄덕였다. 순간 울컥했지만 애써 참으며 최대한 온화한 얼굴로 태민에게 말했다.

"그리고, 사장인 내게 반말하면 안 됩니다."

"왜지?"

"왜라뇨? 그야, 난 사장이고 당신은 알바니까요."

"그게 마땅한 이유라고 생각해?"

"당연하죠!"

안 그럼, 가게 월세 낼 돈도 없는 내가 너 같은 놈을 알바로 쓰겠어? 현아는 생각과 다르게 엇나가는 태민의 페이스에 휩쓸리지 않으려 눈을 부릅떴다. 하지만 태민은 현아의 예상 그 이상으로 강했다.

"아하, 이런 게 갑질이라고 하는 건가?"

"아니, 반말하지 말라는 게 어떻게 갑질이에요?"

"내가 알바라는 걸 빌미로, 날 불편하게 만들려는 수작으로 보이는데. 이게 갑질이 아니고 뭐지?"

현아는 숨이 턱 막혔다.

이 남자, 이 세상의 논리가 통하지 않는 남자다. 대체 어떻게 생겨먹은 거지? 현아는 아무렇지 않은 표정으로 자신을 바라보는 태민을 보며 자신이 졌다는 걸 인정해야했다.

"됐어요, 됐어. 맘대로 해. 청소나 시작하죠. 여기, 밀걸레 받으세요. 이걸로 가게 바닥부터 닦으세요. 아주 반짝반짝하게."

현아는 태민의 손에 밀걸레를 쥐어주었다. 태민은 대꾸 않고 물끄러미 손에 든 밀걸레를 보았다. 이제야 자기가 원하는 그림을 볼 수 있겠다는 생각에 현아는 즐거워졌다. 청소로 고생할 모습을 떠올리니 입술 사이로 실룩실룩 삐져나오는 웃음을 참기가 어려웠다.

"그리고 가게 바닥 청소가 끝나면 저기 창문도 깨끗하게 닦아주세요. 아주 반짝반짝하게."

현아의 손이 가리킨 것은 가게 전면의 통 유리창이었다. 태민이 무심하게 물었다.

"저걸 왜, 하필, 오늘, 닦는 거지?"

"그야, 오늘, 꼭, 닦아야 하는 날이니까요."

"그래."

태민이 순순히 받아들이자, 현아는 순간 두려워졌다.

이 남자, 무슨 속셈이지? 역시나!

"그런데 어쩌지? 내가 어제 어깨랑 손을 다친 거 같거든."

"네?"

"어제 빙판길에서 누군가를 구하려다 어깨를 심하게 다친 거 같단 말이지. 그래서 말인데, 걸레질은 그쪽이 해야 할 거 같군. 그리고 창문도 닦도록 해. 오늘, 꼭, 닦아야 하는 날이라고 했으니. 그쪽이 아주 반짝반짝하게."

태민이 태연하게 아랫사람에게 지시하듯 말했다.

현아는 얼이 빠진 채 손을 부들부들 떨고만 있었다.

지금 나… 당한 거야? 도무지 대응할 말을 찾을 수 없었다. 옭아매려고 했던 함정에 빠진 기분. 더러웠다.

저 악마 같은 놈! 그러나 자신의 패배를 인정하지 않을 수 없었다.

현아가 바닥 청소를 끝내고 밀걸레를 빨러 간 사이, 태민은 카운터 의자에 앉아 휴대폰으로 주식 계좌를 개설하고 있었다.

드르르, 휴대폰이 울렸다. 황집사였다.

태민은 하던 걸 잠시 멈추고 전화를 받았다.

-도련님, 즐거운 크리스마스입니다. 평민의 생활은 어떠십니까?

"아주 별로야. 그런데 심심하진 않아. 뜻밖에 재미난 걸 찾았거든."

-네?

"이기지도 못할 거면서 매번 죽어라 덤벼드는 게, 왠지 최선을 다해 괴롭혀주고 싶은, 그런 게 있어."

-도련님, 골든리트리버 알렉스 기억나십니까?

"당연히 기억하지. 달릴 때면 금빛 털이 출렁이던, 사랑스럽던 알렉스. 내가 얼마나 좋아했는데."

-네, 도련님께서 참 많이도 좋아하셨죠. 화들짝 놀라는 모습이 너무 귀엽다며 걸핏하면 자고 있는 알렉스의 콧구멍을 막으시고, 침 흘리는 모습이 귀엽다며 주지도 않을 음식으로 놀리시고. 도련님의 애정 어린 괴롭힘으로 알렉스는 스트레스성 탈모를 얻었죠.

"아, 그러고 보니, 꼭 하는 짓이 알렉스 같긴 하다. 매번 아주 맹렬하게 반응을 한다니까."

-도련님, 포인트는 거기가 아니지 않습니까? 이제 호감은 괴롭힘이 아닌 솔직한 호감으로 표현하실 나이지 않습니까?

"호감? 이상한 소리 하지 말고, 회사 이야기나 해봐."

-호텔 내 베이커리 매출이 하락하는 것 말고 양호한 편입니다.

"그래, 룩 베이커리의 빵은 맛있긴 한데 특별함이 없어. 시그니처라고 부를 만한 게 없지."

촤르릉, 문이 열리고 밀걸레를 든 현아가 매섭게 태민을 노려보며 들어왔다. 태민은 전혀 아랑곳 않고 현아를 향해 말했다, 마치 자신이 주인인 것처럼.

"이봐, 바닥 청소 끝냈으면 이제 창문 닦아야지?"

-창문이라니요? 도련님, 대체 어디십니까?

"나, 알바 시작했어."

-알바요? 원이어 시작한 지 하루 만에 알바를 시작하시다니! 역시 도련님은 대단하십니다. 이토록 평민 생활에 빨리 적응하시다니요! 역시 룩 기업의 후계자십니다.

"나도 알아, 나 대단한 거. 근데 이만 끊어야겠어. 안 그럼 잡아먹힐 거 같으니까."

태민이 전화를 끊고 제 앞에 선 현아를 보았다. 현아는 잔뜩 화가 난 얼굴이었다.

"이보세요, 알바. 알바 시간에 개인 통화를 해요? 그것도 사장은 청소하고 있는데 혼자 편하게 카운터에 앉아서!"

"그래서? 하고 싶은 말이 뭐지?"

"그렇게 놀지만 말고, 뭐라도 해요!"

"바닥이 깨끗하네, 잘했어."

"지금 뭐하는 거예요?"

"당신, 칭찬하고 있잖아."

헐. 내가 또 까맣게 잊고 있었구나. 저 남자에게 이 세상의 논리가 통하지 않는다는 걸.

내가 잘못했네, 내가 잘못했어. 현아는 자신을 탓하며 허탈한 걸음으로 제빵실로 들어갔다.

"으아아아!"

김현아, 대체 무슨 짓을 한 거냐? 저런 아무 짝에도 쓸모없는 놈한테 시급 8천원이라니! 시급 8천원 주려면 한 시간에 식빵 두 개는 팔아야 하는데. 다음 달 월세도 어찌 낼지 고민인 판국에! 게다가 이대로라면 저놈의 요리에, 청소에, 빨래까지 내가 도맡아서 해야 한다고!

현아는 섣부르게 대결을 시작한 자신의 행동에 후회가 막심했다.

띠리리리. 알람이 울렸다. 현아가 오븐으로 다가갔다.

빵에게 나쁜 기운을 줄 수 없지. 안 좋았던 기분을 떨쳐버리려는 듯 현아는 깊게 호흡을 들이마셨다. 그리고 조심스럽게 오븐을 열었다. 노릇노릇 맛있게 구워진 빵을 보자 현아는 언제 우울했냐는 듯 금세 얼굴이 환해졌다.

태민은 현아의 고함소리에 놀라 제빵실을 돌아보았다. 발을 동동 구르며 씩씩거리고 있는 현아가 보였다. 일일이 저렇게 화내는 거 힘들지도 않나? 정말 에너지가 넘치네. 진짜, 저 여자, 재밌다니까.

그런데 오븐에서 꺼낸 빵을 들여다보는 현아의 얼굴이 너무나도 행복해 보였다. 빵 만드는 게 저렇게 즐거운가? 지금껏 보지 못했던 현아의 얼굴이었다.

"이봐요, 알바!"

현아가 제빵실을 나오며 태민을 퉁명스럽게 불렀다. 태민의 시선이 현아의 한쪽 볼에 묻은 밀가루에 가 멈췄다.

이 여자, 하여간 나만 보면 인상 쓰고 못된 얼굴이지. 아닌 척 해도, 당신 허술한 거 다 보이거든.

"대체 뭘 묻히고 다니는 거야?"

갑자기 태민의 큰 손이 현아의 얼굴을 감싸더니 볼에 묻은 밀가루를 엄지손가락으로 털어냈다.

왜 이렇게 다정하게 굴고 난리야. 볼을 부드럽게 어루만지는 태민의 온기에 현아는 갑자기 심장이 요동치고 머릿속이 하얘졌다.

"내가 닦을게요."

현아는 태민의 손을 밀어내고 방금 나온 식빵을 태민의 앞에 내려놓았다. 순간 현아에게 손이 내쳐지자 태민은 심장이 저릿한 게 기분이 나빠졌다.

"먹어봐요, 빵이 잘 됐는지 어떤지."

태민은 약간 심통이 난 얼굴로 현아를 봤다.

현아가 잔뜩 긴장한 채 평가를 기다리는 걸 보니 태민은 기분이 좋아졌다. 내가 빵 먹는 걸 저렇게나 눈을 동그랗게 뜨고 볼 일인가? 손으로 빵을 조금 떼어 입에 가져갔다. 현아의 시선이 제 손을 따라 제 입으로 움직이는 게 느껴졌다. 역시나 하는 짓이 영락없이 알렉스 같다니까.

"어때요?"

"아직 안 씹었어."

태민은 빵을 입에 넣고 씹었다. 씹는 순간 입안에서 달콤하면서도 새콤한, 부드러우면서도 쫄깃한 여러 가지 맛들이 터졌다. 각각 제 목소리를 내면서도 한데 어우러져 깊은 맛을 냈다.

"맛있어."

진심이었다. 태민은 저도 모르게 맛있다는 말이 나왔다.

원하던 그 말이 나오자 현아가 한껏 웃었다. 그녀의 미소는 마치 따스한 봄날 같았다. 맛있다는 말 한 마디가 저렇게나 해맑게 웃을 일인가? 태민은 그런 현아를 그저 보고만 있을 뿐인데 마음이 따스해지는 기분이 들었다.

"당신한테는 맛있다는 말이 그렇게나 기쁜 일이야?"

"네, 하찮은 나한테는 그렇네요."

"그래? 당신을 기쁘게 하는 건 그리 어렵지 않겠네."

헐. 저건 또 뭔 소리야? 역시, 이 세상 논리로는 이해할 수가 없는 사람이야. 이해하려 들지 말자. 내 일이나 하자. 현아는 고개를 절레절레 흔들면서 제빵실로 들어갔다.

태민은 현아의 뒷모습을 바라보며 남은 식빵을 떼어 먹었다. 다시 먹어도 맛있었다. 지금까지 먹었던 빵들과는 다른 특별함이 있었다.

그래, 이거야! 이 식빵이면 룩 베이커리의 시그니처 메뉴로 삼을 수 있겠어. 순간 태민의 두 눈이 빛났다.

"이봐요, 알바. 빵 포장은 할 수 있겠죠?"

어느새 돌아온 현아가 고압적으로 물었다. 이번에도 못하겠다는 말만 해봐! 현아는 이번엔 절대 그냥 안 넘어가리라 단단히 별렀다. 현아가 비장한 얼굴로 빵 포장을 위한 봉지를 꺼내 놓았다. 태민은 봉지를 들어 보더니 현아에게 물었다.

"혹시 사인펜 같은 거 있어?"

"뭐하게요?"

현아는 사인펜을 건네주면서도 영 미심쩍은 듯 태민을 보았다. 태민은 사인펜을 받아들더니 투명한 빵 봉지 위에 루돌프와 산타, 트리 등 크리스마스와 관련된 그림을 그렸다.

디자이너의 그림을 갖다 놓은 듯, 꽤 그럴듯해 보였다.

"알바, 성격이랑 달리 그림은 참 예쁘네요."

"그럴 수밖에. 자세한 건 말할 순 없지만, 내가 어떤 사람들한테 그림 레슨을 받았는지 알면 꽤나 놀랄 거야. 저번에도 말했다시피 난 당신이 생각하는 그런 평범한 사람이 아니야. 마치 피카소가 빵 봉지에 그림을 그리고 있는 거랑 비슷하다고."

그래, 평범한 사람이 아닌 건 아주 잘 알겠다! 현아는 태민의 말을 아주 건성건성 흘려들었다.

태민은 빵 봉지에 그림을 그리고 난 후, 종이를 꺼내 '크리스마스 한정 식빵 판매. 선착순 판매. 수량 한정'이라고 썼다.

"크리스마스 한정 식빵? 이봐요, 알바. 사장인 나도 모르는 그런 게 우리 가게에 있었어요?"

현아가 따지듯 묻자 태민은 대답 대신 크리스마스 그림이 그려진 빵 봉지를 들어 보였다.

"포장만 다를 뿐인 거 같은데 이거 사기 아니에요?"

"사기가 아니라 마케팅이라고 하는 거야."

"아하, 마케팅! 알바, 사회 무경험자치곤 아는 게 많네요. 근데 빵 봉지 하나 바꾸고 한정판이라고 이름 붙였다고 뭐 달라지겠어요?"

"역시, 이런 작은 빵집에 어울리는 사장답네, 아무것도 모르는 게."

"뭐요?"

"없던 관심도 있게 만드는 마법의 단어가 한정이야. 그리고 이 빵 봉지는 그냥 빵 봉지가 아니라 내가 그림을 그린 거고."

현아는 그의 부풀다 못해 넘치는 자신감에 어이가 없어 말을 잃었다. 태민은 성큼 문 쪽으로 다가가 종이를 밖에서도 잘 보이게끔 붙였다.

"저기, 한정판이 어떤 거예요?"

여고생 하나가 들어오며 물었다.

종이를 문에 붙인 지 5분도 지나지 않아 손님이 들어와 한정판에 대해 물어오다니. 영 쓸모가 없을 줄 알았더니 의외네. 현아는 태민이 조금 달리 보였다. 현아의 그 시선을 느낀 건지 태민의 어깨에 힘이 들어갔다.

"한정판은 여기, 크리스마스 패키지."

태민이 아주 건조하게 여고생에게 물었다.

여고생은 태민의 얼굴을 보고는 꽤나 놀란 눈치였다. 그도 그럴게, 이런 동네에 태민 같은 비주얼은 전무했으니까.

"아, 저기 루돌프 그려진 걸로 주세요."

"이봐, 뭐 해? 그거 달라잖아."

태민은 옆에 선 현아를 흘겨보며 말했다.

너무도 당당한 태도여서 현아는 자신도 모르게 시키는 대로 빵을 봉지에 담아 건넸다.

근데, 이거 알바가 할 일 아냐? 현아는 그제야 뭔가 잘못됐다는 생각이 들어 태민을 노려보았다.

"근데 오빠, 여기 사장이에요?"

"아니, 알바. 사장은 저기."

여고생의 질문에 태민은 현아를 쳐다보며 비웃듯 미소 지었다. 현아는 바짝 약이 올라 태민의 멱살이라도 잡고 싶었지만 손님 앞이라 겨우 참아 넘겼다.

여고생은 태민에게서 시선을 떼지 못했다. 그런 여고생을 현아가 아주 가엾게 바라보았다. 얘야, 그 오빠, 겉만 멀쩡해. 속은 영 아니야. 어른들이 겉만 보고 판단하면 안 된다고 말하는 데는 다 이유가 있어. 현아가 진심어린 충고가 가득 담긴 눈빛을 보내지만 여고생은 태민을 보느라 다른 것에 신경 쓸 여유가 없어 보였다.

"이거 하나만 살 거야?"

"아, 아니에요. 저 산타 그려진 것도 살게요."

태민이 냉랭한 어투로 따지듯 묻자 여고생은 생각에도 없던 식 빵 하나를 더 샀다.

"뭐 해? 손님 기다리잖아."

태민은 아주 자연스럽게 현아에게 봉지를 내밀었다.

이 자식이, 또 그러네! 현아가 기가 찼다. 하지만 손님을 기다리 게 할 수는 없어 봉지를 받아들고는 빵을 하나 더 담아 건넸다.

"저기, 오빠, 같이 사진 하나만 찍어도 돼요?"

여고생은 식빵을 건네받으며 잔뜩 붉어진 얼굴로 조심스럽게 물었다. 태민의 대답은 듣지 않아도 뻔할 뻔자였다. 순간 현아는 여고생이 너무나 가여워졌다.

"안 돼."

"아냐, 돼."

"왜 내 사진을 그쪽이 찍어도 된다는 거지?"

"내 알바잖아요, 당신."

태민은 딱딱하게 굳은 얼굴로 현아를 내려다보았다. 서늘한 눈 빛에 현아는 소름이 오소소 돋았다.

김현아, 쫄지 마. 내가 사장이야. 내가 갑이라고. 현아도 애써 당당한 기세로 마주 보았다.

태민은 나름 애를 쓰는 현아의 대응이 재미있었지만 대연하게 표정을 숨겼다.

"내가 틀린 말 했어요? 맞잖아요, 당신 내 알바인 거."

"나한테 관심 없다고 했던 것 같은데. 그래놓고는 내 알바? 내가 당신 거라고 말하는 거야, 지금?"

"뭐래? 그런 거 아니거든요! 내가 시급을 주는 동안은, 내게도 당신에 대한 지분이 있다는 거잖아요."

"나한테 지분이 있다?"

"네, 시간당 8천 원만큼은요. 그러니까 얼른 손님이랑 사진 찍어 드리세요."

잘했어, 사장답게 권위적인 말투였어.

현아는 그 한 마디를 해놓고는 어려운 거라도 해낸 듯 뿌듯했다. 하지만 태민은 현아가 해달라는 대로 할 생각이 조금도 없었다.

이 여자, 지치지도 않고 부딪히네. 도전적인 건 좋은데, 날 너무 쉽게 보는 건 안 되지.

"이봐. 내가 몇 번이나 말해. 자세한 건 말할 수 없지만, 난 당신이 생각하는 그런 사람이 아니야. 8천 원으론 내 머리카락 한 가닥 지분도 못 가진다고."

"그런 사람이건 말건, 됐고. 난 지금 당신한테 시간당 천 원도 아까울 참이니까 가게에 도움 좀 되게 사진 좀 찍어요. 아니, 손님이 식빵을 두 개씩이나 샀는데 찍어줄 법도 하잖아요."

"그러니까 고작 식빵 두 개에 내 초상권을 팔겠다는 거야?"

그때였다.

"저, 저기요!"

여고생이 잠시 주저하다 큰소리로 두 사람을 불렀다.

현아와 태민이 잠시 실랑이를 멈추고 여고생을 보았다. 여고생은 괜히 자신 때문에 이런 상황이 만들어진 것만 같아 영 불편했다.

"손님, 잠시만 기다리세요. 사진 찍어드릴 테니까."

"누구 마음대로?"

"저기, 제가 약속이 있어서요. 그만 가볼게요."

"저, 손님? 손님!"

현아와 태민이 다시 싸움을 재개하려는 찰나, 여고생은 뒤도 안 돌아보고 가게를 빠져나갔다. 현아가 여고생을 불러보지만 이미 가게를 나간 후였다.

"알바! 당신 때문에 손님 맘 상해서 갔잖아요."

"왜 나 때문이야? 당신이 책임지지도 못할 호의를 베푸는 바람에 그렇게 된 건데."

태민의 말이 너무 맞는 말이라 현아는 대꾸할 말이 없었다. 그저 화풀이라도 하는 수밖에.

"정말 도움 안 돼."

"이봐, 나 배고파."

태민이 제빵실로 고개를 내밀며 말했다. 저 밉상. 한 것도 없으면서 배는 왜 고파? 현아는 태민을 흘겨봐주고 시간을 확인했다.

벌써 시간이 이렇게 됐네. 현아는 잠시 하던 일을 멈추고 제빵실을 나왔다. 지갑을 꺼내 카드를 건넸다. 태민이 의아하게 현아를 보았다.

"카드 줄 테니 점심 사 먹고 와요."

"그쪽은 안 먹어?"

"올 때 편의점에서 삼각 김밥 두 개만 사다줘요."

현아는 할 말만 하고는 다시 제빵실로 들어갔다. 왠지 지쳐 보이는 뒷모습에 태민은 부르려다 말고 코트를 챙겨 입고 홀로 가게를 나섰다. 차가운 겨울바람이 불어왔다.

태민이 코트 깃을 세워 바람을 막았다. 정말이지 한국의 겨울 날씨는 좀처럼 적응이 될 것 같지가 않았다. 마음 같아서는 이 동네를 벗어나 제대로 된 식사를 하고 싶었지만, 태민은 지쳐보이던 현아의 뒷모습이 마음에 걸렸다.

동네도 익힐 겸 근처에서 먹어볼까? 그때 그의 눈에 일식집 간판이 들어왔다.

점심식사를 마친 태민은 삼각 김밥을 사서 돌아왔다.

가게로 들어서자 고소하면서도 달큰한 식빵 냄새가 풍겼다. 오후에 팥 식빵이 나온 모양이었다. 그런데 현아의 모습이 보이지 않았다.

태민이 카운터로 향했다. 현아는 카운터 뒤 테이블에 엎드려 자고 있었다. 혹여나 깰까 조심스레 의자를 가져와 그녀 맞은편에 앉았다. 얼마나 곤히 잠들었는지 미동도 없었다. 쌔근쌔근 숨소리가 들렸다.

정말 이 여자, 어제부터 너무 잘 자네. 나 같은 남자가 옆에 있는데 긴장도 안 돼? 어쩜 이렇게 태평이야? 너무 속 편해보이는 모습이 조금 못마땅했다. 태민은 조금 더 가까이 현아의 자는 모습을 들여다보았다.

뽀얀 얼굴에 오목조목한 눈, 코, 입. 미인은 아니었지만 상당히 매력적인 얼굴이었다.

동글동글하게 생긴 게 꼭 강아지 같네. 구름 속에 있던 해가 났는지 햇빛이 현아의 얼굴을 비췄다. 순간 미간이 찌푸려졌다.

"못생겼어."

태민은 빙그레 웃으며 중얼거렸다. 손을 들어 현아의 얼굴에 그늘을 만들어주었다. 현아의 미간에 주름이 사라지고 다시 편안한 표정이 되었다. 태민도 기분이 좋아졌다.

따르르르, 따르르르. 휴대폰 알람이 울렸다. 현아가 눈을 번쩍 떴다. 태민도 얼른 손을 내렸다. 현아가 눈을 비비며 말했다.

"어, 언제 왔어요? 왔음 좀 깨우지."

"코까지 골면서 곤히 자는데 어떻게 깨워?"

"나, 코 안 골 거든요! 내 삼각 김밥이나 내놔요."

현아는 태민에게서 봉지를 뺏어 삼각 김밥을 꺼냈다.

얼른 하나를 까서 입에 넣고 휴대폰을 확인했다. 자는 동안 카드 사용문자가 와 있었다.

카드승인 김*아님 2,000원 편의점

카드승인 김*아님 150,000원 사카에스시

어? 십오만? 영이 하나, 둘, 셋, 넷, 십오만? 현아는 헛것을 봤나 싶어 다시 한 번 문자를 확인했다. 하지만 잘못 본 게 아니었다. 확실히 십오만 원이 맞았다.

"알바!"

"깜짝이야. 옆에 있는데 왜 그렇게 크게 불러?"

"점심 뭐 먹었어요?"

"스시."

태민이 너무나 태연하게 대답을 하자 현아는 순간 당황했다.

이 사람 대체 뭐지? 나 골려주려고 일부러 이러는 거야? 아님 정말 뭘 잘못한 건지 모르는 거야? 뭐가 됐든 짜증나!

"대체 뭘 먹었길래 15만 원이 나와요?"

"가볍게 초밥 몇 개랑 회 몇 점. 썩 훌륭한 맛은 아니었지만 저렴하니 그 정도는 감수하고 먹었어. 그나마 참치 대뱃살은 조금 먹을 만했어."

"참치 대뱃살? 이봐요, 시급이 8천원인데 점심을 15만 원짜리를 먹는다는 게 말이 돼요?"

"그게 화낼 만한 이유야?"

"당신은 상식이란 게 없어요? 알바가 자기 알바비보다 더 비싼 걸 먹는 게 어딨어요?"

"그러는 당신은 상식이란 게 없어? 자기가 카드를 내주고는 왜 이제 와서 얼마짜리를 먹었는지 따지는 거지? 그게 당신 상식이야?"

저 밉상, 틀린 말 하나도 없네. 내 탓이지, 내 탓이야. 고양이한테 생선을 맡긴 내가 등신이지. 현아는 울화통이 터졌지만 어찌할 도리가 없었다.

빵빵, 자동차 경적 소리가 요란하게 울렸다. 안 그래도 한껏 예민해진 태민의 신경이 한층 더 날카로워졌다. 전면의 유리창 너머로 트럭 한 대가 서 있는 게 보였다. 태민은 따끔하게 한 마디를 해주려 일어났다. 그런데 현아가 먼저 가게 문을 열고 나갔다.

트럭에서 중년의 재료 상인이 내렸다. 현아가 반기며 인사를 했다.

"사장님, 죄송해요. 크리스마스에 배달을 부탁드려서요."

"아니에요, 돈 버는 일인데 불러주면 고맙죠. 근데 알바예요?"

재료 상인이 고갯짓으로 현아 옆을 가리키며 물었다.

그제야 현아가 돌아봤다. 어느새 태민이 현아 곁에 와 떡하니 서 있었다.

"네. 알바예요."

"장사가 이제 제법 되나 봐요. 잘됐네요. 밀가루랑 우유 맞죠?"

"네."

재료 상인이 트럭 뒷문을 열고 올라가더니 물건들을 끌어 내렸다. 그러더니 밀가루 한 포대를 현아에게 건넸다. 현아는 밀가루 포대를 두 팔로 안아들고 가게로 들어가려 움직였다. 그런데 태민이 막아서더니 현아에게서 밀가루 포대를 뺏어 트럭 위에 도로 올려놓았다.

태민의 뜬금없는 행동에 현아와 상인이 의아하게 쳐다봤다.

"알바, 지금 뭐 하는 거예요?"

"왜 당신이 물건을 옮기는 거지?"

현아는 너무 당연한 걸 물어오니 뭐라고 대답해야 할지 몰랐다. 그는 버벅거리는 현아를 제쳐두고 상인을 보았다.

"당신, 물건을 팔았으면 고객의 편의를 생각해서 운반해주는 게 당연한 거 아닌가? 당신한테 주는 돈에는 그런 서비스 비용까지 포함되어 있을 텐데 말이야."

태민의 말과 행동에서 뭔가 묘하게 거역할 수 없는 기운이 흘러나왔다. 기분이 나빠져 그냥 가버렸어야 할 상황인데도 상인은 태민이 시키는 대로 해야 할 것만 같은 기분이 들었다.

"그냥 놔둬요. 내가 옮길게."

상인은 밀가루 포대를 어깨에 지고 가게로 들어갔다. 현아는 상인의 눈치를 보며 안절부절못하다 태민을 매섭게 노려보았다.

"좀 가만히 있지. 그런 말을 하면 어떡해요?"

"왜 그렇게 변덕이야? 아까는 뭐라도 하라며?"

"아니, 낄 때 끼고, 빠질 때 빠져야지. 이렇게 막 끼나?"

"그리고 당신, 나한테는 시급 줬다고 이것저것 많이도 바라더니. 저쪽도 돈 줬을 거 아냐? 근데 왜 저 사람한테는 돈을 받았으면 그만큼 하란 이야길 않는 거지? 나한테 고마워하기나 해. 무거운 걸 대신 옮겨준 셈이니."

태민은 시원스레 할 말 다하고 가게 안으로 들어갔다.

"참 눈물겹게 고맙네요. 어찌나 날 생각해주는지. 흥이다."

현아는 태민의 뒷모습을 향해, 들리지 않도록 소심하게 빈정거렸다.

현아는 초조했다. 어느덧 시간이 흘러 알바 종료를 한 시간 앞두고 있었다. 이대로라면 꼼짝없이 태민의 빨래까지 떠맡아야 했다. 이대로 있어서는 안 되겠다는 생각이 들었다.

그래, 갑질! 갑질이 필요해. 이대로 을질을 당하고만 있을 수는 없지. 현아는 인터넷으로 갑질에 대해 검색했다. 갑질에 해당하는 행동들은 많았다. 불합리한 요구, 부당한 지시, 이유 없는 화풀이, 인격적인 무시, 폭언 등.

부당한 지시, 부당한 지시를 생각하자. 현아는 한참을 고민하더니 일어나 제빵실을 나갔다.

태민은 카운터 앞에 앉아 여유로운 자세로 휴대폰을 보고 있었다. 현아가 태민의 옆 의자에 슬쩍 앉았다. 그리고는 그의 팔을 툭툭 쳤다. 그때서야 태민이 현아를 돌아보았다.

"어이, 알바. 일도 없는 것 같은데 노래 좀 해봐요."

"지금 나한테 뭐라고 한 거지? 노래? 나더러 노래를 해달라고 한 거야?"

"알아들었음, 얼른 노래 한 곡 불러봐요."

"내가 왜 해야 하는데?"

"오늘 한 일도 별로 없는데, 나한테 즐거움이라도 줘야 할 것 아니에요. 그래야 시급 아깝단 생각이 안 들지."

현아는 건방지게 보이려 일부러 팔짱을 끼고 고개를 치켜들었다. 태민은 순간 이 여자가 왜 이러나 싶었지만, 시계를 보고서 현아의 속내를 알아챘다. 알바 종료 시간이 얼마 남지 않았으니 애가 타서 이러나 본데, 내가 그리 만만한 사람은 아니잖아?

태민이 씨익 웃었다.

"즐거움?"

태민이 현아 쪽으로 몸을 숙였다. 현아는 저도 모르게 목을 쭉 뒤로 뺐다. 하지만 태민은 더 물러설 곳이 없을 때까지 천천히 몸을 숙여 다가왔다. 얼굴이 거의 맞닿을 정도가 되어서야 태민이 멈췄다. 현아는 긴장한 탓에 침을 꼴깍 삼켰다.

"육체적 즐거움이라면 지금 당장이라도 줄 수 있는데, 어떡할래? 여기서, 아님 저기?"

태민이 현아의 귀에 나지막한 목소리로 속삭였다. 그리고는 뇌쇄적인 눈빛으로 현아를 보았다. 손을 들어 엄지로 자신의 입술을 살짝 훑었다. 태민은 섹시 그 자체였다. 순간 현아는 정신이 몽롱해졌다. 시간이 멈추고 오로지 태민만이 움직이는 듯 현아의 모든 신경은 온통 그에게 쏠렸다.

띠리리리, 알람이 울렸다. 그제야 현아는 정신이 번쩍 들었다. 그러자 좀 전에 태민에게 홀려 넋을 잃고 있었던 자신이 떠올라 얼굴이 붉어졌다. 퍼뜩 고개를 숙였다.

"어머, 빵 나올 시간 됐네."

현아는 마치 국어책이라도 읽듯 말하고는 일어서 제빵실로 들어가 버렸다. 태민이 또 피식 웃었다. 저 여자, 보면 볼수록 재밌어.

하아하아, 제빵실로 들어온 현아가 거세게 심호흡을 했다.

마음이 좀처럼 진정되지가 않았다. 자꾸만 태민의 뇌쇄적인 눈빛이 떠올라 고개를 저어댔다. 정신 차려, 김현아. 저 자식은 사람 홀리는 구미호 같은 놈이야. 까딱하면 간 뺏기고 죽는 거야. 정신 차려.

"자, 여기 알바비요. 원래는 6만 4천원인데, 알바의 첫 사회경험을 축하하는 의미로 럭키세븐. 칠만 원 넣었어요."

현아가 하얀 봉투를 내밀었다. 태민이 잠시 고민하더니 봉투를 받았다.

"고맙다는 말 안 해요?"

"그건 당신이 내게 할 말 아닌가? 내 덕에 식빵 많이 팔았잖아."

"많이 팔았기에 망정이지. 까딱했으면 당신이 점심으로 들어간 돈 때문에 마이너스 날 뻔 했거든요."

태민 덕분에 식빵이 잘 팔린 것은 사실이었다. 여고생이 소문이라도 냈는지 태민의 실물을 확인하러 온 사람들이 있었고, 일단 가게로 들어오기만 하면 두세 개씩 사서 나갔으니. 덕분에 개업 이래 처음으로 매진이었다.

"근데 저건 왜 안 파는 거지?"

태민은 현아가 한쪽에 챙겨둔 식빵을 보고 물었다.

식빵을 사러 온 사람이 그냥 돌아가는데도 현아가 팔지 않고 따로 챙겨둔 것이었다.

"신경 끄세요."

현아가 퉁명스럽게 말하고는 돌아서 퇴근할 채비를 했다. 태민은 왠지 심술이 났다.

"빨래도 잘 부탁할게."

"조만간 꼭 나갈 거예요, 꼭."

"그래, 나가기 전까지는 잘 부탁해."

태민의 말에 현아는 속이 쓰렸다.

다음부터는 함부로 내기하지 말아야지, 특히 저 남자랑은.

현아는 태민을 쏘아보았다.

"아, 알바."

"이제 그쪽 알바 아닌데?"

"네, 이태민 씨. 먼저 들어가요. 난 들를 데가 있어요."

현아는 코트 위에 머플러를 두른 다음 챙겨두었던 식빵 봉지를 챙겨들었다.

"내 저녁 식사는? 내 집에서 사는 동안은 그쪽이 하겠다고 했잖아, 자진해서."

"아니, 저녁 준비를 안 하겠단 게 아니라, 어디 잠시 들렀다가 간다구요. 걱정 말아요, 그쪽 안 굶겨요."

태민의 채근에 현아는 짜증이 솟구쳤다. 저 인간, 저거, 밥 못 먹고 죽은 귀신이 붙었나? 왜 나만 보면 그래? 하지만 집주인이니 참자. 현아가 이를 악물어 화를 참으며 대답을 했다. 그리고 이젠 정말 간다는 생각으로 가게를 나서려는데. 태민이 현아의 손목을 잡아 세웠다.

"안 돼. 못 가."

이 남자, 왜 이래? 현아는 제 손목을 붙잡은 태민을 황당하게 쳐다보았다.

"아니, 내가 가겠다는데 왜 당신이 못 간다 그래요?"

"내 집에 사는 동안은 내게 당신에 대한 지분이 있어."

태민은 아까 사진 찍는 일로 지분 운운하던 현아의 말을 그대로 돌려주었다. 제 논리로 공격받자 현아는 더 황당해졌다. 이 남자, 기억력 좋네. 똑똑한 데다 집요하기까지 해.

"그리고 하는 걸로 봐서는 딱 튈 각이야."

"대체 사람을 뭘로 보고 그래요?"

"딱 그래 보여."

"난 꼭 가야겠으니까 따라오든지 말든지."

현아가 손을 뿌리치고 가게를 나서자 태민도 그 뒤를 따랐다.

현아가 간 곳은 '사랑의 집' 보육원이었다. 따라온 태민이 성가셔 보육원 안으로 들어가진 않고 밖에서 수녀님에게 가져온 빵을 건넸다.

"번번이 고마워."

"뭘요, 오늘은 크리스마스라 특별히 그림도 들어가 있어요."

"애들이 정말 좋아하겠네. 애들이 빵집 언니 많이 기다렸는데 얼굴 보고 가."

"그럴까요?"

현아가 걸리는 듯 태민의 눈치를 살폈다. 태민이 옆으로 슥 다가오더니 현아의 어깨를 감싸 잡았다.

"안 됩니다. 이 여자, 저랑 약속 있어서요."

"아, 그래요? 남자 친구랑 약속 있었던 것 같은데 얼른 가."

"아니에요, 남자 친구."

"동거인입니다."

현아가 손사래까지 치며 과민하게 굴자 태민은 왠지 기분이 상해 퉁명스럽게 말했다. 동거인이란 말에 수녀님이 눈을 동그랗게 뜨고 현아를 보았다.

"저, 그만 가볼게요."

현아는 잘못한 것도 없는데 괜히 민망해져 태민의 팔을 잡아끌었다. 거의 도망치듯 보육원을 나왔다.

"아니, 동거인이라뇨? 그런 이야길 하면 어떻게 해요?"

"동거인 아냐? 같은 집에서 살고 있잖아, 당신이랑 나."

"아니, 맞긴 한데. 여튼 그런 말 함부로 꺼내지 마세요. 사람들 오해하니까."

"오해 받기 싫으면 팔부터 풀든가."

현아는 그제야 태민의 팔을 꼭 부둥켜안고 있다는 걸 알았다. 어머나, 화들짝 놀라며 팔을 놓았다.

태민은 현아의 얼굴이 새침하게 변하는 게 꽤나 재밌었다. 하지만 현아의 팔이 떨어져 나가자 왠지 허전한 느낌이 들었다.

"당신, 참 오지랖 넓군. 당신은 누굴 도울 처지가 아니야. 도움을 받아야 할 처지지."

"이봐요, 이태민 씨. 대체 당신이 뭐 얼마나 특별한 사람인지 모르겠지만, 그런 소리 하지 마세요. 나눌 수 없는 만큼 가난한 사람은 없어요. 그리고 얼마나 부자여야 남을 도울 수 있는 건데요?"

현아는 딱 멈춰 서서 태민을 똑바로 보며 또박또박 말했다. 꽤 다부진 면이 있네! 태민은 지금 현아의 얼굴이 마음에 들었다.

"누굴 도와준 적도 없죠?"

"나, 이미 돕고 있잖아."

"누구요?"

"당신. 오갈 데 없는 당신 재워주고 있잖아, 내가."

태민이 얄밉게 빈정거리며 현아를 놀렸다. 현아는 능글맞게 구는 태민의 얼굴을 보니 괜히 또 짜증이 났다. 저런 밉상에게 비굴하게 얹혀살아야 하다니. 현아는 태민에게 멀어지려 걸음을 빨리했다.

순간 현아가 발을 헛디뎌 몸이 휘청였다. 태민의 손이 현아의 허리를 재빨리 감싸 넘어지는 걸 막았다. 그리고 또 다른 손이 현아의 목을 받쳐 품으로 끌어당겼다. 그러자 태민과 현아의 몸이 포개어진 듯 맞닿았다.

"이봐, 김현아 씨. 이렇게 자꾸, 예고도 없이, 불쑥, 내 안에 들어올 건가?"

태민이 곤란하다는 표정을 지어보였다. 현아는 봐도 봐도 질리지 않는 태민의 아름다운 얼굴에, 맞닿은 몸에서 전해져 오는 열기에 정신이 혼미해졌다.

쿵쿵쿵. 심장은 거칠게 날뛰었다. 위험해! 얼마 남지 않은 이성이 현아에게 경고를 날렸다. 현아가 정신을 바짝 차렸다.

"저기, 다음에는 예고할 테니까, 그만 놔줄래요?"

태민이 천천히 손을 풀었다.

살았다, 심장 터져 죽을 뻔했네.

현아는 태민이 눈치 채지 못하게 돌아서 가쁜 숨을 진정시켰다. 집으로 오는 내내 두 사람은 말이 없었다.

집에 도착했을 때, 길 앞에는 검은색 리무진 한 대가 서 있었다.

"웬 리무진이지?"

현아가 이 동네와 전혀 어울리지 않은 리무진의 출현에 의아해했다. 하지만 태민은 짐작되는 게 있었다.

드르르, 역시나 황집사에게서 전화가 왔다.

"대체 무슨 일이야?"

―도련님, 회장님이 위독하십니다.

"알았어, 갈게."

태민이 전화를 끊고 현아를 돌아보았다.

"나, 오늘 밤 못 돌아올 거야. 아마 며칠 걸릴 거야."

태민은 그렇게만 말하고 서둘러 리무진으로 향했다. 기사가 문을 열어주자 바로 올라탔다. 그를 태운 리무진은 순식간에 사라졌다. 현아는 갑작스러운 상황에 어안이 벙벙했다. 리무진이 오더니 저 남자를 태우고 사라졌어. 대체 정체가 뭐지?

"내 집이다, 내 집!"

현아는 하루 만에 되찾은 방에 벌러덩 드러누웠다. 흥이 절로 나왔다. 방 안을 뒹굴거리며 자신만의 공간을 만끽했다. 한참을 그러고 나서야 잠들 생각이 들었다.

"좋다!"

이불을 덮고 누웠는데 태민의 냄새가 났다. 숲속 같은 상쾌한 향이라고 해야 하나? 얼굴처럼 말간 향이었다. 그 냄새에 현아는 좀 전 태민에게 안겼던 순간이 떠올랐다. 허리를 감싸주었던 단단한 팔의 감촉이 떠올라 저도 모르게 얼굴이 붉어졌다.

"미쳤어, 미쳤어. 정신 차려."

현아가 고개를 절레절레 흔들었다.

근데 그 남자 뭐지? 리무진이 와서 데려가고… 재벌인가? 근데 재벌이 왜 여기 살아? 이런 달동네에. 아, 됐어, 나랑 무슨 상관이야. 잠이나 자자. 현아는 이불을 목까지 끌어올리고 눈을 감았다.

룩 저택은 꽤 멀었다. 보통의 여객기로 서울에서 10시간 넘게 걸릴 거리였지만 전용기로 온 덕에 4시간이 채 걸리지 않았다. 전용기가 저택의 전용 활주로에 미끄러지듯이 착륙했다. 저택은 전용기 격납고에서 차로 10분 거리에 있었다.

태민이 비행기에서 내리니 차석집사 폴이 차를 대기시키고 기다렸다.

"할아버지 상태는 좀 어때?"

"지금은 안정을 찾으셨습니다."

태민은 차에 오르며 할아버지 상태부터 물었다. 폴의 대답에 태민은 안도했다. 혹시나, 하는 생각에 한숨도 자지 못했다. 태민을 늘 차갑게 대하는 이회장이지만 그래도 하나뿐인 가족이었다.

태민이 탄 차가 저택에 도착하자 메이드와 집사들이 줄 지어 기다리고 있다 인사를 했다.

응접실로 들어서자 창가 소파에 앉은 이회장이 보였다. 그 옆에 황집사가 서 있었다.

태민은 고개를 숙여 이회장에게 인사를 했다.

"수석집사가 괜한 짓을 했군."

태민을 보는 이회장의 표정이 무뚝뚝했다. 이 회장은 찻잔을 황집사에게 넘기고는 일어섰다.

"왔으니 아침이나 먹고 돌아가."

태민에게 눈길조차 주지 않고 지나쳐 응접실을 나갔다. 태민도 말없이 그 뒤를 따랐다.

저택의 식당은 엄숙한 분위기였다. 벽에는 마티스와 칸딘스키의 초기 작품들이 걸려 있었고 천장에는 거대한 샹들리에가 달려 있었다.

태민과 이회장은 기다란 식탁을 사이에 두고 마주 앉아 있었다. 두 사람 뒤로 각각 집사와 메이드가 한걸음 정도 떨어져 서 있었다. 쉐프가 커다란 칠면조를 잘라 접시에 담으면 그걸 메이드가 집사에게, 집사가 태민과 이회장 앞에 조심스레 올려놓았다.

포크와 나이프가 움직이는 소리만 들릴 뿐 숨 막히는 침묵이 흘렀다.

"원이어는 잘 하고 있겠지?"

"네."

"네 아비는 원이어 시절, 스페인에서 아주 특별한 와인을 찾아냈지. 와인이라면 소믈리에 따위 저리가라 할 녀석이었으니. 아주 그 녀석다운 일이었어. 원이어를 마치던 날 내게 와인을 가져와서는, 아버지, 이걸로 룩을 더 특별하게 만들겠어요, 라고 했지."

이 회장은 따스한 미소로 그 시절을 회상했다. 하지만 그것도 잠시, 예리한 눈길로 태민을 보았다. 언뜻 그것은 증오의 눈빛이었다. 그 눈빛은 태민의 가슴에 비수처럼 박혀들었다.

"많은 눈이 널 지켜보고 있다는 걸 명심하도록 해. 절대 룩의 명예를 더럽히는 짓 따위는 절대 하지 말거라."

"네."

그 후로 더 이상의 대화는 없었다. 그 불행한 사고 이후 줄곧 두 사람은 이래 왔다. 불행한 사고는 태민이 일곱 살 때 발생했다. 스페인에 있던 태민의 부모는 태민이 독감에 걸려 고열에 시달린다는 소식에 저택으로 급하게 돌아오다 비행기 사고를 당해 세상을 떠났다.

이회장은 아들 내외를 비행기 사고로 잃은 후 태민을 멀리했다. 이회장에게 태민은 애틋한 손자지만 그 손자 때문에 아들을 잃었다는 생각을 떨칠 수 없었다. 태민 역시 자라면서 부모를 죽였다는 죄의식에 시달렸다. 손자에 대한 애증으로 괴로워하는 이회장의 마음을 잘 알기에 그도 일부러 살갑게 굴려 하지 않았다.

"어서 오세요."

가게 문을 열고 할머니가 들어섰다.

현아가 자리에서 일어나 반갑게 인사했다.

"어? 알바 총각 없어?"

"네, 오늘 쉬어요."

"아, 그럼 알바 총각 오는 날 사러 올게."

"네, 안녕히 가세요."

태민이 있는지 물어보고는 도로 나가버리는 손님들, 오늘만 벌써 다섯 번째였다. 현아는 새삼 태민의 존재감에 놀라며 절망했다. 내일도, 낼 모레도 그 알바는 안 올 건데, 그럼 식빵은 못 파는 건가? 그 알바네 집에 얹혀서 밥도 하고, 빨래도 하고, 청소도 하는 불쌍한 내 신세.

그래, 이럴 때가 아니지. 윤석이 그 개자식 찾아야지. 현아는 휴대폰을 꺼내 전화를 걸었다. 통화 연결음이 들렸다. 역시나 갑자기 중간에 끊기더니….

-고객님이 전화를 받지 않아 소리샘으로 연결합니다.

"조윤석, 이 개자식아! 너, 전화 안 받아? 내가 너 받을 때까지 걸 거야. 얼른 받아라. 나, 인내심이 그리 많지 않다고 경고했다."

현아가 음성 메시지를 남기고 얼마 지나지 않아 문자가 왔다. 윤석이었다.

-현아야, 나 지금 파리로 떠나. 전세금은 니가 나한테 주는 위자료라고 생각하고 내가 가질게. 그러니 더 이상은 나를 찾지 말아주라. 미안해. 부디 행복해라.

"위자료? 위자료는 내가 받아야지, 이 개, 자, 식, 아!"

룩 저택은 커다란 성과 같았다. 산과 숲, 호수로 둘러싸여 있으며 위성 감시 시스템까지 이용하고 있어 누구도 쉽게 접근할 수 없는 비밀의 공간이었다. 그래서인지 원이어가 끝나고 룩의 공식발표가 있기 전까지는 룩 후계자들에 대한 정보도 쉽사리 알아낼 수 없었다.

태민이 말을 달려 저택 내 호숫가를 돌았다. 호수는 아침 햇살을 받아 반짝거렸다. 바람은 온화하게 불었으며 그 바람결에 초록의 잎들이 파도처럼 일렁거렸다. 한참을 달려 저택으로 돌아오자 황집사가 기다리고 있었다.

"수고했어."

태민은 조이에서 내려 부드럽게 말갈기를 쓸어주었다. 조이는 태민의 여섯 살 생일 선물로 이회장이 유럽 명마의 원산지 리피카에서 데려온 말이었다. 데려올 당시 검은색이었던 조이는 4년 후 5살이 되면서 백마가 되었다. 조이는 태민이 이회장의 애정을 느낄 수 있는 유일한 매개였다.

"도련님의 말 타는 모습은 언제나 그림처럼 아름다우십니다."

"뭘, 당연한 걸, 새삼스럽게."

황집사가 메이드에게서 수건과 오렌지주스를 받아 태민에게 건넸다.

태민은 시원하게 주스를 들이켰다.

"할아버지 몸은 정말 괜찮으신 거지?"

"네. 어제는 정말 걱정했습니다만, 오늘만 같으시면 백 세도 문제없으리라 생각합니다."

"왕박사는 뭐래?"

"연세가 있으시다 보니 기력이 약해져 그런 거라고, 과로만 피하시면 된다고 했습니다."

태민은 이회장의 건강이 늘 걱정스러웠다. 겉으로야 냉랭하지만 유일한 가족이었다. 사랑이 깊은 만큼 미움도 깊은.

"도련님, 회장님께서는 말씀 말라 하셨는데, 보스턴 쪽에서 수상한 움직임이 보입니다."

"고모할머니 쪽에서?"

"네, 룩 관련 주들을 계속 사들이고 계시더군요."

"좀 더 자세하게 알아보고, 계속 보고해."

룩 그룹의 경영권을 노리는 자가 있다면 태민이 원이어를 하는 시기가 아마도 최적의 공격 시기일 거였다. 태민은 심각한 얼굴로 황집사에게 당부했다.

"그리고 이거, 항공권입니다."

"전용기로 안 보내줘?"

"도련님께서는 현재 원이어 중이십니다. 그래도 이번 건은 특별한 케이스이니, 도련님께 따로 요금은 청구하지 않겠습니다."

황집사가 항공권을 내밀자 태민은 미간을 구겼다.

그놈의 원이어! 태민은 어쩔 수 없이 항공권을 받아들었다. 순간 눈을 의심했다.

"이코노미? 황집사, 이 긴 다리로 13시간을 이코노미에 앉아 가는 게 얼마나 힘든지 알아?"

"아, 도련님. 도련님 명의로 주식 계좌를 개설하셨더군요. 다른 사람이 알아차리기 전에 얼른 정리하시죠."

황집사의 말에 태민은 이 정도에서 입을 다물 수밖에 없었다.

"차는 대기시켜놓았으니 공항까지 모셔다 드리겠습니다."

현아는 벌써 몇 분 째 머리에 물을 맞으며 샤워기 앞에 서 있었다. 전 남친 개자식 윤석은 전세금을 들고 파리로 도망쳤고, 가게 손님들은 식빵을 찾는 게 아니라 알바만 찾아댔고, 자신은 자신의 집에서 언제 쫓겨날지 몰라 눈치를 보며 얹혀살아야 하고.

바닥이 꺼져라 한숨을 내쉬었다. 집을 나가려면 돈이 있어야 하고, 돈을 벌려면 식빵을 팔아야 하고, 식빵을 팔려면 알바가 있어야 하고. 이태민 그 밉상은 절대 다시 알바를 할 놈이 아니고.

현아는 아무리 생각해봐도 답이 생각나지 않았다. 이번 생은 망한 건가? 이래서는 몸만 팅팅 불지 아무 것도 안 되겠구나 싶어, 샤워기 물을 잠갔다.

삐삐삐삑, 문을 열고 태민이 집으로 들어섰다. 피곤해 죽을 맛이었다. 좁디좁은 이코노미 석에 몸을 구겨 앉아 13시간을 오려니, 온몸이 쑤셔댔다.

불이 켜져 있는 걸 봐서는 이 여자도 들어온 것 같은데. 태민이 신발을 벗으며 집을 살폈다. 화장실 앞에 옷가지들이 마구잡이로 널려 있었다.

무슨 일이지? 태민은 바닥에 널린 옷 하나를 주워들었다.

그때였다. 화장실 문을 열고 젖은 머리를 수건으로 감싸고 브라와 팬티 차림으로 현아가 나왔다. 발 매트에 발을 비비며 물기를 닦던 현아가 왠지 모를 시선에 고개를 돌렸다.

태민이 현관문 앞에서 한쪽 입 꼬리를 올리고 현아를 보고 있었다.

"환영인사 치고는, 좀 격하군."

"아아악!"

현아는 비명을 지르며 화장실로 도로 들어갔다. 헉헉, 대체 언제 들어온 거야? 그건 그렇고 다 본 거야? 현아는 얼른 거울에 비친 제 모습을 이리저리 살폈다. 살짝 배가 나온 거 같기도 하고. 현아는 절망했다.

"이봐, 거기서 평생 살 생각이야?"

문 밖에서 태민이 짓궂게 물어왔다.

그래, 어차피 엎질러진 물이고 보여준 몸이야. 후회하기에는 이미 늦었어. 나가자. 당당하게 나가는 거야. 현아는 마음을 단단히 먹고 문을 두드렸다.

똑똑.

"저기, 이태민 씨? 거기 밖에 있는 옷 좀 주워주시면 안 될까요?"

태민이 셔츠를 들고는 문을 두드렸다.

똑똑.

화장실 문이 열리고 현아의 손이 쑤욱 나왔다. 태민은 옷을 현아의 손에 툭 얹었다. 옷을 낚아챈 손이 안으로 쏙 들어가더니 순식간에 문이 닫혔다.

"저기, 이태민 씨?"

"왜?"

"바지도 주셔야죠."

똑똑.

태민이 문을 두드렸다. 현아는 살짝 문을 열어 바지를 건네받았다. 현아는 서둘러 다리를 바지에 꿰어 넣었다. 문 밖에서 태민의 목소리가 태연하게 들려왔다.

"그런데, 오리 좋아하나 봐."

어? 한 번도 말한 적 없는데 어떻게 알았지? 저 남자, 독심술이라도 하는 건가?

현아는 의아했다. 하지만 이어지는 말에서 어떻게 된 건지 알수 있었다.

"그 나이에 그런 속옷 입는 걸 보니."

그 순간, 현아가 자신의 아래를 내려 보았다.

하얀색 바탕에 노란색 오리들이 촘촘히 박힌 팬티.

현아는 얼굴이 화끈 달아올랐다. 동시에 모른 척해주지 않는 그에게 화가 났다.

"대체 어디까지 본 거예요!"

현아는 버럭 화를 내며 화장실 문을 열고 나왔다. 그리곤 새빨개진 얼굴로 태민을 매섭게 노려보았다.

"다."

"다, 다라뇨?"

현아가 머뭇거리며 되묻자 태민은 피식 웃었다. 그리고는 현아에게 손을 뻗었다. 순간 현아는 양팔로 가슴을 가리며 몸을 살짝 뒤로 뺐다. 하지만 태민의 손은 멈추지 않고 다가가 현아의 쇄골과 쇄골 사이에서 그 아래, 가슴골이 시작되는 바로 그 위, 그곳을 검지로 짚었다.

티셔츠를 입고 있었지만 태민의 손가락이 닿자 순간 찌릿했다.

"여기에 점 하나."

잠깐 한 번 봤을 텐데 그걸 기억해? 현아가 놀란 듯 눈을 동그랗게 떴다. 태민은 이미 예상한 반응이라는 표정이었다.

"내가 머리가 좀 좋아. 한 번 본 걸 잊지를 못해."

"어쨌거나! 원래 봤어도 못 봤다고 해주는 게 예의라구요!"

"그리 나쁘지 않은 몸이었어. 볼륨감이 약간 아쉽긴 하지만."

태민이 현아의 몸을 위아래로 훑으며 말했다. 현아가 발끈해서 대꾸했다.

"변태네, 변태. 자기 옷 갈아입는 거 봤다고 그렇게나 난리를 치더니."

"이봐, 말은 제대로 해야지. 변태는 당신이 맞아. 내 방에 갑자기 들이닥친 것도 당신, 오늘도 갑자기 벗고 나온 것도 당신."

현아는 할 말을 잃었다. 어째 저렇게 맞는 말만 하냐? 어휴, 저 밉상. 말을 말자. 입을 꾹 다물고 태민을 지나쳐 방으로 들어가려 하자 태민이 손을 잡아 세웠다.

"거긴 내 방이야."

현아는 태민과 말을 섞을 기분이 아니었지만, 더부살이하는 마당에 그럴 수가 없었다. 게다가 윤석까지 파리로 도망 간 마당에 최대한 오래 이곳에 빌붙어 살아야만 했다. 현아는 비굴해져야 하는 자신의 처지에 정말 울고 싶은 기분이었다.

"내 짐이 저기 있어서."

"짐 아직 안 뺐어?"

"그게, 작은방을 수리하긴 했는데, 시멘트 굳어야 한다고 하루 지나서 쓰라길래… 내일 옮길게요, 내일."

"그래. 그런데 나 옷 갈아입어야 하니, 나 먼저."

태민이 현아를 지나쳐 방으로 쏙 들어가 버렸다.

저 밉상. 복수할 거야! 현아는 독기를 품은 눈으로 태민을 노려보다 수건으로 머리를 힘껏 털었다.

태민은 방으로 들어와 황집사에게 전화를 걸었다.

-네, 도련님.

"덕분에 온몸 어디 안 쑤신 데가 없네. 고마워, 황집사."

-아닙니다. 그건 다 완벽한 비율을 자랑하는 도련님의 바디 덕분이지요. 어디 제가 한 게 있겠습니까?

"여튼, 말은. 보스턴 측에서 움직일 때마다 보고해."

-네, 도련님.

"그래, 그리고 할아버지 좀 잘 챙겨드려."

-네, 걱정 마십시오. 도련님?

"왜? 왜 그렇게 분위기를 잡고 불러?"

-원이어는 테스트이기도 하지만 자유이기도 합니다. 룩 후계자라는 무게를 내려놓고 쉴 수 있는 유일한 시간이니 만큼 전 도련님이 조금은 자유롭게 즐기셨으면 합니다.

"자유? 그게 룩 후계자한테 어울리는 말이야?"

-물론 처음엔 힘드시겠지요. 하지만 자유롭게 사람들과 어울리시면서 평범한 관계를 경험해 보시는 것도 좋을 것 같습니다.

"어차피 일 년 후면 정리될 관계 같은 건 안 만들어. 쓸데없는 소리 할 거면 끊어, 피곤해."

-네, 도련님. 편히 쉬십시오.

태민은 전화를 끊고 잠시 자리에 누웠다. 어차피 일 년 후면 정리될 관계, 누군가와 만나고 헤어지는 일, 관계란 늘 태민에게 어려운 일이었다.

3화

태민이 옷을 갈아입고 나왔다. 현아가 식탁 의자에 앉아 있다 일어났다.

"배고픈데 먹을 것 좀 준비해."

"네? 이 밤에요?"

"저녁 못 먹었어."

현아는 어쩔 수 없이 라면을 끓였다. 라면은 평민들의 대표 음식이라 원이어를 준비하면서 먹어본 적이 있었다. 라면을 보는 순간 아는 문제를 만난 것처럼 반가웠다. 라면을 식탁에 올려놓고 방으로 들어가려는데, 태민이 현아의 손을 잡았다.

또 왜? 현아가 짜증이 묻은 얼굴로 태민을 보았다.

"앉아. 식탁에 혼자 있는 거 싫어."

그렇게 말하는 태민의 눈이 어쩐지 슬퍼보였다. 현아는 가려다 말고 의자에 앉았다. 그제야 태민이 젓가락을 들어 라면을 먹기 시작했다.

호로록, 면발을 넘기는 입이 참 예쁘네. 부모가 자식 입에 밥 들어가는 것만 봐도 좋다고 하더니, 그런 건가? 현아는 잠시 엉뚱한 생각에 빠졌다. 하지만 곧, 이 밤에 밥상을 차리게 하더니, 잘도 처먹네. 미운 눈으로 태민을 흘겼다.

"근데, 어제 그 차는 뭐예요?"

현아의 질문에 태민은 아무 말이 없었다.

"혹시 재벌 아들인데 하고 싶은 걸 반대해서 집 나온 거?"

"그런 철부지로 보여, 내가?"

"아님 말구요."

태민은 라면을 다 먹고 젓가락을 조용히 내려놓으며 말했다.

"맛있는 저녁에 대한 보답으로 돈을 벌게 해주지."

"네?"

현아는 자기가 헛들었나 싶어 다시 물었다. 무슨 속셈이지? 현아는 바짝 긴장했다.

"자세한 건 말할 수 없지만, 내가 주식을 좀 해. 내가 당신에게 정보를 줄 테니, 당신은 투자를 해."

"네? 주식이요? 사람들이 주식은 하는 게 아니랬는데. 그리고 그럴 돈도 없어요."

"돈은 내가 빌려주지, 무이자로. 혹시나 손해가 나면 빌려준 돈도 안 받도록 하지. 단, 돈 벌면 바로 갚아."

"네? 돈까지 빌려주면서 왜 그러는 건데요?"

"모든 걸 제공하는 대신 수수료를 받을 거야. 수익의 99%. 1억을 벌면 당신도 백을 벌 수 있어."

백만 원? 현아는 솔깃했지만 여전히 미심쩍었다. 태민은 답답해서 관두고 싶었지만 황집사에게 주식계좌를 발각당한 지금으로서는 방법이 이것뿐이었다.

"요약하자면, 당신은 하나도 손해 안 봐. 그냥 내가 하라는 대로하고, 돈만 벌면 돼. 의심스러우면 언제든 관둬도 돼."

태민이 차근차근 힘을 주어 말했다. 현아는 태민의 말을 곰곰이 따져보았다. 저 사람 말대로라면 어찌 돼도 내가 손해 볼 일은 없는 거잖아. 아냐, 사기도 다 그럴듯해서 당하는 거랬어.

"할 거야, 말 거야?"

그래, 밑져야 본전이다. 거기에다 하나 더 얻으면 내가 남는 거지. 현아는 마지막으로 잽싸게 머리를 굴렸다.

"할게요, 대신 나도 조건이 있어요."

"뭐지?"

"알바 좀 해줘요. 딱 세 달만."

현아는 태민의 눈치를 살폈다. 하지만 도무지 태민의 속을 알아차릴 수가 없었다.

"나더러 도움이 안 된다 하지 않았나?"

"아뇨, 그럴 리가요. 얼마나 도움이 되는데요."

"그래?"

"그럼요, 존재만으로도 아주 큰 힘이 되었습니다."

현아는 최대한 태민이 듣기 좋을 말만 하며 구슬리려 했다.

"그럼, 난 카운터에 가만히 앉아만 있으면 되겠군."

"아니, 그건."

안 되죠, 라고 말하고 싶지만 그러기엔 태민의 표정이 너무 도도했다. 그래, 어차피 그날도 얼굴밖에 도움이 안 됐어. 현아는 욕심을 버리고 실리를 챙기기로 했다.

"되죠. 그것만으로도 충분하죠, 아주."

"세 달은 너무 긴데?"

"그럼 두 달?"

"한 달."

"네, 좋아요. 한 달. 아, 그리고 하나만 더!"

현아는 나름 만족할 만한 거래를 한 것 같아 용기가 났는지 한 가지 조건을 더 말했다.

"식사 준비는 제가 하긴 할 건데, 시간은 좀 정하는 게 어때요? 솔직히 이 야밤에 차리는 건 너무하지 않아요?"

"그건, 그쪽이 여기서 나가면 해결될 문제네."

태민이 무뚝뚝하게 내뱉고는 자리에서 일어섰다.

네네, 그러지요. 얹혀사는 제가 문제죠. 현아는 괜한 걸 물었구나 싶었다.

현아는 부엌에 자리를 펴고 누웠다. 태민과 이런저런 일이 있은 후라, 한 방에서 자는 건 아무래도 위험하다는 생각이 들었기 때문이었다. 태민이 씻고 나오며 현아를 보았다.

"여기서 자게? 오늘은 내 방에서 재울까 했는데."

"아뇨, 여기서 잘 게요. 내가 몸에 열이 좀 많아요."

"그래."

태민은 현아를 두고 방으로 들어갔다. 이불을 턱 밑까지 끌어올려 덮는데, 추웠다. 코끝에 찬바람이 불었다. 그냥 같이 잘 걸 그랬나? 아냐, 위험해. 저 인간은 요물이야. 정신 차려. 그리고 더는 비굴해지지 말아야지, 그래야 만만하게 안 보여. 현아가 부들부들 떨며 눈을 감았다.

오랜 비행이 꽤나 피곤했던 건지 태민은 중간에 깨지 않고 아주 푹 잤다. 씻으러 문을 열고 나왔는데 왠지 이상하게 조용했다. 부엌 바닥에서 현아가 이불을 머리까지 덮어쓰고 아직까지 자고 있었다.

"이봐, 안 일어나?"

태민이 불렀지만 현아는 꿈쩍도 않았다.

"이봐?"

느낌이 좋지 않아 이불을 들쳐보았다. 현아가 땀을 뻘뻘 흘리며 괴로운지 신음소리를 내고 있었다. 태민이 이마를 짚었다. 불덩이였다. 곧장 현아를 들어 큰 방으로 옮겨 눕혔다. 황집사가 챙겨준 구급약이 있을 텐데, 태민이 캐리어를 열어 약상자를 찾았다.

약상자 안에 다행이 해열제가 있었다. 태민은 물을 떠와 내려놓고 현아에게 해열제를 먹이려 자신의 품안에 앉혔다.

"더워."

현아가 게슴츠레 눈을 떠 태민을 보았다.

"이봐. 정신이 들어?"

"사과, 사과."

현아가 나른한 목소리로 사과를 말했다.

열 때문에 헛것을 보는 건가? 태민이 걱정스레 내려다보았다. 순간 덥석 현아의 입술이 태민의 입술을 덮쳤다. 부드럽게 감싸오는 느낌이 나쁘지 않았다. 따뜻하고, 달콤하기까지 했다. 태민이 저도 모르게 사르르 눈을 감았다. 그때, 갑자기 현아가 태민의 입술을 이로 깨물었다.

"아!"

태민이 황급히 입술을 뗐다. 입술에 피가 났다. 현아는 게슴츠레한 눈으로 태민을 보더니 갑자기 실망한 얼굴을 했다. 태민은 어이가 없었다.

정말이지, 이 여자! 태민은 이대로 확 내버려둘까 하는 생각까지 들었다. 하지만 이내 생각을 고쳐먹고 현아의 입에 해열제를 넣고 물을 먹였다. 목이 많이 말랐는지 물 한 잔을 다 마셨다. 그리고 편안한 얼굴로 다시 잠이 들었다.

태민은 현아를 조심스레 자리에 눕혔다. 그리고 자신도 잠시 현아 옆에 누웠다. 이마를 짚어보니 열은 약간 내린 듯했다. 잠든 현아의 표정도 한결 평온해 보였다. 다행이네.

현아는 한창 꿈속에서 발리를 여행하고 있었다.

와, 발리다, 발리! TV에서 보고는 정말 와 보고 싶었는데. 정말 아름답다! 현아는 한가로이 에메랄드 빛 바다가 보이는 해안선을 따라 걸었다. 그런데 너무나 더웠다. TV에서 보니 해변으로 나무

들이 쫙 있더니만. 여긴 왜 그늘도 하나 없어? 너무 더워 쉬고 싶은 마음이 굴뚝같았다. 목은 점점 말라오는데 가게 하나 보이지 않았다. 점점 지쳐가던 그때, 탐스럽게 익은 사과 하나가 보였다.

사과다, 사과. 현아는 얼른 달려가 사과를 입으로 가져갔다. 한입 베어 물고 과즙을 느끼려는 찰나! 태민이 매서운 눈으로 현아에게서 사과를 뺏었다. 여기 다 내 거야. 이 사과도.

나쁜 놈. 현아는 분했지만 아무 말도 하지 못했다. 그때였다. 시원하게 비가 내렸다. 시원해.

현아는 입을 크게 벌려 빗물을 마셨다.

으하아, 현아가 이상한 소리를 내며 눈을 떴다. 간만에 푹 잤는지 아주 개운한 기분이 들었다. 헐, 내가 왜 여기서 자고 있었지? 틀림없이 부엌 바닥에서 잠들었는데. 현아는 의아했다. 하지만 그것도 잠시, 이미 오후 3시를 가리키는 시계를 보고는 놀라 밖으로 뛰어나갔다. 부엌에 있던 태민이 돌아보았다.

"이제 일어났군."

"저기, 왜 내가 저 방에?"

"아침에 몸이 불덩이였어. 그래서 내가 옮겼어."

"아."

"앉아."

태민이 식탁에 죽을 올려놓았다. 현아는 일단 앉기는 했는데 느낌이 좋지 않았다.

저 인간이, 왜 갑자기 이래? 나한테 부탁 할 게 더 있나? 현아가 의

심 가득한 눈초리로 그를 보았다. 하지만 태민은 아랑곳 않고 손수
차린 죽을 맛있게도 먹었다. 현아도 갑자기 허기가 느껴져 죽을 입
에 떠 넣었다. 에취, 에취, 어쩐 일인지 태민이 심하게 재채기를 했다.

"감기 걸렸어요?"

"어."

태민이 통명스럽게 대답했다. 그때 태민의 터진 입술이 눈에 띄
었다.

"근데, 입술은 왜 그래요?"

"당신 때문에."

"이젠 별게 다 나 때문이래."

"기억 안 나? 당신이 무슨 짓을 했는지?"

대체 내가 무슨 짓을 했다는 건데? 아무리 생각해도 떠오르지
가 않았다. 정말 아무것도 기억 못 하는 순진무구한 얼굴을 하자
태민은 갑자기 짜증이 치밀었다.

"안 되겠어. 먹지 마."

"아니, 줬다 뺏는 게 어딨어요?"

"그건 그쪽이 할 말이 아닐 텐데?"

알아듣게 말을 해야지, 뜬구름 잡듯 말해놓고는 웬 짜증이야.
자느라 끼니를 거른 탓에 잔뜩 허기져 있던 현아는 태민에게 뺏기
지 않으려 몸을 숙여 죽 그릇을 숨겼다. 태민이 헛웃음을 짓더니
도로 자리에 앉았다.

"오늘 아침 당신은 열 때문에 죽을 뻔했어. 그런 당신을 살린 게
나야."

하긴 깨어나기 전까지 기억이 하나도 없는 걸 보면 꽤 심각했던 거 같긴 했다. 그런데 인정머리라곤 눈곱만큼도 없을 거 같던 저 남자가 나를 돌봐줬다니. 게다가 이렇게 나 먹으라고 죽도 끓여주고. 현아는 도무지 믿을 수 없었지만 고맙단 말은 해야지 싶었다.

"감사는?"

타이밍 기가 막히네. 공부하려고 책 폈을 때 공부 안 하니? 묻는 부모님처럼이나 대단하다.

고맙던 마음이 쏙 들어가네. 현아는 태민을 흘겨보았다. 하지만 고마운 건 고마운 거니까.

"고마워요."

"은혜는 갚아. 세상에 공짜는 없어."

그래, 그러면 그렇지. 니가 그냥 나를 돌봐주겠단 마음이 들었겠냐? 현아는 이미 예상하고 있었단 얼굴이었다.

현아는 설거지를 마치고 잠시 쉬려 식탁 의자에 다시 앉았다. 태민이 큰방을 차지한 후 마땅히 쉴 곳이 없었다. 오늘쯤 작은방으로 짐을 옮겨도 되려나? 그런 생각을 하는데 갑자기 짜증이 났다.

왜 내 방을 두고 저런 쪽방에 살아야해? 현아는 이 모든 것의 근본 원흉인 윤석에게도 화가 났지만, 그걸 빌미로 자신을 종 부리듯 하는 태민도 미웠다.

돈! 돈이면 모든 게 해결될 문제다! 현아는 문득 어제 태민의 도움으로 개설했던 주식 계좌가 떠올랐다. 두근대는 마음으로 계좌를 확인했다. 총 매입이 오백, 총 평가가?

"삼천?"

현아는 깜짝 놀랐다. 잘못 본 게 아닌가 싶어 다시 확인했지만 확실히 삼천이었다. 총 손익이 이천오백? 와, 완전 대박! 하루 만에 이천오백을 벌었다고? 이 돈이면 작은 방 하나는 구할 수 있을 거 같았다.

현아가 슬그머니 자리에서 일어섰다.

"어딜 가려고?"

태민의 두 손이 현아의 양 어깨를 누르며 다시 자리에 앉혔다. 현아가 애써 웃으며 그를 돌아보았다.

"한 푼도 건드릴 생각하지 마. 그 돈 중 오백은 나한테 갚을 돈이고 이천오백 중, 99퍼센트는 내 돈이니까. 1퍼센트만 당신 거야. 그걸 잊지 마."

태민이 정색하며 말했다. 현아는 순간 시무룩해졌다. 지는 99퍼센트면서 왜 난 1퍼센트야? 이천오백의 1퍼센트면 얼마야?

"이십오만 원? 와, 대박!"

현아는 금세 기분이 좋아졌다. 하지만 태민은 그런 현아를 한심하다는 듯 쳐다보았다.

태민의 눈빛을 의식하고 현아가 발끈했다.

"아니, 아무것도 안 했는데 이십오만 원이 생겼는데 안 좋아요? 좋지. 당신은 훨씬 더 많이 벌었잖아요. 좋으면서 괜히 아닌 척은."

"이봐. 주식이 아무것도 안 하는 거라고 생각해? 수많은 정보들 중에 가치 있는 정보만 추려내고, 그걸 바탕으로 종목을 선택하고 투자하는 거야. 그걸 제대로 못하고 그냥 감에 따라 하는 사람들이나 대박이니 뭐니 떠드는 거지."

태민에게서는 범접하기 어려운 전문가적 포스가 느껴졌다. 오오! 좀 있어 보이네, 근데 재수 없어. 현아는 입술을 삐죽 내밀며 고개를 돌렸다.

"나갈 데 있으니까 옷 입어."

현아가 고개를 갸웃하며 보는데 그는 벌써 나갈 채비를 마친 듯 코트 차림이었다.

"이 저녁에 어딜 가요?"

"그나마 당신이 쓸모가 있을 곳."

"네? 난 당신이 가자고 하면 무조건 가야 해요?"

"은혜 안 갚아?"

"은혜, 갚아야죠."

현아는 체념한 듯 고개를 떨구고는 방으로 들어갔다.

잠시 후 현아는 입고 있던 옷 위에 패딩 점퍼만 걸치고 나왔다. 태민이 얼굴을 찌푸렸다.

"제대로 입어. 적어도 옆에 선 사람을 부끄럽게는 만들지는 말아야지 않겠어?"

"아니, 그쪽이 어디 간다 말도 안 해주고 재촉을 하니까, 빨리 나오느라 이런 거지. 원래, 그렇게 부끄럽고 그럴 스타일은 아니거든요."

현아가 괜히 머쓱해져 말이 많아졌다.

"적어도 그렇게 입고 갈 데는 아니니까 제대로 입어. 시간은 줄 테니까, 머리도 단정히 묶고, 립스틱도 발라. 내 옆이라는 것에 대해 좀 더 자각하고 행동하도록 해."

헐, 지가 엄청 대단한 사람이라도 되는 줄 알아. 정말 재수 없어.

현아는 방으로 돌아와 옷장 문을 열었다.

무시 못 하게 해주지! 블랙 미니 드레스에 붉은빛이 도는 오렌지색 립스틱으로 한껏 꾸민 현아가 자신만만한 표정으로 방을 나왔다. 어때? 이 정도면? 현아가 태민을 도도하게 보았다.

"나쁘진 않군. 가지."

나쁘지 않아? 뜨뜻미지근한 태민의 반응에 현아는 자존심이 확 상했다.

현아와 태민은 함께 지하철을 타기 위해 역으로 들어갔다. 사람들의 시선이 태민에게 쏠렸다. 현아는 왠지 그런 시선들에 주눅이 들어 그에게서 조금 떨어져 걸었다.

"이봐, 얼른 안 와?"

태민이 멀찍이 떨어져서 따라오는 현아를 불렀다. 순간 사람들이 웅성거렸다. 저 여자 뭐야? 설마 커플인가? 에이, 남자가 너무 아깝잖아. 사람들의 수군거림이 현아의 귀에 다 들려왔다.

내가 뭐가 어때서? 오늘 이렇게나 잘 차려입고 나왔는데! 현아가 사람들을 째려보았다. 하지만 옆에 선 태민을 보자 한편으론 사람들의 마음이 이해가 되었다. 과하게 잘 생겼어.

열차가 도착하고 문이 열렸다. 퇴근시간이라 그런지 열차 안에는 빈자리가 없었다. 현아는 반대쪽 문 옆에 가 자리를 잡고 섰다. 태민은 현아의 맞은편에 가 섰다. 다음 역에서 문이 열리자 엄청난 수의 사람들이 밀려들어왔다. 열차 안은 순식간에 발 디딜 틈

없이 사람들로 꽉 찼다. 점점 밀고 들어오는 사람들 때문에 태민과 현아는 점점 가까워지더니 어느새 주먹 하나 들어갈 틈도 없을 정도로 붙다시피 했다. 태민은 거리를 유지하려 현아 뒤의 문을 두 팔로 밀며 지탱했다.

현아의 눈앞에 태민의 하얀 목덜미가 보였다. 목울대가 천천히 오르락내리락 움직였다.

어째 목울대도 예쁘냐? 그 순간 숲속 같은 상쾌한 향이 현아의 코끝에 퍼졌다. 태민의 하얀 목덜미에서 퍼져오는 향이었다. 현아는 순간 그의 목덜미에 코를 파묻고 싶은 충동을 느꼈다. 하지만 퍼뜩 정신을 차리고 고개를 저었다.

순간, 열차가 멈춰서며 사람들이 파도처럼 밀렸다. 태민도 중심을 잃고 밀려 현아를 덮쳤다. 현아가 태민의 품속으로 쏙 들어가 안겼다. 태민은 강아지를 품에 안았을 때처럼 따뜻하면서도 심장이 간질간질한 느낌이 들었다.

켁켁, 현아의 숨 막혀하는 소리에 태민이 얼른 몸을 떼어냈다. 현아가 얼굴이 벌게져 태민을 노려보았다. 잠시 후 문이 열리고 사람들이 우르르 내렸다. 순식간에 열차 안이 넓어졌다. 두 사람은 어색하게 몸을 움직이더니 멀찍이 떨어져 섰다.

"어디 가는지 좀 알려주면 안 돼요?"

역을 나와 걸은 지 10분쯤 지났을 때 현아가 물었다. 현아는 오랜만에 신은 구두가 불편해서 걸음이 점점 무거워졌다.

"다 왔어."

땅만 보며 걷던 현아가 고개를 들었다. 눈앞에 룩 호텔이 보였다. 호텔? 그나마 당신이 쓸모가 있을 곳이라고 하더니, 호텔이었어? 현아가 눈에 불을 켜고 태민을 보았다.

"이봐요! 대체 사람을 뭘로 보는 거예요?"

태민은 현아가 왜 저러나 싶어 보다가 이내 무슨 생각을 하는지 알겠단 듯 피식 웃었다.

"이봐, 그러는 당신은 날 뭘로 보는 거야? 당신이랑 잘 생각 없으니 꿈 깨."

"그럼 왜 가는 건데요?"

"호텔에는 룸 말고도 다양한 시설이 있어. 우리가 가려는 곳도 그 중 하나고."

태민은 성큼성큼 걸어 룩 호텔로 들어갔다. 현아도 어쩔 수 없이 따라 들어갔다. 태민은 로비를 지나쳐 로비 끝에 있는 룩 베이커리로 향했다.

아, 베이커리! 내가 쓸모 있을 곳!

현아는 괜히 오해했던 게 민망해졌다.

룩 호텔 1층 로비 한쪽에 자리 잡은 룩 베이커리는 빵집이라기보다는 백화점의 명품관을 가져다 놓은 듯 화려했다. 따스한 느낌의 원목 바닥과 진열대가 그 화려함에 우아함을 더해주었다. 베이커리 입구에는 다양한 재료와 데코의 홀케이크들이 유리장 안에 진열되어 사람들의 시선을 사로잡았다. 안으로 들어서자 에끌레어, 몽블랑, 조각케이크와 푸딩 등 그 종류만도 수 십 가지의 디저트들이 진열된 유리장이 보였다.

한쪽 벽면 진열대에는 다양한 종류의 쿠키가 하나씩 낱개로 고급스럽게 포장되어 놓여 있었다. 반대 쪽 벽면의 진열대에는 베이글, 머핀, 페이스트리 등 여느 빵집에서도 쉽게 볼 수 있는 빵들이 진열되어 있었다.

베이커리로 들어서자 현아의 눈이 반짝였다. 초롱초롱한 눈빛을 보고 태민은 데려오길 잘했다 싶었다. 룩 베이커리에 대한 평가는 자신의 판단만으로도 충분했지만 빵을 좋아하는 사람의 의견도 들어보고 싶었다.

"어때?"

"완전 고급져요."

"인테리어 말고 빵."

"빵이요?"

현아가 태민을 보았다. 태민이 아주 진지하게 물어온다는 걸 느끼고 현아도 다시 한 번 베이커리를 찬찬히 둘러보았다.

"일단 화려해요. 물론 재료들도 아주 좋은 것만 쓸 거예요. 하지만 그것만큼이나 데코에 훨씬 더 신경을 많이 썼다는 게 보여요. 그리고 케이크나 디저트의 비중이 높네요. 식빵이나 베이글, 바게트 같은 일상적인 빵보다는 특별한 순간이나 사람을 위한 빵이 많아요. 근데, 호텔 베이커리들이 다 이렇지 않아요?"

"그래."

다른 호텔 베이커리랑 다를 바가 없는 게 문제지. 색다른 게 필요해. 태민은 베이커리를 천천히 둘러보며 고민했다. 그러는 동안 현아는 태민에게서 떨어져 디저트를 구경했다. 매일 먹는 식빵이 최고라고 생각하는 현아였지만 가끔은 디저트로 기분 전환을 하고 싶었다.

헐, 하나에 만원이 넘어. 호텔 베이커리다운 높은 가격에 현아는 신중해졌다. 딱 한 개만 먹자.

그때 현아를 보고 조리복을 입은 남자가 다가왔다.

"도와드릴까요?"

"아뇨, 괜찮아요. 조금만 더 볼게요."

현아가 남자를 돌아보며 말했다. 하얀 조리복에 줄무늬 에이프런을 허리에 두른 동원이 보였다.

어, 낯이 익은데?

"김현아 맞지?"

동원이 먼저 현아를 알아보았다. 졸업 이후 동원을 본 게 지금 처음이었다. 현아는 전혀 생각지도 못했던 사람을 이런 곳에서 만나자 조금은 놀랐다.

"동원 선배?"

"빵 사러 온 거니?"

"네. 선배 파리 갔다는 얘긴 들었었는데."

"응, 나 작년에 파리에서 돌아와 여기서 파티셰로 일하고 있어."

"아, 그렇구나."

"진짜 반갑다."

"네, 저도요."

동원은 현아가 무척이나 반가운지 환하게 웃어 보였다. 웃을 때 눈 꼬리가 휘어지는 게 꽤나 매력적이었다.

"아까 저 사람이랑 같이 들어오던데, 남자 친구?"

"아니에요. 저 사람은, 그러니까… 우리 가게 알바에요."

동원이 태민을 가리키며 묻자 현아는 손사래를 치며 말했다.

베이글 진열대를 보던 태민이 고개를 돌리는데 현아와 동원이 보였다.

저 자식이 누구길래 저렇게 수줍어 해?

태민은 두 사람이 다정해 보이자 기분이 썩 좋지 않았다.

"가게 알바? 가게 하는 거니?"

"네. 저, 동네에서 작은 식빵 가게 해요."

"와, 멋지다. 가게 주소 알려줘, 담에 한번 갈게."

동원의 말이 빈말일 거라 생각하면서도 현아는 괜히 으쓱한 기분이 들었다.

"그만 가지."

어느새 곁에 다가온 태민이 불쑥 끼어들며 말했다.

"그만 가볼게요"

"응, 그래."

현아는 태민이 빤히 쳐다보는 통에 서둘러 동원에게 인사를 했다. 더 있다간 태민이 어떤 폭탄을 터트릴지 모르니 자리를 피하는 게 상책이었다. 현아가 태민과 함께 베이커리를 나갔다. 동원은 못내 아쉬운 듯 현아의 뒷모습을 바라보았다.

"누구?"

베이커리를 나와 로비를 걸으며 태민이 무심하게 물었다.

"학교 다닐 때 선배요. 우리 학교 최고 킹카였어요."

"최고? 최고란 말을 아주 쉽게 쓰는군."

"당신이 특별하게 잘생긴 거지. 저 선배 엄청 킹카인 거 맞거든요."

태민이 살짝 빈정거리는 투로 말하자 현아가 발끈해 말했다. 이런 바보, 안 그래도 잘난 척하는 사람한테 뭐라고 이야기한 거야? 현아는 사실을 괜히 사실대로 말했다는 걸 깨닫고는 빨갛게 얼굴이 달아올랐다.

"그래, 내가 특별하게 잘 생기긴 했지."

품, 태민은 웃음이 났지만 애써 태연하게 말했다.

"여튼, 다들 한 번은 저 선배를 좋아했을 만큼 우리 학교에서는 전설적인 존재라구요."

"당신도?"

"전, 좋아하기보다는 동경했죠. 너무 먼 존재라서 갖고 싶다는 마음보다 그저 보기만 해도 충분한 거?"

그때였다.

"김현아!"

동원이 현아를 부르며 뛰어왔다. 돌아보니, 동원이 한 손에 들었던 작은 상자를 내밀었다.

"딸기 에끌레어랑 밀푀유 케이크, 네가 보던 거 맞지?"

"네! 근데 어떻게 알았어요?"

"너 좋아하는 거 보면 유난히 눈이 반짝거리잖아."

현아는 동원의 말에 담긴 뜻을 알아차리지 못하고 그저 상자에 담긴 디저트에 정신이 팔려 좋아라 했다. 그런 동원의 묘한 눈빛을 알아챈 것은 태민이었다. 동원은 둔한 현아의 반응 정도는 예상했다는 듯 단도직입적으로 물어왔다.

"나 퇴근시간 얼마 안 남았는데, 이따 둘이 같이 저녁 먹을까?"

현아는 저도 모르게 옆에 태민의 눈치를 살폈다. 동원은 태민 따위는 전혀 신경 쓰이지 않는다는 듯 현아만 보았다. 없는 사람 취급을 당하자 기분이 좋지 않았다.

"이봐! 이 여자, 오늘 나랑 저녁 먹을 거야."

"네? 당신이랑 나랑요?"

현아는 처음 듣는 얘기라 재차 되물었다. 그러자 태민에게서 살벌한 눈빛이 되돌아왔다. 그 눈빛에 현아는 간담이 서늘해졌다.

"처음에, 나랑 그렇게 약속하지 않았나?"

태민이 차분하지만 차가운 음성으로 말했다.

맞다, 나 밥해야 되지! 현아는 잠시 잊고 있던 자신의 처지를 떠올렸다. 실은 동원과 함께 저녁을 먹으며 동원의 파리 유학 생활과 룩 베이커리에서 일하는 건 어떤지 듣고 싶었다. 하지만 집 주인인 태민이 저녁을 먹어야겠다고 하니 어쩔 수 없이 집으로 가는 수밖에 없었다.

"선배, 죄송해요. 아무래도 오늘은 힘들 것 같아요."

현아는 대답을 기다리는 동원에게 미안한 얼굴로 말했다. 동원은 크게 실망한 듯했다.

둘의 답답한 표정들을 보고서야 태민은 만족스러웠다.

"그래? 그럼, 다음에…."

"아니, 다음도 안 돼. 내가 허락하지 않는 이상."

동원이 용기를 내 현아에게 다음 약속을 물으려는데, 태민이 냉큼 말을 잘랐다. 현아는 순간 황당해 말을 잃었고, 인상 좋은 동원의 미간도 살짝 구겨졌다.

"이봐요, 당신!"

동원이 날카로운 눈빛으로 태민을 불렀다.

"현아 가게 알바라던데, 너무 주제넘게 구는 거 아닙니까?"

"주제넘게 구는 건 당신이 아니고?"

"뭐요?"

"딱 봐도 모든 면에서 당신보다 내가 훨씬 우월해. 그런 내가 이 여자 옆에 있잖아. 그런데도 당신 지금 내가 안 보인다는 듯 행동하고 있잖아."

태민이 동원을 매섭게 노려보았다. 그의 위압적인 기세에도 동원은 쉽게 움츠러들지 않았다. 둘 사이에는 팽팽한 긴장감이 돌았다. 날이 잔뜩 선 긴장감을 깨뜨린 건 현아였다. 현아가 태민 앞을 가로 막아서며 동원에게 말했다.

"죄송해요, 선배. 이 사람이 심하게 잘난 척하는 게 좀 있어요. 제가 대신 사과할게요."

"이봐, 잘난 척이라니? 잘난 척이 아니라 잘난 거야. 그리고 사과를 왜 해?"

"네, 네. 제발 좀 그만하고 가요."

현아가 발끈하는 태민의 팔을 잡아끌어 가려 했다. 하지만 태민은 이렇게 움직일 생각이 전혀 없었다. 자신의 팔을 잡아끄는 현아를 옆으로 비켜 세우고 동원을 마주했다.

"그리고 난 그냥 알바가 아니야. 이 여자랑 동, 읍!"

"동네 사람이에요, 같은 동네. 그래서 밥을 자주 먹었더니, 이젠 아주 밥 때만 되면 같이 먹자고 귀찮게 이러네요."

동거, 라고 태민이 말하려는 순간 현아가 재빠르게 태민의 입을 틀어막았다. 그리고 어색하게 웃으며 동원에게 변명을 늘어놓았다.

"선배, 진짜 죄송해요. 다음에 봬요. 그만 가볼게요."

"어, 그래."

현아가 있는 힘껏 태민을 끌고 황급히 돌아섰다. 동원은 못내 아쉬웠지만 그런 현아를 더는 붙잡을 수가 없어 그냥 보냈다.

현아는 연신 뒤를 돌아보다 동원이 보이지 않는 걸 확인하고서야 손에 힘을 풀었다.

"왜 이렇게 힘이 세? 숨 막혀 죽을 뻔했잖아!"

"대체 동거 이야긴 왜 해요? 사람들 오해한다고 하지 말랬잖아요."

"당신, 남은 인생 철창 안에서 보내고 싶어?"

"그래요? 흥, 하나도 겁 안 나네. 그런 말이 있죠. 너 죽고 나 죽자. 여튼 한 번만 더 동거 이야기 꺼내기만 해봐. 나도 가만 안 있을 테니까."

현아가 무섭게 으름장을 놓고는 돌아섰다. 하지만 태민은 뭐가 즐거운지 피식피식 웃었다.

"아씨, 선배 전화번호도 못 받아왔네. 다시 돌아가서 물어볼 수도 없고. 진짜 도움이 안 돼!"

현아가 혼잣말로 툴툴거리며 앞서 걸어 나갔다. 태민은 왠지 모르게 기분 좋은 얼굴로 그 뒤를 따랐다.

두 사람이 룩 호텔을 나서는데 거물급 인사라도 오는 모양인지 호텔 입구를 중심으로 사람들이 떼를 지어 서 있었다. 자세히 보니 카메라와 마이크를 든 취재진들이 대부분이었다.

"와! 뭐지? 여기, 유명한 사람이 오나 봐요. 연예인이면 좋겠다."

현아가 걸음을 멈추고 기웃거렸다. 태민은 현아를 한심스럽다는 듯 쳐다봐주고 걸음을 옮겼다. 그때였다. 검은색 리무진 여러 대가 들어오더니 호텔 앞에 섰다.

검은 슈트의 사람들이 여러 대의 리무진에서 동시에 내렸다. 그리고 그 중 한 남자가 가운데 있던 리무진의 문을 열었다. 이회장이 리무진에서 내렸다. 순식간에 여기저기서 플래시가 터졌다.

"누구지? 유명한 사람인가?"

현아가 도무지 모르겠다는 듯 갸웃거렸다. 태민은 이회장을 한국에서 보게 되어 꽤나 놀란 듯했다. 플래시에 눈이 부셔 고개를 돌리던 이회장이 멀리 선 태민을 발견했다. 이회장과 태민은 서로를 알아보았다. 태민은 작게 고개를 숙여 인사를 했다.

"어? 이쪽을 봤어!"

이회장을 보던 현아가 그의 시선을 따라 주위를 두리번거렸지만 보이는 건 태민 뿐이었다.

현아는 실망한 듯 다시 북적거리는 현장을 넋 놓고 바라보았다. 이회장은 수석 비서를 불러 무언가 지시하고는 총지배인의 에스코트를 받아 호텔 안으로 들어갔다.

"에이, 연예인 한 번 보나 했더니만, 웬 할아버지야."

현아가 많이 아쉬운지 툴툴대며 돌아섰다. 태민도 그만 돌아서

가려는데 드르르, 전화가 걸려왔다. 황집사였다.

-도련님, 거기는 무슨 이유로 가신 겁니까?

"룩 베이커리에 확인할 게 있었어."

-혹시라도 룩의 후계자인 걸 드러내시진 않으셨겠지요?

"그런 일 없어."

-회장님께서 보자 하십니다.

"그래."

-수석비서가 지하주차장에서 기다리고 있습니다.

"알았어."

태민이 전화를 끊고 현아를 돌아보았다. 현아는 안 가고 뭐하냐는 듯 쳐다보았다.

"먼저 가. 나 볼일이 남아서."

현아가 황당해 하는 사이 태민은 룩 호텔로 다시 들어갔다.

"이봐요! 밥은요?"

현아가 급하게 불러보았지만 이미 태민은 룩 호텔로 들어가 버린 후였다. 밥을 해야 해 말아야해? 사람 참 귀찮게 하네. 현아는 하는 수 없이 일단 집으로 가자며 발길을 돌렸다.

태민은 지하 1층에서 내렸다. 엘리베이터 문 앞에 이회장의 수석 비서가 기다리고 있었다.

수석 비서를 따라 잠시 걸어가자 호텔 최고층에 위치한 스위트 룸으로 곧장 이어지는 VIP 엘리베이터가 있었다.

수석 비서가 보안카드를 대자 엘리베이터가 열렸다. 엘리베이터는 순식간에 최고층으로 올라가 멈췄다. 태민은 엘리베이터에서 내려 로비로 향했다. 스위트룸으로 들어서자 천장부터 바닥까지 탁 트인 통 유리창 밖으로 화려한 서울의 야경이 한눈에 들어왔다.

국내외 작가들의 조각품, 유리 공예품, 그림 등으로 화려하게 꾸며진 응접실 소파에 이회장이 앉아 있었다. 태민은 이회장에게 고개 숙여 인사를 하고 소파에 앉았다.

"룩 베이커리에 들렀다고?"

"네, 이번 분기 매출이 부진하다 들었습니다."

"그래, 어떻더냐?"

"다른 호텔 베이커리와 차별되는 점이 없다는 게 문제였습니다."

"그래서 방안은 생각해봤고?"

이회장의 물음에 태민이 대답하려는데….

"회장님. 한국호텔 회장님 오셨습니다."

"그래, 이리로 모셔."

"네가 어떤 방안을 마련해 올지 기대하마."

이회장이 수석 비서에게 눈짓을 하자 그가 태민을 에스코트 했다. 로비가 아닌 침실 쪽 통로를 이용해 스위트룸을 빠져나와 엘리베이터로 향했다. 태민은 스위트룸 로비로 들어가는 회장의 뒷모습을 유심히 보았다.

룩 호텔을 나오자마자 태민은 황집사에게 전화를 걸었다.

"할아버지께서 한국호텔이랑 만나시던데, 아시아 쪽 사업 재개하기로 한 건가?"

-역시 도련님은 훌륭하십니다.

"한국을 발판으로 아시아 입지를 다지는 데 한국에서 인지도가 높은 한국호텔을 이용할 생각신가 보군."

-정확하십니다.

"아무래도 인수합병인가?"

-한국 호텔의 따님이 꽤 미인이시라고 합니다. 물론 도련님의 눈부신 외모에는 비할 데 없겠지만 말입니다.

"실없는 소리 그만해. 보스턴은?"

-우리가 주시하고 있다는 걸 알아챘는지 움직임이 뜸해졌습니다.

"그래, 계속 보고해."

태민이 전화를 끊었다.

재벌에게 결혼은 하나의 경영 전략이다. 결혼은 기업의 입장에서 고려해야 할 것이지 개인의 취향이나 선택이 고려된 것이 아니었다. 태민도 그 사실을 아주 잘 알고 있었다. 그리고 인수합병이 목적인 경쟁업체 간의 정략결혼, 그것 역시도 언젠가는 당연히 하게 될 거라 생각하고 있었다. 하지만 예상했던 것보다 시기가 빨랐다.

태민은 갑자기, 느닷없이, 현아가 떠올랐다. 근데 왜 갑자기 그 여자가 떠오르지? 집에 도착했으려나? 지금쯤 엄청 날 욕하고 있겠군? 태민은 현아에게 전화를 걸었다.

현아는 지하철역 계단을 올라오고 있었다. 왜 이렇게 치마가 짧은 거야? 두 손으로 치마 끝을 붙잡았다. 계단은 왜 이렇게 많은 거야? 오랜만에 신은 하이힐이 불편해 한걸음씩 아주 힘겹게 계단을 올랐다. 마지막 계단을 올라와 현아는 잠시 걸음을 멈추고 숨을 골랐다. 그때 전화가 울렸다. '집주인 개자식'이라고 발신자가 떴다. 현아가 태민의 번호를 저장해둔 이름이었다.

"왜요?"

-어디야?

"지하철 내렸어요."

-같이 밥 먹어.

"네, 네. 안 그래도 집에 가서 밥 할 참입니다. 이렇게까지 친히 전화 안 하셔도 됩니다요."

현아가 빈정거리며 대답했다.

-안 해도 돼. 밖에서 먹어, 같이.

"네? 정말요?"

-응, 거기서 기다려.

태민이 전화를 끊었다.

우와, 밥 안 해도 된다! 신난다! 그저 한 끼 식사에서 자유로워졌을 뿐인데 현아는 너무나 행복했다.

"아이, 추워. 왜 이렇게 안 와? 배고파 죽겠구만."

현아가 쉴 새 없이 투덜거리며 지하철 역 입구에서 사람이 나올 때마다 고개를 돌려 살폈다. 순간 역에서 빛이 나며 태민이 나왔다.

"여기요!"

현아가 부르자 태민이 성큼성큼 걸어왔다.

몇 번을 겪어도 참으로 이질적인 순간이었다. 이렇게나 멋진 남자가 내게 걸어오다니. 정말 성격까지 좋았음 얼마나 좋았을까, 현아는 아쉽다는 생각이 절로 들었다.

"얼른 와요, 배고프니까."

현아가 일부러 퉁명스레 말하고는 앞장섰다. 태민은 말없이 그녀의 뒤를 따랐다.

도착한 곳은 분식집이었다. 태민은 시청각 자료에서 분식집에 대한 내용을 보긴 했지만 이런 식으로 이곳에 오게 될 줄은 몰랐다. 현아는 온풍기가 돌아가는 근처 자리에 앉았다. 태민도 현아를 따라 앉았다. 태민이 천천히 벽면에 붙어 있는 메뉴를 살폈다. 그때 현아가 냉큼 주문을 했다.

"사장님, 여기 순대, 떡볶이, 튀김, 김밥, 다 일 인분씩 주세요."

"다 일 인분이면 4인분 아냐? 그렇게 많이 먹겠다고?"

"많은 게 아니라 딱 기본이에요. 더 먹자고나 하지 말아요."

현아가 물을 컵에 따랐다. 분식집 벽에 걸린 TV에서는 뉴스가 흘러나오고 있었다. 현아의 시선이 뉴스를 향했다. 그때 룩 호텔을 들어가던 이회장의 영상이 나왔다.

"어, 아까 우리가 봤던 사람이에요!"

현아가 반갑게 말했다. 그 말에 태민이 TV를 보니 이회장과 룩 호텔에 대한 뉴스가 보도되고 있었다.

–세계적인 호텔 그룹, 룩 기업의 제임스 리 회장이 오늘 낮 한국의 룩 호텔을 방문하였습니다. 룩 기업은 세계적인 호텔 그룹으로 세계 6대주 450여 개의 호텔을 운영하고 있습니다. 이회장의 내한은 지난 2001년에 이어 이번이 두 번째입니다.

"대박, 그 할아버지 룩 호텔 회장이었어. 450여개의 호텔? 와, 완전 엄청난 사람이었네."

"정확히 말하면 456개야."

태민이 친절하게 말해주었지만 현아는 모든 신경이 뉴스에 쏠려 있어 태민이 하는 말 따위는 귀에 들어오지 않았다.

-이회장은 내일 전용기로 홍콩으로 출국하여 신규 호텔의 오픈식에 참석할 것으로 알려졌습니다.

"헐, 전용기 타고 간대. 완전 대박."

룩 호텔 관련 뉴스가 끝나자 현아는 아까 따르던 물을 마저 따라 태민에게 건넸다.

태민은 자연스레 건네받아 물을 마시며 현아를 보았다. 현아는 뭔가 기운이 빠진 모습이었다.

"완전 우리랑은 다른 세상 사람이네요."

"우리랑이 아니라 당신이랑이겠지."

태민의 말에 현아가 눈을 흘겼다.

또, 또 저 잘난 척, 있는 척.

"같이 분식집에 앉아 있으면서 뭔 다른 세상이래?"

"이봐. 자세한 건 말할 수 없지만, 난 당신이 생각하는 그런 평범한 사람이 아니라고 몇 번을 말해?"

"네, 그렇다 쳐요."

"아니, 그렇다 치는 게 아니라!"

"와, 맛있겠다!"

음식이 나오는 바람에 하려던 말이 싹둑 끊기자 태민은 살짝 짜증이 났다. 하지만 현아는 탁자 위에 하나 둘 음식이 늘어가자 얼굴에 생기가 돌았다. 어느새 순대, 떡볶이, 튀김, 김밥과 어묵 국물까지 탁자가 가득 찼다.

"잘 먹겠습니다."

현아가 신이 나서 젓가락을 들었다. 그런데 태민이 멀뚱히 음식을 보고만 있자 괜히 신경이 쓰였다. 분식 안 좋아하나? 괜히 여기로 왔나? 현아가 일부러 태민의 손에 젓가락까지 쥐어주자 태민이 빤히 쳐다보았다.

"안 먹어요? 왜 보고만 있어요? 자, 얼른 얼른."

현아가 떡볶이를 집어 들더니 한 입에 쏙 넣었다. 태민도 따라서 떡볶이를 집어 호기롭게 한 입 베어 물었다. 떡볶이가 입에 닿자마자 매운 맛이 퍼져 눈물이 핑 돌았다. 안 그래도 큰 눈을 더 크게 뜨고 혓바닥을 내밀었다. 혀가 타기라도 하는 듯 힘껏 부채질을 했다.

어쩔 줄 모르는 태민을 보자 현아는 고소해서 웃음이 났다. 이 남자, 뭐야? 매운 거 처음 먹어보는 사람처럼. 까칠하기만 하던 태민이 저토록 귀여운 반응을 보이니 현아는 엄마 미소가 절로 나왔다.

"그렇게나 매워요? 자, 물 마셔요."

태민이 현아가 건네는 물을 숨도 쉬지 않고 벌컥벌컥 마셨다.

"한국 사람들은 너무 독해. 이렇게 매운 걸 아무렇지 않게 먹다니."

"본인은 아닌 것처럼 말하네요."

현아가 퉁명스럽게 대답했다. 태민은 조금은 진정이 됐는지 차분하게 현아를 바라보았다.

현아는 튀김을 들어 떡볶이 국물을 찍은 다음 한 입에 넣었다.

입가에 떡볶이 국물이 묻었다. 태민이 물끄러미 보다 티슈를 꺼내 그녀의 입가를 닦아주었다.

웅? 현아가 갑작스러운 손길에 놀라 눈을 동그랗게 떴다.

"당신이라는 여자, 자꾸 신경 쓰여."

부드러운 손길에 이은 의미심장한 말에 현아의 심장이 쿵, 내려 앉았다.

신경 쓰여? 내가? 헐, 이 남자, 나 좋아하나? 이런 생각까지 미치 자 화르륵 얼굴이 붉어졌다. 그리고 살짝 기대하는 눈빛으로 태민 을 보았다.

"정말 신경 쓰여. 어떻게 이렇게나 더럽게 먹지?"

태민이 티슈를 구겨 테이블 옆 휴지통에 버리며 심드렁하게 말 했다.

순간 현아는 뒤통수를 크게 얻어맞은 듯했다. 내 상상이 너무 과했다. 바랄 걸 바라야지. 내가 저 인간이 어떤 인간인지를 또 깜 빡 잊었네.

"더럽다뇨? 먹다보면 묻힐 수도 있고 그렇지."

어디서, 자기만 깨끗한 척이야. 진짜. 재수 없어.

현아는 짜증을 가득 담아 노려보았다. 태민이 피식 웃더니 새우 튀김으로 젓가락을 가져갔다. 현아가 재빨리 새우튀김을 가로채 서는 입에 넣었다. 태민이 황당하다는 듯 쳐다보자 현아는 약 올 리듯 웃었다.

"이봐, 내가 먼저 집은 거잖아."

"먼저 먹으면 임자죠."

그때였다. 드르르, 현아의 휴대폰이 울렸다. 휴대폰을 꺼내어 보는데, 낯선 번호였다.

"누구지? 여보세요?"

-김현아 씨 핸드폰 맞나요?

"네. 맞는데, 누구시죠?

-나야, 이동원.

"선배!"

현아는 갑작스러운 전화에 꽤나 놀랐다. 동원 선배가 왜 나한테 전화를 걸었지? 현아는 괜히 앞에 앉은 태민이 신경 쓰였다. 태민을 앞에 두고 동원과 전화를 하려니 왠지 모르게 쑥스럽다는 생각이 들었다.

"잠시만요."

밖에 나가서 통화를 하려고 현아가 자리에서 일어섰다. 그러자 태민이 현아의 손을 잡았다.

"여기서 통화해. 혼자 있는 거 싫어."

태민이 현아를 바라보았다. 혼자 남겨질까 겁먹은 아이 같기도 한 눈빛에 현아는 마음이 약해져 나가려다 말고 앉았다.

-아까 그 사람이랑 같이 있어?

"네, 같이 저녁 먹던 중이었어요."

-아쉽네. 나도 너랑 저녁 먹고 싶었는데.

동원의 다정한 말투에 현아는 조금 설렜다. 현아가 고개를 숙여 수줍게 웃었다. 태민은 자신에게는 보이지 않던 모습을 보자 살짝 배알이 뒤틀려 자신도 모르게 김밥을 짓이기고 있었다.

"근데 제 번호는 어떻게 아셨어요?"

-나, 엄청 힘들게 알아낸 거야.

"아, 네."

현아가 수줍어하며 통화를 하다 살짝 고개를 들었는데, 태민이 매서운 눈빛으로 노려보고 있었다. 타 죽일 것만 같은 뜨거운 눈빛에 현아가 깜짝 놀라 몸을 움츠렸다. 얼른 끊지 않았다간 큰일이 날 것 같단 생각이 들었다.

"저기, 선배!"

-응?

"제가 전화 이따 다시 드려도 될까요?"

-어, 그래. 기다릴게. 꼭 전화해.

"네."

-먼저 끊어.

"아뇨, 선배 먼저 끊으세요."

-그래, 전화 꼭 해.

"네."

서로 먼저 끊으라며 양보하는 게 뭔가 연인 같아. 현아는 통화를 끝내고 잠시 행복한 여운을 즐기며 배시시 웃었다.

"예의가 아니지 않나? 사람 앞에 두고서 전화를 그렇게 오래하는 건."

하지만 날이 선 태민의 목소리에 여운은 흔적도 없이 스윽 사라졌다.

"그래서 끊었잖아요."

여튼 남 행복한 꼴을 못 보지?

현아는 태민에게 눈을 흘겼다.

드르르, 이번에 울린 건 태민의 휴대폰이었다.

잘 걸렸다, 현아가 받기만 하라는 듯 잔뜩 벼른 눈으로 태민을 보았다. 하지만 태민은 현아의 시선 따윈 아랑곳하지 않고 휴대폰을 받았다.

-도련님.

"어, 잠시만."

태민이 일어서더니 가게 밖으로 나갔다. 저 인간, 저거! 나더러는 가만있으라더니! 현아는 제멋대로인 태민의 행동에 울컥했다.

내가 다 먹어버릴 거야! 현아가 접시까지 집어삼킬 듯 사납게 음식들을 입에 넣기 시작했다.

태민은 가게 밖으로 나와 다시 전화를 받았다.

"말해."

-보스턴 측이 주주들을 접촉하기 시작했습니다.

"그들이 내세우는 논리는?"

-무리한 확장보다 내실을 키워야 한다는 말로 주주들을 설득하는 모양입니다.

"그렇다면 한국호텔과의 인수합병이 앞으로 더 중요해지겠군."

-네, 아무래도 그렇습니다.

"알았어. 계속 상황 보고해."

이렇게나 빠르게 움직이다니. 태민은 생각보다 적극적인 보스턴 측의 움직임에 놀랐다. 이런 중요한 시기에 원이어 따위를 하고 있다니. 자신의 상황이 짜증스러웠다.

툭, 태민이 의자에 살짝 걸쳐두었던 코트가 떨어졌다. 미운 마음에 그냥 둘까 하다, 그래도 그러면 안 되지 싶어 현아가 일어나 코트를 주워들었다. 그때 코트에서 지갑이 투둑, 떨어졌다.

지갑을 주워드는데 그 안이 살짝 궁금해졌다. 슬쩍 밖을 보니 태민은 통화가 길어질 것 같고, 현아가 조심스레 지갑을 열었다. 빛바랜 가족사진이 보였다. 일곱 살 태민과 태민의 부모가 함께 찍은 사진이었다. 어머, 완전 귀엽다. 엔젤이네, 엔젤. 역시! 부모님 모두 미남, 미녀셨네. 유전자가 이렇게 좋으니 이런 외모인 게 당연한 건가? 현아는 천사 같이 웃는 태민의 얼굴에 절로 미소가 지어졌다.

"뭐 하는 짓이지?"

태민이 현아의 손에서 지갑을 확 낚아챘다. 깜짝 놀라 돌아보니 태민이 얼음처럼 싸늘한 얼굴로 노려보았다. 눈빛이 너무 서늘해서 현아는 심장이 얼어버릴 거 같았다.

"그게, 바닥에 떨어져 있어서 줍다가, 정말 미안해요."

태민이 현아에게서 코트를 뺏어들고는 쌩하니 현아를 지나 가게를 나갔다. 진짜, 왜 남의 걸 보고 그래, 어휴! 현아는 호기심을 누르지 못하고 명백한 잘못을 저지른 스스로를 탓했다.

내가 잘못했어. 소중한 사진인 거 같았는데, 내가 함부로 봐 가지고. 현아는 태민의 뒤를 졸졸 따르며 연신 자책했다. 자신 때문에 무거워진 분위기도 어떻게든 풀고 싶었다. 그때 길가에 붕어빵리어카가 보였다.

"와, 붕어빵이다! 참으로 맛있겠구나! 우리 붕어빵 안 먹을래요?"

현아가 아주 어색하게 앞서가는 태민을 향해 말했다. 태민이 뒤를 돌아보았다. 미안해 죽겠단 얼굴을 한 현아를 잠시 말없이 보았다. 언제 화를 냈냐 싶게 피식 웃음이 났다.

"정말 위대하군. 아까 그걸 먹고 또 먹겠다고?"

"원래 밥 배, 간식 배 따로 있는 거예요."

"그래, 대단해."

"같이 먹을 거죠? 아저씨, 이천 원어치요."

붕어빵을 받아든 현아는 계산을 하는 대신 태민을 빤히 보았다. 영문을 몰라 태민도 빤히 현아를 보았다.

"돈 내야죠."

"당신이 먹을 건데 내가 왜?"

"제가 저녁 샀잖아요."

태민은 그제야 자신이 분식집을 그냥 나왔단 걸 깨달았다. 태민이 지갑에서 천 원짜리 두 개를 꺼내 상인에게 건넸다.

"많이 파세요."

현아가 상인에게 인사를 하며 돌아섰다. 태민도 무성의하게 고개를 까딱이고는 지갑을 코트 주머니에 넣었다. 현아가 봉지에서 붕어빵을 꺼내 제 입에 물고 태민에게도 붕어빵을 건넸다.

그때였다. 언뜻 봐도 수상해 보이는 검은 옷의 남자가 너른 길을 놔두고 두 사람이 있는 쪽으로 걸어오더니 태민을 일부러 툭, 치고 지나갔다. 태민이 얼굴을 찌푸렸다. 이상한 느낌에 주머니에 손을 넣었다. 그 자리에 있어야 할 지갑이 없었다.

"지갑!"

태민이 돌아보며 외치자 검은 옷 남자가 갑자기 뛰기 시작했다. 태민도 소매치기를 뒤쫓아 뛰었다. 현아도 그제야 상황을 알아차리고 구두를 바닥에 벗어놓고는 힘껏 뛰기 시작했다.

엄청 소중한 사진 같았어.

현아는 지름길로 가 소매치기의 앞을 막아야겠다는 생각에 골목길로 뛰어 들어갔다.

"거기 서!"

지갑 속의 사진은 태민이 가지고 있는 유일한 가족사진이었다. 비행기 사고 이후, 할아버지는 아들 부부의 사진을 보기 괴롭다는 이유로 모두 숨겼다. 때문에 태민에겐 부모를 추억할 수 있는 유일한 사진이었다. 그래서 지갑을 꼭 찾아야만 했다.

태민은 무서운 속도로 소매치기와의 거리를 좁혀갔다. 맹렬하게 쫓아오는 태민을 의식하곤 소매치기도 필사적으로 내달렸다.

그때였다. 골목에서 현아가 튀어 나오더니 소매치기의 앞을 막아섰다. 소매치기가 급하게 멈춰 섰다. 뒤따라오던 태민도 덩달아 멈췄다. 고개를 까딱거리며 포위망을 좁히듯 천천히 소매치기에게 다가갔다.

헥헥헥, 소매치기가 거친 숨소리를 내며 초조한 얼굴로 앞뒤를 번갈아보았다. 태민은 살벌한 얼굴을 해서는 금방이라도 잽을 날릴 듯 복싱 자세로 다가갔다. 소매치기는 현아 쪽이 더 돌파하기 쉽다고 판단했는지 현아를 향해 달렸다.

"피해!"

태민이 현아를 향해 소리를 질렀다. 하지만 현아는 피하지 않고 오히려 소매치기를 향해 손을 뻗었다. 저 여자, 위험하게 뭐하는 짓이야! 태민의 걱정처럼 소매치기가 현아의 몸을 위협적으로 밀었다.

현아가 순식간에 소매치기의 손을 낚아채더니 재빠르게 업어치기를 했다. 소매치기가 바닥에 퍽, 하고 내리꽂혔다. 현아는 소매치기의 손에서 얼른 태민의 지갑을 뺏어 들었다. 그 틈에 소매치기는 얼른 몸을 일으켜 뒤도 안 돌아보고 달아났다.

"지갑, 찾았어요!"

현아가 환한 얼굴로 지갑을 흔들어 보였다. 태민은 현아가 다치지 않아 정말 다행이면서도 한편으로 화가 났다. 나한테는 소중한 거라지만, 저 여자한테는 아무것도 아닌 건데… 저 여잔, 왜 이렇게 온 힘을 다하는 거지? 그저 남의 일인데, 어떻게 이렇게까지 진심일 수가 있는 거지?

"미쳤어? 당신이 거길 왜 끼어들어, 위험하게!"

"안 다쳤어요. 저번에 말했잖아요. 나 유도 유단자라고. 여튼 지갑 찾아서 다행이에요."

현아가 태민에게 다가와 지갑을 건네며 환하게 웃었다. 그 순간 태민은 심장이 철렁 내려앉았다. 왜 이러지? 자신의 심장이 왜 이러는지 도무지 알 수가 없었다. 다행히도 요동치던 심장은 금세 괜찮아졌다. 태민은 혹시나 다친 데라도 있을까 싶어 현아를 천천히 살폈다.

달리느라 잔뜩 헝클어진 머리, 구겨진 블랙미니드레스 그리고 검은 스타킹의 맨발. 그의 시선이 발에 가 멈췄다. 이번에는 심장이 저릿했다.

"구두는?"

"아, 아까 뛰려는데 불편할 것 같아서, 아마 붕어빵이랑 같이 있을 거예요."

"발 안 시려?"

"뛸 땐 안 시렸는데 지금은 좀 시리네요."

태민이 주위를 둘러보다 불 꺼진 가게 앞에 놓인 긴 나무 의자를 발견했다. 현아를 번쩍 안아들더니 의자에 앉혔다. 너무 순식간에 일어난 일이라 현아는 당황해서 아무 말도 못하고 그를 바라만 보았다.

"여기서 기다려. 구두 가져올 테니까."

태민이 뒤돌아 뛰어갔다. 현아는 지금 자신에게 일어난 일에 대해 생각했다. 뭐지? 이런 전개는? 공주님 안듯이 나를 안아서 여기다 앉혀놓고 지가 구두를 찾아오겠다며 갔어. 지갑의 은인한테 이렇게까지 해주나? 현아는 순간 머리가 복잡해졌다.

몇 분 지나지 않아 태민이 돌아왔다. 현아에게 붕어빵 봉지를 안기더니 무릎을 굽혀 앉았다. 이 남자, 뭐하려고 이러는 거야? 현아는 의아하게 태민을 보았다. 태민이 주머니에서 손수건을 꺼내 살짝 젖은 현아의 발을 부드럽게 닦았다.

현아는 돌덩이처럼 굳어버렸다. 숨 쉬는 것도 잊을 만큼 머리가 새하얘졌다. 이런 상황도 처음이거니와 이런 상황에서는 어떤 말이나 행동을 해야 하는지, 아무것도 떠오르지 않았다.

"고마워."

태민이 조심스럽게 구두를 신겨주며 말했다. 까칠하고 오만하다고 생각했던 태민의 입에서 고맙다는 소리가 나오자, 현아는 그저 놀랄 수밖에 없었다. 정말 소중한 거였구나, 현아는 지갑을 찾길 정말 다행이라 생각했다.

"가지."

태민이 현아에게 손을 내밀며 말했다. 그제야 현아가 퍼뜩 정신을 차리고 그의 손을 잡고 일어섰다. 그 순간 세차게 뛰기 시작하는 심장 때문에 태민은 얼른 손을 떼어냈다.

현아와 태민은 집으로 오는 내내 아무런 말이 없었다. 대신 둘 사이에 뭔가 묘한 온기가 흘렀다. 좁은 집으로 들어서자 온기는 아까보다 더 진해졌다. 현아는 긴장감에 숨이 턱 막혀왔다. 현아는 얼른 태민이 큰방으로 들어갔으면 싶었다.

"먼저 갈아입어."

웬일로 태민이 현아에게 큰방을 양보했다. 현아는 서둘러 방으로 들어가 문을 닫았다. 잠시 문에 기대어 조금 전에 있었던 일들을 생각해보는데, 생각하면 할수록 심장이 두근거렸다.

저 남자, 진짜 나 좋아하나봐! 어떡해! 근데, 난 저 남자가 좋은 건가? 뭐, 얼굴은 당연히 좋지. 그런데 성격이 영 아니야. 저런 놈 만나면 마음 고생, 몸 고생, 고생 고생 생고생이야. 그래도, 조금 전만 같으면 또 괜찮지 않아? 발도 닦아주고, 구두도 신겨주고, 나 완전 공주님 같았는데. 그래, 나 좋다고 매달리면 못 이기는 척 만나줄 순 있지.

으흐흐흐, 현아는 기분 좋은 상상에 실없이 웃음이 났다.

4화

  태민은 조금 지친 얼굴로 의자에 걸터앉아 황집사에게 전화를 걸었다.

  -네, 도련님.

  "나 아무래도 심장이 이상해."

  -네? 얼마 전 건강검진에서 별 이상 없지 않으셨습니까?

  "응, 그랬지. 그런데 오늘 갑자기 철렁하더니, 갑자기 저릿하고, 또 갑자기 막 쿵쾅거려."

  -갑자기, 철렁, 저릿, 쿵쾅이라? 그런 증상을 설명할 수 있는 게 있긴 합니다만. 그런데 그건 도련님이랑 전혀 상관없는 것이라서요.

  "그게, 뭔데?"

  -사랑입니다.

  "뭐, 사랑?"

그때, 현아가 옷을 갈아입고 큰방을 나왔다.

내가 저 여자를 사랑한다고? 태민은 인정할 수 없다는 듯 현아를 빤히 보았다.

말도 안 돼. 내가? 룩 기업의 후계자인 내가? 저런 평범한 여자를? 목 늘어난 티셔츠에 무릎 나온 바지를 입은 저 여자를? 말도 안 돼. 현아를 사랑한다는 건 태민의 자존심이 도저히 허락할 수가 없었다.

"그럴 일은 없어. 그런 일은 있을 수도, 절대 있어서도 안 돼."

태민은 결연하게 말하고는 전화를 끊었다.

내가 저 여자를 사랑한다고? 태민은 아주 심각한 표정으로 현아를 보았다. 현아는 표정이 심상치 않은 태민에게 무슨 일이라도 생긴 건지 살짝 걱정이 되었다.

"옷이 그런 거 밖에 없어?"

태민은 짜증을 가득 실어 말했다. 순간 현아는 당황했다. 잠시나마 걱정했던 마음도 싹 사라졌다.

"목이 늘어났으면 버려야지, 대체 왜 입는 거야?"

"내가 뭘 입든 말든 무슨 상관이에요? 아니, 나 옷 사 입으라고 돈이라도 줘봤어요?"

갑자기 왜 남의 옷에 시비야? 몇 분 전만 해도 세상 제일, 부드럽게 굴더니만, 지금은 아주 완전 까칠까칠한 게 사포 저리 가라네. 변덕이 아주 이중인격 수준이구만. 순식간에 기분이 잡쳐버린 현아는 씩씩거리며 태민을 노려보았다.

태민은 다시 현아의 눈빛에 가슴이 저릿하게 아파왔다. 하지만

태연하게 일어나 큰방으로 가 문을 열었다. 그리고 현아를 보며
말했다.

"짐 빼. 오늘 이후로 다시 내 방에 들어오지 마."

"안 그래도 뺄 거였어요!"

아휴, 저 밉상. 아주 그냥 확!

현아가 씩씩거리며 큰방으로 들어갔다. 태민은 현아와 너무 붙
어 있어 자신의 심장이 이상하게 돼버린 건지도 모른다 생각했다.
만약 그런 거라면 현아와의 거리를 두면 해결될 문제였다.

작은 방에 짐을 옮겨다 놓으니 딱 한 사람 누울 공간만 남았다.
이래저래 피곤한 탓에 짐 정리는 내일로 미루고 현아는 불을 끄고
자리에 누웠다. 창문 커튼 틈으로 가로등 불빛이 새어 들어왔다.

현아는 천장을 바라보고 누워 이불을 덮었다. 몸은 피곤했지만
마음이 스산한 게 쉽사리 잠이 오지 않았다. 현아는 고맙다 말하
며 다정하게 구두를 신겨주었던 태민의 모습을 떠올렸다. 가슴에
뭉게구름이 떠다니는 듯 포근했다.

"그런데 갑자기 왜 그래?"

옷 타박을 하며 짜증스럽게 자신을 쳐다보던 태민의 눈빛이 떠
올라 못내 서운했다. 지갑의 은인이라고 잠깐 잘해준 걸, 바보같
이 날 좋아하는 거라고 오해하다니, 내가 미쳤지. 현아는 그만 생
각하자며 옆으로 돌아누웠다.

드르르, 휴대폰이 울렸다. 하은이었다.

"왜?"

-아까 동원 선배가 전화가 와서는 네 번호 좀 알려 달라던데, 통화 했어?

"응, 했어."

-진짜? 완전 대박이다. 울 학교 킹카 동원 선배가 너한테 전화를 다하고. 그래서 뭐 때문에 전화한 거래?

"오늘 룩 베이커리 갔다가 만났었어."

-그래? 선배가 너한테 마음 있는 거 아냐?

"아냐, 그런 거. 나, 가게 한다고 했더니 와보고 싶다더라고.

-그래? 로맨스를 기대했었는데 아쉽네. 근데 여전히 잘생겼어?

"응, 여전히 잘생겼더라."

-야, 근데 너 왜 이렇게 목소리가 가라앉았냐? 뭔 일 있냐?

"일이야 많지. 이 박 삼 일을 풀어도 모자랄 일이다. 그러는 넌 연애 끝났냐? 웬일로 전화냐?

-말도 마라. 그놈 양다리였어. 나 몰래, 가게 스무 살짜리 알바랑 연락하는 걸 나한테 딱 걸렸지. 그래서 걔 만나라고 차줬어.

"그래, 잘했다, 잘했어. 근데 너 지금 어디냐? 음악 소리 엄청 시끄러운데?"

-클럽. 새로운 사랑 찾아야지. 내일 저녁에 동네에서 치맥 어때?

"저녁은 힘들어. 아주 귀하신 분, 밥 차려 드려야 돼서.

-뭔 소리야?

"그런 게 있다. 낼 만나서 이야기 해줄게. 아홉 시 어때?"

-좋아. 낼 봐.

"그래, 꼭 새로운 사랑 찾아라."

현아는 전화를 끊자마자 동원이 떠올랐다. 아차, 그제야 동원에게 전화하는 걸 깜빡했다는 걸 알아차렸다. 시계를 보니 이미 12시를 넘긴 시간이었다.

너무 늦었네. 내일 전화해야겠다. 현아는 크게 한숨을 내쉬고 눈을 꼭 감았다.

태민은 잠이 오지 않아 한참을 뒤척이다 옆으로 돌아누웠다. 그때, 현아의 환영이 태민의 눈앞에 나타났다. 현아의 환영은 한 팔을 베고 누워 태민을 바라보았다. 쿵쾅쿵쾅, 태민의 심장이 거칠게 뛰었다. 현아의 환영이 천천히 태민의 입술에 제 손가락을 가져다 대었다. 순간 태민은 화들짝 놀라 벌떡 일어나 앉았다.

"뭐야? 이 여자, 나한테 무슨 짓을 한 거야? 왜 헛것이 보여?"

태민은 현아의 환영을 떨쳐내려는 듯 고개를 절레절레 흔들었다. 하지만 눈길이 닿는 곳마다 현아의 환영이 나타나 자신을 보며 웃었다.

태민이 책장에서 책을 급하게 꺼내들었다. 집중하자, 집중. 책을 읽는 거야.

"소녀는 소년이 건넨 사과를 아주 기쁘게 받아들었다. 그리고 조심스럽게 한 입 베어 물었다."

사과? 사과? 현아의 목소리가 들리는 듯했다.

그 소리에 태민이 책에서 눈을 떼어 고개를 들었다. 살짝 열띤 얼굴을 한 현아의 환영이 태민을 보고 있었다. 태민이 고개를 들기 기다렸다는 듯 현아의 환영은 천천히 그의 입술을 향해 다가왔다. 두근두근, 태민은 저도 모르게 살짝 눈을 감았다.

"안 돼!"

태민이 정신을 차리고 번쩍 눈을 떴다.

큰일 날 뻔 했어. 음악을 듣자. 가사 있는 노래는 안 되겠어. 클래식, 그래 클래식. 이어폰을 귀에 꽂고 자리에 누웠다. 차이코프스키의 백조의 호수가 흘러나왔다. 달빛에 반짝이는 호수 그리고 하얀 백조들이 노니는 풍경이 떠올랐다. 태민은 그제야 마음이 진정되는 듯 했다. 하지만 백조들 사이에서 잔뜩 헝클어진 머리, 구겨진 블랙미니드레스, 그리고 검은 스타킹의 맨발 차림을 한 현아의 환영이 나타났다.

"그만! 그만 좀 나타나!"

태민이 다시 눈을 번쩍 떴다. 뛰자, 뛰어야겠어. 태민은 도저히 안 되겠는지 자리에서 일어나 겉옷을 걸쳐 입고 방을 나갔다. 태민은 머리가 복잡할 때면 달렸다. 달리다 보면 잠시나마 잊을 수 있었고, 달리기가 끝날 때쯤엔 생각도 어느 정도 정리할 수 있었기 때문이었다. 그래서 태민은 달리기 시작했다.

현아는 제 몸 하나 챙기기도 바쁜 아침에 태민이 먹을 아침 밥상을 차리느라 분주했다. 그때 방문을 열고 태민이 나왔다. 잠을 제대로 못 잤는지 퀭한 얼굴이었다.

"얼른 씻고 와서 아침 먹어요."

"안 먹어."

태민은 나직하게 한마디를 던지고는 화장실로 향했다.

저 자식이! 안 먹을 거면 미리 좀 말해주지. 더 잘 수 있었는데.
현아는 못 잔 잠에 속이 쓰렸다.

"이봐요, 오늘부터 알바 해야 하는 건 알죠?"

"걱정 마. 약속은 지켜."

태민이 대답하고 화장실로 쑥 들어갔다. 어디 아픈가? 현아는
태민을 걱정스럽게 보았다.

현아와 태민은 찬바람이 쌩하게 멀찌감치 떨어져서 걸었다. 태
민은 천천히 현아의 뒤를 따라 걸었다. 눈앞에 현아가 있어서 그
런지 환영은 보이지 않았다.

까만 뒤통수, 작은 어깨. 씩씩하게도 걷네. 태민은 현아의 뒷모
습만 보고 있을 뿐인데 저절로 미소가 지어졌다. 안 돼, 그만. 태민
은 퍼뜩 정신을 차렸다. 저 여자는 나와는 전혀 어울리지 않아. 태
민은 마음을 다잡았다. 그래, 어울리지 않아.

"가게 위치는 누가 정한 거야?"

"제가요."

"역시나. 당신 수준에 딱 맞는 선택이라고 생각했어."

"뭐요? 부동산 아저씨가 여기 엄청 좋다고 했어요."

현아가 발끈했다. 그러자 태민이 한심스럽다는 듯 한숨을 내쉬
고는 말을 이어갔다.

"걸어오는 길에 이미 큰 프랜차이즈 빵집을 두 개나 지나쳤어. 거
긴 인근에 아파트 단지라도 있지. 잘 봐, 이 주위에 뭐가 있는지."

현아는 태민의 말에 주위를 살펴보았다. 앞을 보아도 옆을 보아

도 빈 땅이었다. 허허벌판에 현아의 가게만 보일 뿐이었다.

"아무것도 없어. 게다가 이 건물에 다른 가게가 있는 것도 아니야. 그냥 주택이지. 이래서야 사람들이 오겠어? 게다가 큰 길에서 한참 떨어진 데다 길도 좁아. 이렇게 교통까지 나빠서야. 당신이 속은 거야."

태민이 딱하다는 듯 혀를 찼다.

현아도 자신이 부동산중개인에게 속았다는 걸 이미 알고 있었다. 가게를 열고 사흘이 지나도록 빵 하나 못 팔았으니까. 하지만 태민을 통해서 다시 한 번 확인하고 있자니 화가 났다.

"빵만 맛있으면 됐지! 열심히 만들다 보면 손님들도 늘고 할 거예요!"

"참 낙관적이야. 아무런 대책 없이, 참 낙관적이야. 사람들이 어떻게 알 건데?"

"그거야, 맛있다고 소문이 나면…."

"거봐, 역시나, 안 어울려."

저렇게 대책 없는 여자는 나와 어울리지 않아. 태민은 다시 한 번 생각했다.

현아는 태민의 말에 분하지만 식빵을 팔려면 저 얼굴이 필요하니 참을 수밖에 없었다. 아휴, 분해. 진짜 재수 없어.

가게에 도착해 현아가 문을 열자 태민이 열린 문틈으로 유유히 걸어 들어갔다. 현아가 흘겨봤지만 태민은 별 신경 쓰지 않는 듯했다. 그는 카운터에 자리를 잡고 편하게 앉았다. 그 모습이 얄미워 현아는 문을 열어놓은 채로 두고 들어왔다.

"추워."

"환기시켜야죠."

현아는 태민을 지나쳐 제빵실 안으로 들어갔다. 태민은 카운터에 얼굴을 기대고 현아를 보았다. 정말 나랑 안 어울리는 여잔데, 왜 자꾸만 보게 되지? 현아의 얼굴을 보자 태민은 마음이 놓여 잠이 쏟아졌다.

"이태민 씨? 왜 아침부터 이렇게 자요? 어제 못 잤어요?"

현아가 잠들어 있던 태민을 깨웠다. 잠깐이었지만 달게 잤는지 한층 밝은 얼굴이었다. 태민은 잠결에 저도 모르게 다정한 눈빛으로 현아를 바라보았다. 현아는 자신을 빤히 보는 그의 시선에 괜히 기분이 이상해졌다.

"내 얼굴에 뭐 묻었어요? 왜 그렇게 봐요?"

"그냥 어떻게 이렇게 생겼나 싶어서."

"네네, 어제는 옷 타박이더니 오늘은 얼굴 타박이네요. 이거나 먹어봐요."

현아가 방금 갓 구운 식빵을 내밀었다. 태민이 빵을 떼어 들자 현아가 잔뜩 기대하는 얼굴로 보았다. 태민은 그 얼굴을 좀 더 보고 싶은 마음에 빵을 잠시 들고 있었다.

"먹기 싫음 관둬요."

현아는 태민이 놀린다는 생각에 기분이 상해 빵을 뺏으려 했다. 그러자 태민이 손에 든 빵을 냉큼 입으로 집어넣었다.

"맛있어."

역시나 맛있었다.

태민의 말에 현아가 활짝 웃었다. 순간 태민의 심장이 풍선처럼 부풀었다. 살짝 건들이기만 해도 터질 것만 같은 기분이 들었다.

안 돼! 태민은 더욱 바짝 정신을 차렸다. 일을 생각하자. 이 식빵을 어떻게 룩 베이커리에 적용할 수 있을지만 생각하자.

"새콤하면서도 달콤한 건, 왜 그런 거지?"

"효모 때문에 그래요."

"효모?"

그때 문이 열리고 50대로 보이는 여자 손님이 가게로 들어왔다. 현아가 손님을 반갑게 맞았다.

"어서 오세요."

"어머, 알바 총각 나왔네. 나 식빵 사러 왔어."

"식빵이나 고르지 그래?"

"죄송해요. 이 사람이 외국 생활을 오래해서 말이 짧아요."

"알아, 그때 그렇게 말했잖아. 반말만 해서 그렇지, 총각이 한국 말을 정말 잘해."

현아가 어설프게 변명을 늘어놓았다. 하지만 손님은 태민의 반말 따위는 전혀 신경 쓰지 않는다는 듯 그를 다정한 눈빛으로 쳐다보았다.

"알바 총각이 추천 좀 해줄래?"

"저번에, 우유 식빵이랑 치즈 식빵을 샀으니 이번에는 밤 식빵이나 건포도 식빵 어때? 둘 다 사면 더 좋고."

"어머, 내가 그때 뭐 샀는지도 기억해?"

"기억력이 좋아, 내가."

"그러게, 얼굴만 잘 생긴 줄 알았더니, 머리도 좋아. 밤 식빵이랑 건포도 식빵 둘 다 살게."

손님은 태민이 기억해줬다는 사실에 기분이 좋아 냉큼 식빵을 두 개나 주문했다.

반말을 하고도 금세 식빵 두 개를 팔아치우다니.

현아는 태민의 얼굴이 가진 영업력에 새삼 놀라며 식빵을 봉지에 담았다.

태민의 얼굴 덕에 식빵은 매진되었고 덕분에 퇴근도 빨랐다. 이런 식이면 이번 달 월세는 무사히 낼 수 있을 거 같았다. 현아는 콧노래까지 흥얼거리며 저녁 설거지를 했다. 문득 이상한 느낌에 현아가 돌아보았다. 태민이 저를 빤히 보고 있었다. 저 인간, 나 감시하나?

"저기, 나한테 할 말 있어요?"

"왜지?"

"뭐가요?"

"왜 자꾸 내 눈앞에 알짱거리는 거지?"

"네?"

뭐래? 자기가 보고 있으면서 무슨 소리를 하는 거야? 현아는 태민을 도무지 이해할 수 없다는 듯 고개를 저으며 설거지를 다시 시작했다. 태민은 여전히 갈피를 잡을 수 없는 얼굴로 현아의 뒷모습을 바라보았다.

"저녁도 먹었으니, 저 좀 나갔다 올게요."

설거지를 끝낸 현아가 고무장갑을 벗으며 태민에게 말했다. 하은이랑 치맥 약속이 현아를 기다리고 있었다. 태민은 저도 모르게 현아를 붙잡았다.

"청소는?"

"하면 되잖아요!"

신데렐라 기분을 아주 잘 알겠네. 쉬려고만 하면 계속 일을 시켜. 저 밉상. 현아가 걸레를 빨아 와서 부엌 바닥을 닦기 시작했다. 태민의 눈에 현아의 동그란 뒤통수가 보였다. 왠지 쓰다듬고 싶었다. 태민은 저도 몰래 현아의 머리를 향해 손을 뻗었다.

"발 들어요."

현아의 말에 태민은 퍼뜩 손을 내리며 정신을 차렸다. 또 넋을 잃고 쳐다봤군. 태민은 더는 이래선 안 된단 생각을 했다. 그때 식탁 위에 올려둔 현아의 휴대폰이 울렸다. 동원이었다.

현아는 바닥을 닦느라 모르는 눈치였다. 태민은 휴대폰과 현아를 번갈아보았다. 저 여자는 나와 상관없어. 저 여자가 누구랑 통화를 하든 나와 아무런 상관없어.

"이봐, 전화 받아."

현아가 태민의 말에 일어나 휴대폰을 들었다. 발신자가 동원인 걸 확인하고는 아차, 싶었다.

아, 맞다. 전화한다는 게 또 깜빡했네. 현아는 미안한 얼굴이 돼서는 얼른 전화를 받아들었다.

"네, 선배."

-통화 가능해?

"죄송해요. 제가 전화한다는 걸 깜빡했어요."

-그러게. 내가 네 전화를 얼마나 기다렸다고. 더는 못 기다리겠어서 내가 먼저 전화했어.

"정말 죄송해요."

-미안하지? 그럼 나랑 저녁 먹자.

"저녁이요?"

현아가 태민의 눈치를 살폈다. 역시나 태민의 눈빛은 서늘했다. 그래, 네 저녁 챙겨줄 테니까 그렇게 노려보지 좀 말지?

"선배, 저녁은 아무래도 힘들 거 같아요."

현아는 작게 한숨을 내쉬며 동원에게 말했다. 그때 태민이 현아의 어깨를 툭 쳤다.

"왜요?"

현아가 휴대폰의 수화기를 막고 태민에게 물었다.

저 여자는 나와 어울리지 않아. 저 여자가 누굴 만나든 나와는 상관없어. 태민은 머릿속으로 되뇌고는 결심한 듯 입을 열었다.

"가. 만나, 그 사람."

현아는 살짝 놀랐다.

정말이야? 순순히 저녁을 포기한다고? 현아는 못 믿겠다는 듯 태민을 빤히 보았다.

"하루 정도는 내가 허락하지."

"정말이죠? 그쪽이 된다고 한 거예요."

현아가 되묻자 태민이 천천히 고개를 끄덕였다.

"선배, 저녁도 괜찮아요."

-그래, 그럼 이번 주 토요일 저녁 같이 먹을까?

"네, 좋아요."

-그래, 장소랑 시간은 정해서 메시지로 보낼게.

"네."

-그럼, 좋은 밤.

"네, 선배도 좋은 밤이요."

현아가 얼굴을 붉히며 미소 지었다. 그 눈빛에 설렘이 떠오른 순간 태민은 심장이 저려왔다. 내가 그러라고 해놓곤 내가 왜 아픈 거지? 태민은 그곳에 그대로 있다가는 죽을 것만 같았다. 얼른 자리에서 일어나 겉옷을 챙겨 현관으로 향했다.

"이봐요. 어디 가요?"

현아는 갑자기 집을 나가는 태민의 행동이 의아해 물었다. 하지만 그는 대답도 않고 뒤돌아보지도 않은 채 집을 나갔다.

"말하긴 싫음 마라. 흥. 진짜 왜 저래?"

까칠한 데는 있어도 저렇게까지 이상하진 않았는데. 대체 무슨 일일까? 나랑 말 섞기도 싫은 건가? 현아는 자꾸만 태민이 신경 쓰였다.

"뭐? 조윤석, 그거 완전 개자식이네. 그래서 그 놈은 잡았어?"

현아는 치킨 가게에서 만난 하은에게 그간의 이야길 털어놓았다. 그러자 하은이 마치 제 일이라도 되는 양 몹시 분개했다.

"아니, 파리로 도망갔어."

"뭐, 파리? 프랑스 파리?"

"응, 첨에는 뻥인 줄 알았더니, 정말 갔더라."

"진짜 대박이다, 그 자식."

현아의 이야기를 듣던 하은은 열불이라도 난다는 듯 맥주를 벌컥벌컥 들이켰다.

"응, 거기서 제과 공부할 거래. 언제는 내 식빵이 최고라고 해놓고는."

현아가 못내 아쉬운 표정을 지었다. 그러자 하은이 정신 차리라는 듯 말했다.

"너랑 자려는데 뭔 소리를 못 했겠냐?"

"아냐, 내 몸만 노린, 그런 나쁜 놈은 아니었어."

"그렇지, 니 돈도 노렸지."

그렇게 콕 꼬집어 말할 필요는 없는데! 현아가 하은을 보고 눈을 흘겼다.

"넌 너무 사람을 믿어 탈이야. 의심 좀 해!"

"사람을 안 믿고 어떻게 사랑을 하나?"

"아이고, 철학자 나셨네, 나셨어."

"나쁜 놈이기는 하지만 내가 식빵가게를 하면서 나로 살 수 있게 힘을 준 사람이야."

현아에게 윤석이 한때 좋은 사람이었던 것도 사실이었지만 돈을 들고 튄 사람인 것도 역시나 부정할 수 없는 사실이었다. 그 사실을 떠올리자, 잠잠했던 현아의 분노가 다시 끓어올랐다.

"내 돈! 조윤석 개자식! 내가 그 돈 때문에 집주인 놈한테 어떤 수모를 겪고 있는데!"

현아는 몸 안의 분노를 가득 끌어올려 힘껏 치킨을 뜯었다.

"그래, 말 나온 김에 같이 산다는 그 남자 이야기나 해봐. 어때?"

"한 마디로 악마야, 악마. 나를 괴롭히려고 지옥에서 온 것 같다니까. 처음 봤을 때부터 반말 찍찍 해대지. 살게 해준다며 식사, 청소, 빨래까지 다 나를 시켜."

"헐, 대박. 왜 거기서 살아? 나오면 되잖아?"

하은이 이해가 안 된다는 듯 말했다.

내가 나오기 싫어서 거기 있겠냐? 현아가 말 대신 눈빛으로 말했다. 순간 하은은 아차 싶었다.

"아, 맞다. 조윤석이 돈 들고 튀었지."

"매 끼니 어찌나 챙기시는지. 아침은 국하고, 반찬 서너 가지만 하래. 아니, 반찬 서너 가지가 말만 하면 뚝딱 나오는 건 줄 안다니까. 게다가 대박 웃긴 건, 자기 저녁 차려야 한다고 저녁 약속도 잡지 말란다."

"헐, 누가 들으면 너 혹독한 시어머니 밑에 시집살이 하는 줄 알겠다, 야."

"응, 딱 그 기분이야. 너 만나러 나오려는데 청소하고 가래서 청소도 하고 왔다."

현아가 처량한 자신의 처지를 한탄하며 씁쓸하게 맥주를 들이켰다. 하은이 현아의 어깨를 토닥였다. 그러자 현아가 이때다 싶어 하은의 손을 두 손으로 꼭 붙잡고 불쌍한 눈빛을 했다.

"친구, 그래서 말인데, 나 삼천만 땡겨주면 안 되겠나?"

"이보게, 친구. 가까운 사이일수록 돈 거래는 하지 말라 했네. 그리고 뭣보다 나 돈 없는 건 니가 더 잘 알잖아."

"하긴, 그렇지."

올해 초 하은이 결혼자금으로 모았던 돈을 모두 동생의 교통사고 합의금으로 내줬다는 걸 떠올리자 더는 할 말이 없었다. 하지만 문득 좋은 생각이 났는지 하은을 보며 빙긋 웃었다.

"그럼 너네 집에 몇 달만 좀 살면 안 될까?"

"야, 안 그래도 그 좁은 집에 엄마, 아빠, 나, 동생 네 식구가 사는데, 너까지 데리고 들어가라고? 야, 생각만 해도 산소가 모자란다."

하은은 그건 도저히 못하겠다며 고개를 절레절레 저었다.

"야, 그냥 살아. 생각해보니 그 남자 참 착하네. 오갈 데 없다고 방도 하나 내주고. 나 같았으면 오자마자 바로 내쫓았어. 이게 다 니 운명이려니, 하고 살아."

"됐다, 맥주나 마시자."

현아는 지금 당장 딱히 다른 방법이 없단 생각이 들자 술 생각만 났다. 현아가 벌컥벌컥 맥주를 들이켰다. 하은이 갑자기 재미난 생각이라도 난 듯 친구를 보며 웃었다.

"갑자기 왜 웃고 그래? 맘 상하게."

"아니 아니, 그게, 니 상황이 갑자기 드라마 같다는 생각이 들잖아."

"뭐? 드라마?"

"으응, 전개가 딱 로맨틱코미디 전개잖아."

"로코라고?"

현아는 도무지 상상이 안 됐다. 태민과 자신의 장르가 로맨틱코미디라니, 지금 상황은 딱 복수극이 제격인데.

"응, 로코. 이게 드라마였으면 너랑 그 사람 이미 썸을 타도 열 번은 더 탔어. 솔직히 말해 봐. 진짜 아무 일도 없었어?"

"응, 없었어. 아무 일도."

"한방에 누워 있었는데도?"

"응."

"대박이다. 청춘 남녀가 한방에 누웠는데도 아무 일도 없을 수 있는 건, 딱 두 가지 경우 뿐이지. 그 남자가 고자거나, 그 남자한 테 넌 그냥 물건이거나."

물건? 물건의 가치라도 있으면 다행이지. 현아는 문득 이런 생각이 들자 태민이 괘씸했다. 내가 물건인 게 아니라, 그 자식이 고자인 거지. 그렇게 고쳐 생각하자 다시 기분이 좋아졌다.

"그 남자는 그렇다 치고, 너는? 너는 아무 생각도 안 들었어?"

"야, 누굴 짐승으로 아나?"

"하긴, 무성욕자인 너한테 뭘 바라겠냐?"

하은의 말에 현아는 태민의 입술에 손가락을 가져다댔던 게 떠올라 뜨끔했다. 아냐, 그건 그냥 손가락만 갖다 댄 거였어, 손가락만.

내가 그러라고 해놓곤 내가 왜 아픈 거지? 태민은 아무리 생각해도 심장이 단단히 미친 것만 같단 생각이 들었다. 나랑 어울리지도 않는 그런 여잔데, 그런 여자와 사랑을 해봤자 끝은 뻔할 텐데. 태민은 현아에 대한 생각을 떨쳐버리려는 듯 더 빨리 달렸다.

드르르, 황집사의 전화였다.

"어."

태민이 멈춰 서 전화를 받았다. 숨을 고르며 주위를 살피는데 치킨 가게 창가에 앉은 현아가 보였다. 현아는 아주 즐거워 보였다.

나는 이렇게나 힘든데, 저 여잔 뭐가 저리 좋은 거야? 태민은 자기도 모르게 짜증이 났다. 그때 황집사가 자신을 부르는 소리가 들렸다.

-도련님? 도련님?

"어."

-제 목소리 들리십니까?

"어, 잘 들려."

태민은 시선은 현아에게 고정한 채 황집사와 통화를 했다.

-전 전화가 끊긴 줄 알았습니다.

"아까 무슨 말 했어?"

-한국호텔과의 인수합병에 대해 말씀드렸습니다.

"새로운 이야기 있어?"

-밑 작업은 현재 진행 중이고, 도련님께서 원이어를 끝내고 복귀하시면 곧바로 공식적인 후계자 승계와 함께 결혼 발표도 있을 것 같습니다.

그래, 나에게 어울리는 여자란, 저런 평범한 여자가 아니라 룩 그룹을 더욱 공고하게 해줄 배경을 가진 여자겠지. 태민은 말없이 유리창 안쪽의 현아를 바라보았다.

"황집사."

-네, 도련님.

"내가 나와 어울리지 않은 것을 선택한 적이 있었나?

-아니요, 제가 아는 한 도련님은 절대 그런 실수를 한 번도 하신 적이 없습니다.

"실수?"

내가 저 여자를 사랑하게 되는 건, 그야말로 내 인생의 실수겠지.

태민은 현아를 물끄러미 보았다.

-네, 도련님께서는 룩 그룹의 후계자답게 언제나 최고에 어울리는 최고의 것들만을 선택하셨습니다. 한 번도 안 된다는 말씀을 드려본 적이 없을 정도로 항상 완벽한 선택을 하셨습니다.

"황집사. 그런 내가, 실수인 걸 알고도 그게 하고 싶다면?"

유리창 너머에서 현아는 웃었다가, 찡그렸다가, 눈을 흘겼다가, 미소를 지었다가, 쉬지도 않고 다양한 표정을 지었다. 태민은 그저 그냥 그 표정들을 계속 보고 싶었다.

-그런 일은 도련님이 올바른 판단을 하실 수 없는 상황에 빠지신 게 아니고서야 있을 수가 없습니다.

"그렇지? 제대로 된 나라면 절대 그런 일 따위는 하지 않겠지?"

-도련님, 혹시 무슨 일이라도 있으신 겁니까?

"아냐. 나 달리던 중이었어. 이만 끊어."

태민은 황집사와의 통화를 끝냈다. 룩 그룹의 후계자에게 실수 따위 없어. 태민은 현아에게서 눈을 거두고 다시 달리기 시작했다.

땀을 흘리고 들어온 태민은 겨울인데도 차가운 물로 샤워를 했다. 고장나버린 듯 현아를 계속 떠올리는 머리를 차갑게 식힐 필요가 있었다. 태민은 마른 수건으로 머리를 털며 화장실을 나왔다. 현관에 현아의 신이 없는 걸 보니 아직 돌아오지 않은 모양이었다. 시계는 이미 12시가 훌쩍 넘었다.

이 여자, 왜 안 들어오는 거야? 태민은 늦게까지 돌아오지 않는 현아가 걱정되었다. 잠시 머뭇거리다 전화를 걸었다. 연결음이 몇 번 가지 않아 현아가 받았다.

-여보오세요오?

"이봐, 안 오고 뭐 해?"

-이태민씨이, 치맥 좋아해요오? 내가 쏠 테니까 치맥하러 올래요오?

"취했어?"

-아닝. 나 항나도 안 취했는엉!

현아가 잔뜩 취한 목소리로 태민에게 말했다. 태민은 조금 짜증이 났다.

"이봐? 이봐."

-여보세요, 안녕하세요. 저 김현아 친구 정하은이라고 하는데요, 같이 사시는 분 맞죠?

"그런데?"

-지금 현아가 너무 많이 취해서요. 혹시 괜찮으시면 좀 데리러 오시면 안 될까요? 여기가, 집 앞 삼거리에 있는 예지호픈데요.

"알아. 갈게."

"이태민 씨다, 이태민 씨! 여기요, 여기."

태민이 가게로 들어서자 현아가 알아보고는 벌떡 일어나 손을 흔들며 시끄럽게 불러댔다.

태민이 테이블에 가서 옆에 떡하니 섰다. 출입문을 등지고 있던 하은도 그제야 태민을 제대로 보았다.

하는 짓만 들어서는 괴팍하게 생긴 줄 알았더니 얼굴이 천사네, 천사. 하은이 넋을 잃고 태민의 얼굴을 감상했다.

"인사해, 인사. 여기가 나 시집살이 시키는 못된 집주인 이태민 씨. 엄청 잘 생겼지? 근데, 엄청 못돼 처먹었엉, 헤헤."

"야, 입 다물어. 죄송합니다. 제 친구 현아가 이렇게 생각 없이 말하는 타입은 아닌데, 술이 죄라면 죄죠."

"됐어."

태민의 짧고 굵은 한마디에 하은은 현아가 설명했던 태민을 떠올렸다. 확실히 까칠하네. 까칠한 남자. 매력 있지, 암. 하은은 저 정도의 외모라면 태민의 까칠한 성격도 그리 흠은 아니라는 듯 입가에 미소를 띠고 바라보았다.

"이봐, 일어나."

태민이 현아의 팔을 잡아 일으키려 했다. 현아는 입을 비쭉 내밀더니 태민의 손에서 팔을 빼내고는 자리에 도로 앉았다. 그리고 미간을 잔뜩 찌푸리며 소리쳤다.

"꺼져라, 악마야! 나 더 마실 거다!"

태민이 기가 막힌다는 듯 헛웃음을 터트렸다. 현아는 뭔가 큰일이라도 해낸 듯 기분 좋게 방실방실 웃었다.

"쟤가 낼 아침에 어쩌려고, 저 짓거리야. 친구를 대신해 제가 정말 죄송합니다. 야, 일어나!"

하은은 현아의 등을 찰싹 때려가며 일으켰다. 하지만 현아는 서지도 못하고 풀썩 주저앉았다. 태민은 상당히 어이없어야 할 상황인데도 처음 보는 현아의 모습이 그리 싫지 않았다. 태민은 주저앉은 현아를 일으켜 등에 업었다.

"그럼 모자란 제 친구, 잘 좀 부탁드립니다."

하은은 최대한 상냥한 얼굴로 태민에게 인사를 꾸벅하고는 돌아섰다.

현아는 정신이 몽롱한지 태민의 등에 업혀서는 조용해졌다. 태민은 현아를 업고 집으로 향했다.

"이태민 씨이. 이태민 씨이."

"그냥 조용히 잠이나 자."

"왕 싸가지."

현아가 차분하게 태민의 등에 기대었다. 그 온기가 태민에게 전해졌다. 두근두근. 태민의 심장이 또다시 빠르게 뛰었다.

"이태민 씨이! 심장이 뛴다! 심장도 없을 거처럼 굴더니만, 심장이 있었네. 쿵쿵쿵, 이태민 씨, 심장 엄청 열심히 일해, 헤헤헤."

태민은 현아에게 제 속마음을 들킨 듯 얼굴이 붉어졌다. 얼굴이 보이지 않아 다행이란 생각이 들었다.

"정말 시끄럽네. 계속 이러면 길바닥에 버리고 갈 거야."

"치, 나만 미워해."

현아가 시무룩하게 말하고는 태민의 등에 얼굴을 묻었다. 거리는 조용했다. 처음 만났던 그날처럼 거리에는 태민과 현아 두 사람뿐이었다. 쌔근쌔근, 현아의 숨이 태민의 등에 느껴졌다. 그 온기가 바닥으로만 향하던 태민의 마음을 끌어올려 하늘을 나는 듯 만들었다. 그때였다.

"이태민 씨이."

현아가 술주정인 듯 잠투정인 듯 나른한 목소리로 태민을 불렀다.

"왜?"

"나, 왜 그렇게 미워해요?"

현아가 속상하다는 말투로 물었다. 태민은 바로 대답할 수가 없었다. 차라리 정말 미워했다면 대답하기가 훨씬 쉬웠을 텐데. 태민은 한참 후에야 입을 열었다.

"자꾸 신경 쓰이게 만드니까."

태민이 말했다. 하지만 현아는 그새 잠이 든 건지, 조용했다. 받아주는 이 없는 태민의 대답은 전해지지 못하고 새벽 공기에 묻혔다. 그리고 잠시 후.

"이태민 씨이."

설핏, 선잠에서 깬 현아가 눈을 감은 채로 잠투정하듯 또다시 태민을 불렀다.

"왜?"

"나, 왜 그렇게 미워해요?"

"자꾸 달리게 만드니까."

쌕쌕, 곤한 숨소리가 들렸다.

현아는 태민의 대답도 못 듣고 그만 잠들어버린 모양이었다. 그의 입가에 쓸쓸한 미소가 물렸다. 들었든 말든 상관없었다. 어차피 자신도 몰라야 할 마음이니까.

태민은 집으로 돌아와 현아를 자리에 눕혔다. 어찌나 곤히 잠들었는지 깰 법도 한 상황에 눈 한 번 뜨지 않았다. 현아를 자리에 눕히고 이불을 덮어주었다. 잠결에 한기를 느꼈는지 현아가 이불을 당겨 덮었다. 그리고 옆으로 누워 몸을 조금 웅크렸다.

태민은 잠시 그 모습을 내려다보다 자신도 모르게 스르르 몸을 눕혔다. 현아의 얼굴을 마주본 채로. 그리고 천천히 그녀의 얼굴을 향해 손을 뻗었다. 태민의 손가락이 살짝 눌려버린 그녀의 앞머리를 만져주자 간지러운지 얼굴을 찌푸렸다.

"못생겼어."

피식, 태민이 웃으며 나지막하게 말했다.

손을 거두고 또 현아를 바라보았다. 편안한 표정이었다.

"잘 자. 오늘은 내 꿈을 꿔도 좋아."

작게 속삭이며 현아에게 다시 손을 뻗었다. 그의 손가락은 단정한 이마에서 동그랗게 귀여운 코를 지나쳐 살짝 벌어진 붉은 입술에서 잠시 멈췄다. 순간 부드럽게 자신의 입술을 덮치던 현아의 입술이 떠올랐다.

다시 느끼고 싶은 충동이 일었지만 그러면 돌이킬 수 없을 것만 같은 생각에 퍼뜩 손을 거두고 일어났다.

"흠냐."

현아가 이상한 소리를 내며 몸을 일으켜 앉았다.

잠이 좀처럼 깨지 않는지 눈은 감은 채로 멍하니 앉아 있었다.

"속 쓰려."

현아는 손으로 배를 쓸어내리며 천천히 눈을 떴다.

어제 집에 어떻게 왔더라?

아무리 생각해도 기억이 나지 않았다.

근데 어제 치킨 가게에서 이태민을 본 것도 같은데? 에이, 설마? 그 까칠한 놈이 거기 있을 이유가 없잖아. 나에게는 동물적인 귀소본능이 있으니까, 필름이 끊겨도 잘 찾아왔을 거야.

현아는 더 이상 생각하고 싶지 않다는 듯 벌떡 일어나 방을 나왔다.

문을 열자 맛있는 냄새가 코를 찔렀다. 태민은 보이지 않는데, 가스레인지 위 냄비에는 토마토 수프가 보글보글 끓고 있었다. 현아는 두리번거리고는 그릇에 수프를 담아 식탁에 앉았다. 토마토 수프를 떠 입에 넣었다. 순간 입안에 깊게 우러난 토마토의 풍미가 퍼지면서 정신이 맑아졌다.

"와! 시원하다."

토마토 수프가 들어가자 쓰리던 속이 언제 그랬냐는 듯 아주 편안해졌다. 현아는 연신 감탄사를 내뱉으며 수프를 흡입했다. 그때였다.

"먹으라고 한 적 없는데?"

서늘한 태민의 목소리가 현아의 등 뒤에서 들려왔다. 현아가 걸렸구나, 하는 얼굴로 어색하게 웃으며 돌아보았다. 목소리만큼이

나 서늘한 눈빛으로 태민이 자신을 지켜보고 있었다.

"아니, 그게 냄새가 너무 좋아서 그만. 미안해요."

현아가 그릇과 숟가락을 들어 싱크대로 가려고 일어났다.

"이봐. 난 내가 만든 음식이 버려지는 거 용납 못해. 당신이 입 댄 건 당신이 다 먹어."

이상하게 기분 나쁘게 들리는 말인데, 이 맛있는 걸 먹어도 된다니, 그 정도쯤은 무시하기로 하고 자리에 다시 앉았다.

"왜 앉지?"

태민이 식탁 의자에 앉아서는 물끄러미 현아를 보았다. 그리고 손가락으로 제 앞을 가리켰다.

"아, 네, 네. 아무렴요."

현아가 빈정거리며 다시 일어나 수프를 그릇에 담았다. 그리고 태민의 앞에 스푼과 함께 올려놓았다.

"이거, 이태민 씨가 만든 거예요?"

"그래, 원래 아침을 준비해야 할 사람이 제때 일어나지를 않아서 말이야."

"정말 맛있네요."

"당연하지. 내가 만들었으니까."

태민은 17살이던 해 호텔 경영에 도움이 될 거라며 미슐랭 셰프들에게 서양요리를 배웠던 적이 있었다. 요리를 할 일이 없어 그렇지, 한다면 또 곧잘 할 수밖에 없었다. 하지만 그 사실을 모르는 현아는 태민의 넘치는 자신감을 어이없어 했다.

아니, 토마토 수프 하나에 생색 엄청 내네. 근데 맛이 있긴 하다,

저번에 죽도 맛있었고.

"어제 당신이 어떻게 집에 왔는지는 기억 나?"

순간 현아가 숟가락질을 멈추고 태민을 보았다. 문득 불길한 예감이 들었다. 설마 내가 무슨 짓을 한 건가? 현아의 눈빛이 마구 흔들리자 태민은 한심하다는 표정을 노골적으로 드러냈다.

"저런, 생각이 안 나나 보군. 무얼 생각하든 그 이상을 했다는 것만 알아둬."

정말 아무것도 생각나는 게 없다.

그래도 저 인간이 저런 말을 하는 걸 보니 진상을 부린 거 같긴 한데. 현아는, 네가 지난밤 한 일을 모두 알고 있다는 태민의 야릇한 표정에 그냥 땅으로 꺼지고만 싶었다.

태민은 악취미란 걸 알면서도 현아의 변화무쌍한 표정을 보는 게 즐거웠다.

현아는 방으로 들어오자마자 하은에게 전화부터 걸었다.

-아침부터 웬일이야?

"야, 나 어제 집에 어떻게 들어왔냐?"

-너, 기억 하나도 안 나? 이태민 씨가 너 업고 갔잖아.

"뭐? 날 업었다고, 그 사람이?"

-야, 너, 어제 완전 개진상이었어. 너 집에 안 가겠다고, 술 더 먹을 수 있다고, 얼마나 진상을 부리는지. 내가 너 길바닥에 버리고 가려던 거 태민 씨가 주워간 거야. 너 땜에 이제 두 번 다시는 그 가게에는 못 가겠다.

"정하은! 혹시, 나 말실수도 했어?"

-했지. 아주 여러 번, 시도 때도 없이. 이태민 씨 앞에 두고 욕을 아주 주구장창. 못돼 처먹었다 그리고, 정말 웃겼던 건, '꺼져라, 악마야'였지. 하하하하! 친구, 자네 정말 웃겼다네. 야, 나 버스 타. 끊어.

통화를 끝낸 현아는 침울해졌다. 왜 슬픈 예감은 틀리지를 않냐. 어떡해, 쪽팔려서. 어떻게 저 사람 얼굴을 보지? 아, 정말 김현아.

현아는 출근해서부터 내내 태민의 눈치를 보았다. 다른 때 같으면 포장이라도 하라며 닦달을 했을 텐데, 오늘은 조용히 빵을 꺼내 와서는 군소리 없이 포장하기 시작했다.

태민이 퉁명스럽게 말했다.

"어제 무슨 짓을 했는지 알았나 보지?"

"죄송해요, 제가 어제 술김에 한 말들은 다 잊어주세요."

"잊기에는 내 기억력이 너무 좋아. 꺼져라, 악마야, 라고 했지."

"하하하, 그때의 나는 내가 아니었어요. 하하하!"

현아가 일부러 어색하게 웃으며 태민의 시선을 피했다.

현아는 솔직한 성격이라 감정을 숨기는 걸 못 했다. 그래서 태민은 자꾸만 그런 현아를 놀리게 되었다. 그의 주위에 저 여자 같은 사람은 없었다. 모두가 가면 수십 개는 가지고 다녔다. 속으로는 비웃으면서도 겉으로는 다정한 얼굴로 자신을 대했다. 그런데 저 여자는 그렇지가 않다.

띠링, 메시지 알림음이 났다. 카운터 옆 테이블에 놓아둔 현아의 휴대폰이었다. 현아가 휴대폰을 들어 메시지를 확인했다. 동원이었다. 약속 시간과 장소를 알려온 문자였다. 현아가 좋아요, 라고 문자를 보내며 살짝 미소를 지었다.

"이봐! 오픈 시간 얼마 안 남았는데, 그렇게 휴대폰 볼 시간이 있어?"

태민은 저도 모르게 퉁명스럽게 말하고는 가게 밖을 나갔다.

현아는 어이가 없었다. 누가 보면 지가 사장인 줄 알겠네.

가게 일을 마치고 집으로 향하는 길, 집에 가서 저녁 차릴 생각을 하니 현아는 한숨이 났다. 그 순간 현아의 눈에 마트 간판이 반짝이며 들어왔다. 그래, 저거야!

"저기 이태민 씨, 장 좀 보고 가도 될까요?"

"그래."

현아는 마트 시식대에서 배를 채우고 가서 저녁은 건너뛰겠다는 큰 꿈을 가지고 마트로 들어갔다. 태민이 그리 많이 먹는 타입이 아니라 그 꿈은 이뤄질 수도 있을 듯했다. 현아는 곧장 식품코너의 시식대를 찾아 나섰다.

태민은 시청각 자료에서만 보던 마트를 실제로 경험하니 색다른 기분이 들었다. 정말 평범한 사람이 된 듯한 착각도 들었다.

"이리 와요. 이것 좀 먹어봐요."

현아가 태민의 손을 잡아 이끈 곳은 군만두 시식대였다. 현아는 만두를 집어 태민의 입 앞에 가져갔다. 태민은 먹을 생각은 않고 현아를 보았다.

먹어주기를 간절하게 바라는 눈빛에 태민은 피식 웃고는 마지

못한 척 입을 벌려 받아먹었다. 지금껏 먹어왔던 딤섬이나 만두에는 비할 바가 아니었지만 나쁘지 않았다. 태민이 먹는 걸 보고 나서야 현아도 만두를 집어 제 입으로 가져갔다.

"신혼이에요? 색시가 신랑 먹여주고, 보기 좋네. 하긴 저렇게 잘생긴 신랑인데 뭘 못해주겠어요."

현아와 태민을 부럽게 바라보던 시식 직원이 말했다.

"네? 어우, 부부 아니에요."

"그럼 애인이에요?"

"아뇨, 그런 사이 아니에요."

현아가 손사래를 쳐가며 아니라고 했다.

태민은 그녀의 완강한 반응에 괜스레 짜증이 났다. 그래서 현아를 버려두고 다른 곳으로 갔다.

"어? 어디 가요? 같이 가요."

아니, 왜 저렇게 싫은 티를 내? 나랑 부부로 오해 받은 게 저렇게나 짜증을 낼 일이야? 생각할수록 기분 나쁘네. 나도 싫거든요. 현아가 입을 비쭉 내밀며 태민의 뒤를 따랐다.

괜히 꾀는 부려서, 마트에서 장까지 보느라 더 피곤하네.

현아는 설거지를 마치고 방으로 돌아와 씻을 힘도 없는지 누워서는 일어날 생각을 않았다.

드르르, 하은의 전화였다. 현아는 누운 채로 하은의 전화를 받았다.

-나, 니네 집에 놀러가도 돼?

"뜬금없이 그런 건 왜 물어보냐?"

-우리 태민 씨 보고 싶어서.

"뭐, 우리 태민 씨? 안 돼. 안 그래도 나 미워죽겠다는 눈친데 너까지 와서 보태지 마라. 게다가 지금 와도 못 봐. 그 사람 달리기하러 나갔어."

-역시, 왠지 몸이 탄탄해 보이더니. 운동 좋아하는 것도 나랑 비슷하네.

"비슷해서 참 좋기도 하겠다."

-좋지 그럼. 그래서 동원 선배한테는 연락 왔어?

"응, 내일 저녁 먹기로 했어."

-저녁? 야, 뭔가 촉이 온다, 촉이 와.

"뭔 촉?"

-너 약속 갈 때 절대 속옷 위아래 짝짝이로 챙겨 입지 말고.

"뭐? 웬 속옷? 너, 설마? 야! 선배랑 나 그런 사이 아니거든."

-야, 인간사 어찌 될지 몰라. 언니가 하는 말이니 새겨들어. 뒤늦게 후회 말고 미리미리 대비해.

"됐거든요. 쓸데없는 소리 할 거면 끊는다."

현아는 전화를 끊고 눈을 감았다. 하지만 다시 눈을 떴다. 그래도 오랜만에 만나는데 좀 챙겨 입어야 하려나? 제대로 된 건 블랙 미니드레스뿐인데, 그건 수선 맡겨야 하고. 현아는 수납박스를 열어서 뒤적이기 시작했다.

쉬는 날이지만 일찍 일어나 아침을 차렸다. 왠지 며칠 동안 태민에게 민폐를 끼친 느낌이라 조심해야겠단 생각이 들었기 때문이다. 현아는 아침밥을 먹으며 조심스럽게 태민에게 물었다.

"오늘 쉬는 날인데 뭐할 거예요?"

"그건 왜 묻지?"

"아뇨, 술 먹은 날 신세진 것도 있고 해서 동네 구경 시켜주려고 그랬죠."

태민이 까칠하게 나와 울컥했지만 현아는 마음을 가다듬으며 상냥하게 대답했다. 현아가 자신을 신경 쓰고 있다는 사실에 태민은 기분이 조금 풀렸다.

"좋아."

둘은 걸어서 20분 정도 걸리는 공원으로 향했다. 날씨는 꽤 좋았다. 나오길 잘했다는 생각이 절로 들 정도로. 햇살도 따스하고 바람은 거의 불지 않았고, 이따금 부는 바람도 그리 차지 않았다.

"여기 공원이 정말 좋아요. 나무도 많고, 봄 되면 꽃도 엄청 많아요. 의외로 사람들이 여기에 공원 있는 걸 잘 몰라요. 그래서 소란스럽지도 않고."

현아가 뒤따라오는 태민을 돌아보며 말했다. 그때 현아를 향해 자전거 한 대가 무섭게 달려오고 있었다. 운전이 서툰 아이였는지 현아를 보고도 피하지를 않았다.

"위험해!"

태민이 현아를 세게 끌어당겨 품에 안았다. 자전거는 두 사람을 아슬아슬하게 비껴 지나갔다. 태민의 품은 아주 따뜻하고 포근했다. 은은하게 퍼져오는 그의 향기까지 더해지자 현아는 정신이 아득해졌다. 태민은 품에 안긴 현아의 동그란 머리를 다정하게 내려보았다.

"저기, 고마워요."

현아가 정신을 차리고 말했다. 태민이 아쉬운 듯 천천히 몸을 떼었다. 조금 어색해져 두 사람은 공원이 나올 때까지 말없이 걸었다.

현아가 말한 대로 공원은 고즈넉했다. 새 소리와 바람 소리만 간간히 들려올 뿐이었다.

주말 아침이라 더 그런지 공원에는 태민과 현아 두 사람뿐이었다. 현아는 햇살이 잘 드는 벤치에 멈춰 섰다. 태민도 따라 멈춰 섰다.

"여기 앉아서 잠시만 기다리세요."

현아는 공원 관리소 건물로 보이는 곳으로 뛰어갔다. 건물 옆 자판기에서 종이컵을 꺼내 양 손에 들고 조심스럽게 걸어왔다. 태민에게 종이컵을 내밀었다. 달달한 커피 향이 났다.

"여기서 마시는 커피가 엄청 맛있거든요."

현아가 뿌듯하게 말하며 태민의 옆에 앉았다. 현아가 조금씩 커피를 마셨다. 태민도 따라서 커피를 마셨다. 전혀 자신의 취향은 아니었지만 그냥 맛있었다. 태민은 현아와 함께 있으면서 미각이란 걸 잃어버린 게 아닌가 하는 바보 같은 생각이 들었다.

따스한 햇살이 쏟아지고, 그 아래 현아가 기분이 좋은지 미소지었다. 그리고 천천히 고개를 돌려 태민을 보며 웃었다. 철렁, 태민의 심장이 내려앉았다. 그 순간, 그만 인정해야했다, 이젠 돌이킬 수 없게 되어버렸다는 걸.

"아무래도 안 되겠어."

태민이 현아를 보며 말했다.

"뭐가 안 돼요?"

현아가 의아한 얼굴로 되물었다.

"못 놓겠어."

"네?"

태민의 말에 현아는 여전히 모르겠다는 표정이었다.

"그 남자 만나지 마."

"네? 설마 동원 선배 말하는 거예요? 아니, 당신이 괜찮다고 했잖아요. 그래놓고는 이제 와서. 너무 한 거 아니에요?"

현아는 태민이 아직도 저녁식사 때문에 변덕을 부리는 거라 생각하며 소리를 높였다.

"난 놓으려고 했는데, 당신이 날 보며 웃었잖아."

"아니, 이젠 별게 내 탓이에요?"

"응, 당신 탓이야. 그러니 당신이 날 좋아해줘야겠어."

"네?"

"김현아, 당신이 날 사랑해야겠다고."

현아는 자신이 제대로 들은 게 맞나, 귀를 의심했다. 당신이 날 사랑해야겠다? 그러니까 '내가 널 사랑해'도 아니고, 나더러 자길 사랑하라는 거지? 사랑해달라고 부탁하는 것도 아니고 사랑해야 한다고 한 거지, 지금?

현아는 어이가 없어 말문을 잃고 쳐다보았다. 태민은 한 치의 흔들림도 없는 확신에 찬 얼굴이었다.

"이봐요, 이태민 씨. 내가 왜 당신을 사랑해야 하는 거죠?"

"나 같은 남자를 사랑할 수 있게 해준다잖아. 기뻐할 일 아닌가?"

"아니, 그게 왜 기뻐해야 할 일이에요? 당신이 뭐라도 돼요?"

"이봐. 자세한 건 말할 수 없지만, 난 당신이 생각하는 그런 평범한 사람이 아니야. 원래 난 당신이 마음을 품는 것조차도 용납되지 않는 그런 사람이라고. 그런 내가 사랑할 수 있게 해준다는데, 왜 그렇게 말이 많지?"

태민은 현아가 도무지 이해되지 않는다는 듯 말했다. 현아는 다시금 할 말을 잃을 수밖에 없었다. 어쩜 저렇게 자신을 사랑할 수 있는 거지? 어떤 의미에서는 정말 존경스럽다. 현아는 너무 어이가 없어서 화를 내기도 민망했다.

"이봐요, 이태민 씨. 사랑하게 해줘서 고맙긴 한데, 전 됐어요. 그 기회는 다른 사람들에게나 주세요."

현아는 빈정대며 벤치에서 일어섰다. 태민은 전혀 예상치 못했던 반응이라는 듯 현아를 보았다. 현아가 가려다 말고 태민을 돌아보았다.

"그리고 이건 혹시나 해서 하는 말인데요, 혹시나 이게 고백이라면 말이죠. 내가 좋아한다, 널 사랑한다, 이런 고백은 있어도 너는 날 사랑해야 해? 이따위 고백은 세상천지 어디에도 없으니까 참고하세요."

현아는 절도 있게 말을 끝내고는 성큼성큼 걸어가 버렸다.

대체 왜 저래? 그런데 화를 내며 걸어가는 뒷모습도 귀엽군. 태민은 벤치에 앉아 멀어져가는 현아의 뒷모습을 흐뭇하게 바라보았다.

현아가 시야에서 사라지고 나서, 태민은 황집사에게 전화를 걸었다.

-네, 도련님.

"날 사랑하게 해준다면 좋아해야 하는 거 아닌가?"

-판단력 있는, 이성적인 사람이라면 룩 후계자인 도련님께서 그런 여지만 준다고 해도 아주 기쁘게 받아들일 겁니다. 하지만!

"하지만, 뭐?"

-원이어 중인 도련님께선 룩 후계자가 아닌 평범한 사람일 뿐입니다. 물론 평범하다고 하기에는 지나치게 아름다운 외모와 뛰어난 능력을 갖추고 계시지만 그것도 현실에 도움이 되어야 매력으로 어필할 수 있는 것이지요.

"현실에 도움이 되어야 한다? 그래, 좋은 지적이야."

-헌데, 도련님?

"왜?"

-혹시나 염려되어 드리는 말씀입니다만, 한국호텔과의 인수합병을 잊으시지 않으셨겠지요?

"알고 있어. 룩 기업을 위태롭게 만드는 일은 없어."

-네, 물론… 도련님께서는 룩 그룹의 후계자답게 언제나 최고에 어울리는 최고의 것들만을 선택하리라 믿습니다.

태민의 얼굴에서 웃음기가 싹 사라졌다. 나지막하지만 위엄이 느껴지는 목소리로 황집사를 불렀다.

"황집사."

-네, 도련님.

"내가 언제나 최고를 선택했던 게 아니라, 내가 선택했기 때문에 그게 최고일 수 있었던 거야."

-죄송합니다, 도련님.

"그만 끊을게."

태민은 전화를 끊고 일어났다.

이 여자, 뭘 하고 있는지 어디 한 번 가볼까?

태민은 현아가 주고 간 커피를 단번에 들이키고는 집으로 향했다.

아니, 내가 아주 만만하게 보이지? 내가 사랑하라고 하면 하고, 말라면 말게? 내가 우리 엄마 말도 잘 안 들었거든! 현아가 씩씩거리며 방으로 들어갔다.

방에 들어서자 행거에 하얀 블라우스와 갈색 체크무늬 치마를 걸어놓은 게 보였다. 오늘 동원을 만날 때 입으려고 골라두었던 것이었다.

맞다, 약속! 현아는 그제야 동원과의 약속을 떠올리고 얼른 전화를 걸었다.

-응, 현아야.

"안녕하세요, 선배?"

-현아가 전화해 준 덕분에 기분 좋게 아침을 시작하네. 그런데 혹시 무슨 일 있어?

"그게, 죄송한데 좀 일찍 만날 수 있을까요? 제가 저녁에 갑자기 일이 생겨서요."

-다행이다.

"네?"

-난 죄송하다는 말이 나와서, 오늘 약속 취소되는 줄 알고 얼마나 마음 졸였다고. 아니라서 다행이다. 일찍 보면 좋지, 뭘.

"고마워요. 선배. 그럼 이따 봬요."

-응, 이따 봐.

현아는 전화를 끊고 서둘러 나갈 채비를 했다. 왠지 태민의 얼굴을 보면 생각만 더 복잡해질 것만 같은 기분에 한시라도 빨리 이 집을 나가야겠단 생각뿐이었다.

띠리리릭, 현관문이 열리고 태민이 집으로 들어섰다. 집 안이 너무 조용했다. 아무런 인기척도 느껴지지 않았다.

방에 있나? 똑똑, 태민이 현아의 방문을 두드렸다. 아무런 답이 없어 살짝 열어보는데 방은 비어 있었다. 태민은 방문을 닫고 화장실로 향했다.

"이봐."

태민이 화장실 문을 두드리며 불러보지만 역시나 아무런 답이 없었다. 문을 열어 확인하니 화장실도 비어 있다.

"이 여자, 대체 어딜 간 거야?"

설마, 그 남자 만나러 간 건가? 태민은 화가 슬슬 치밀었다. 현아에게 전화를 걸었다. 연결음만 계속 이어질 뿐 전화를 받지 않았다.

"내 전화를 안 받아?"

태민은 저도 모르는 감정에 휩싸여 공연히 화가 났다. 뭐라고 표현할 수 없지만 아주 불쾌한 기분이었다. 현아와 함께 살기 시작한 이후로 가끔 이런 감정이 들긴 했지만 잠시였지, 이렇게 명확하게 다가온 적은 처음이었다.

"그래서 파리 룩 베이커리에서 한국 룩 베이커리로 옮겨온 거예요?"

"그렇지."

현아는 눈을 반짝거리며 쉴 새 없이 동원의 파리 생활에 대해 물었다. 그 모습을 보는 동원의 얼굴에서 미소가 떠나질 않았다. 그래, 이 얼굴이 보고 싶었어.

"한국에서 만나고 싶은 사람이 있었는데, 잘 됐다 싶었지."

"아, 그러시구나."

동원이 현아를 빤히 바라보며 슬쩍 마음을 내비쳐보았다. 하지만 역시나 현아는 자신이 신경 쓸 일이 아니라는 듯 더는 관심을 주지 않았다. 동원은 피식 웃음이 났다. 둔한 것도 여전하네.

"그런데 내 이야기만 너무 한 거 아냐? 난 네 이야기가 궁금한데."

"저요? 저야 평범하죠, 뭐."

현아는 동원에 비해 너무 소소한 삶을 산 거 같아 제 이야길 하는 게 꺼려졌다. 그나마 스펙타클했던 게 요즘이긴 한데, 그렇다고 태민에게 얹혀살게 된 구구절절한 사연을 말하는 것도 너무 우습고.

"평범하긴, 넌 식빵 전문점 사장님이잖아. 자기 가게를 가진 건데, 완전 멋져."

현아는 학창 시절 우상이었던 동원에게 이런 말을 들으니 잘하고 있다는 인정을 받은 느낌이 들어 기분이 좋았다. 하지만 한편으로 괜히 쑥스러웠다.

"아니에요, 실은 조금 망할 위기거든요. 아는 사람 말로는 말도 안 되게 나쁜 위치래요. 그래도 맛은 보장해요."

"그래, 먹어보고 싶다. 다음에 한 번 갈게."

"네, 오세요. 선배한테는 특별히 공짜로 다 드릴게요."

드르르르, 현아의 휴대폰이 울렸다. 현아가 동원의 눈치를 보며 슬쩍 확인하는데 '집주인 개자식'이라고 액정화면에 떴다.

이 사람이 진짜, 전화는 왜 하고 난리야? 현아는 갑자기 아침의 일이 떠올라 또 약이 올랐다. 현아는 휴대폰을 무음 모드로 바꿔 가방에 집어넣었다.

"혹시…."

동원이 조심스럽게 입을 떼었다.

"네?"

"남자 친구는 있어?"

"아뇨, 없어요."

"다행이네."

"네?"

"이제 맘 편히 후식을 먹어도 되겠어."

조금 어리둥절해 하는 현아를 보고 동원이 살짝 웃었다. 그가 직원을 향해 손짓하자 기다렸다는 듯 케이크와 커피를 내어왔다. 부드러운 마스카포네 치즈 무스 사이에 오렌지 꿀리 소스가 들어가고, 얇게 자른 생 오렌지를 가득 올린 오렌지 케이크였다. 보기만 해도 상큼한 기분이 들게 했다.

"와! 맛있겠다."

"먹어봐. 내가 만든 거야."

"네? 선배가요?"

"응, 너 주려고 만들어왔지."

현아는 조심스레 포크로 케이크를 잘라 입에 넣었다. 부드러운 생크림, 상큼한 오렌지, 달콤한 오렌지 꿀리 소스까지 완벽하게 조화를 이루는 맛이었다.

"맛있어요!"

"맛있지? 케이크 이름은 그녀의 봄. 널 처음 봤던 봄을 떠올리면서 만든 거야."

응? 선배가 지금 뭐라고 한 거지? 현아는 순간 멍해졌다. 동원이 그 모습을 예상했다는 듯 씨익 웃었다.

"나, 니가 보고 싶어 온 거야. 현아야."

뭐?

현아는 믿기지 않는다는 표정으로 눈을 동그랗게 뜨고 동원을 바라보았다. 동원은 네가 들은 게 사실이라는 걸 고개를 끄덕여 확인해주었다.

뭐, 날? 현아는 이상하게도 그 순간 태민의 얼굴이 떠올랐다. 헐, 그 얼굴이 왜 지금 생각나? 현아는 저도 모르게 벌떡 일어섰다.

"저기, 선배. 죄송해요. 저 먼저 가볼게요."

현아는 당황해하는 동원을 뒤로하고 음식점을 나왔다.

미쳤어, 미쳤어. 떠올릴 게 없어서 그 자식이냐? 현아는 머리가 복잡했다. 저도 모르게 음식점을 나와 걷다 보니 어느새 집 앞이었다. 현아는 문 앞에 잠시 멈춰 섰다.

이게 다 이태민 그 자식이 아침에 이상한 소리를 해서 그래. 그래, 그런 거야. 현아는 생각을 정리하고 크게 숨을 들이쉬었다.

띠리리릭, 현아가 현관문을 열고 들어서려는데 누군가 갑자기 현아의 어깨를 잡았다. 깜짝 놀라며 돌아보니 태민이 짜증이 가득한 얼굴로 현아를 내려 보고 있었다. 한참 달리고 온 모양이었다. 현아는 자기도 모르게 심장이 뜨끔했다.

"어딜 다녀오는 거야?"

"그게…."

서늘한 눈빛에 현아가 저도 모르게 말을 머뭇거렸다. 태민은 천천히 몸을 움직여 현아를 문으로 몰아갔다.

"그 남자를 만났나 보군. 내가 만나지 말라고 했을 텐데."

태민에게서 뿜어져 나오는 압도적인 카리스마에 현아는 저도 모르게 주눅이 들었다. 아니, 내가 죄를 지은 것도 아닌데 왜 눈치를 봐? 게다가 지 때문에 이미 다 망쳤는데. 억울한 생각이 들었다.

"내가 누굴 만나든 말든, 그쪽이 상관할 바 아니잖아요. 당신은 잘 곳. 난 밥, 빨래, 청소. 서로 딱 필요한 것만 주고받는 그런 관계. 우린 그 이상 그 이하도 아니에요. 그러니까 비켜요. 들어가서 저녁 차려야 하니까."

현아가 단숨에 몰아치듯 말하고는 눈에 힘을 가득 주고 태민을 노려보았다. 태민은 그런 현아의 눈빛이 마음에 들었다. 피식 웃으며 물러나자 그 틈에 현아가 잽싸게 집으로 들어갔다.

5화

현아는 보글보글 끓고 있는 콩나물국을 하염없이 바라보았다.

그 케이크 정말 맛있었는데. 근데 왜 하필 그 자식이 나와서는! 하여튼 도움이 안 되는 인간이야. 생각하면 할수록 태민이 괘씸했다. 현아가 감정을 가득 실어 콩나물국을 세게 휘저었다.

탁, 문을 요란하게 닫으며 태민이 욕실에서 나왔다. 원흉, 나오셨네. 현아는 태민을 흘겨보고는 콩나물국의 불을 껐다.

태민이 마른 수건으로 머리를 털며 부엌으로 와 식탁에 앉았다. 현아는 태민 앞에 밥그릇과 국그릇을 올려놓고는 방으로 향했다. 입맛이 없었을 뿐 아니라 태민과 마주 앉아 밥을 먹으면 체할 것만 같아 자리를 피했다.

"왜 내 것만 있지? 당신은?"

"전 생각 없으니 혼자 먹어요."

"앉아. 할 이야기 있으니까."

태민이 들어가려던 현아의 손을 가만히 잡으며 말했다.

현아는 잠시 생각했다. 그래, 한동안 이 집에서 살아야 하는데, 해야 할 이야기라면 얼른 해버리자. 결심한 듯 자리에 앉았다.

"어떻게 하면 날 사랑할 거지?"

태민은 밥을 먹으면서 아주 태연한 목소리로 현아에게 물었다.

현아는 태민의 말에 다시 할 말을 잃었다. 대체, 이 남자는 뭘까? 달라도 너무 달라서, 예측할 수가 없다. 좋아한다, 사랑한다는 말 한 번 않았으면서 다짜고짜 어떻게 하면 자신을 사랑할 거냐고 묻다니.

"내가 그쪽 생활에 어떻게 도움을 주면 되지?"

태민이 잠시 손을 멈추고 고개를 들어 현아를 보았다. 그의 눈은 진지했다. 하지만 현아는 도무지 그를 이해할 수 없었다. 도움을 주면 사랑할 거라고 생각하는 거야? 아니, 사랑이 그렇게 딱딱, 주고받고, 계산처럼 되는 거야? 저 사람은 대체 어떤 사랑을 해왔기에 저래?

현아가 듣다못해 입을 열었다.

"당신이 내게 도움이 될 일? 그런 게 딱히 있을까요? 그리고 도움을 받으면 고마운 마음은 생기겠지만 그게 사랑은 아닐 거예요. 사랑은, 그쪽이 먼저 나를 사랑한다고 말하면 그때 다시 생각해볼게요. 생, 각, 만."

현아가 짐짓 새침한 표정을 지으며 말했다. 하지만 씨알이 먹히지 않는지 태민은 전혀 흔들림이 없는 얼굴이었다.

"못 해. 그건 내가 아니야."

이 남자가 지금 나랑 장난하자는 건가? 현아는 태민의 대답에 헛웃음이 났다.

"지금 이대로의 나를 사랑하란 말이야."

"아니, 당신 그대로인데 어떻게 당신을 좋아해요? 성격 까칠하지, 사람 알기를 우습게 알지. 일은 안 하고 나만 부려먹지. 뭐, 물론, 당신이 잘생긴 건 인정해요. 하지만 그게 다잖아요! 아무 짝에도 쓸모없는 얼굴 따위."

"아무 짝에도 쓸모없는 얼굴이라고 했나, 지금?"

"왜, 왜요? 뭐, 내가 틀린 말 했어요?"

내가 너무 심했나? 현아는 살짝 미안했지만 도리어 큰소리를 쳤다. 태민의 입가에 묘한 미소가 걸렸다. 웃는 건지 아닌지 구분하기 힘든. 현아에게는 그런 태민의 모습이 더 서늘하게 느껴졌다. 태민이 차분하게 말했다.

"그래, 좋아. 내가 내일 보여주지, 나의 가치를. 자세한 건 말할 수 없지만, 난 당신이 생각하는 그 이상으로 모든 걸 가진 완벽한 사람이고 그런 나의 가치는 감히 따질 수가 없어. 하지만 아무것도 없는, 지금 이대로도 난 충분히 가치 있다는 걸 보여주도록 하지."

현아는 자못 진지한 태민을 말없이 바라보았다.

대체 어쩔 생각인 거지?

"잘 자."

태민은 웃는 듯 아닌 듯한 묘한 표정을 짓고는 큰방으로 들어갔다. 현아는 태민이 들어간 방을 물끄러미 보다가 일어났다.

현아는 자려고 자리에 누웠다. 하지만 좀처럼 잠이 오지 않아 한참을 뒤척거렸다. 내 살다 살다 불면증도 겪어보네. 이럴 게 아니라 하은이한테 전화나 해볼까? 현아가 벌떡 몸을 일으켜서 충전 중이던 휴대폰을 손에 들었다. 아냐, 하은이 성격에 일을 키웠으면 키웠지. 그냥 자자. 다시 휴대폰을 내려놓고 누웠다. 난 잘 수 있다. 잘 수 있어. 눈을 꼭 감았다.

"역시, 당신 식빵은 맛있어. 한 번 먹어본 사람이라면 다시 먹고 싶을 만큼."

태민은 갓 구워져 나온 현아의 식빵을 먹으며 말했다. 현아의 얼굴에 숨길 수 없는 기쁨이 드러났다.

"그렇게 좋아하지 마. 말 안 끝났으니까."

여튼 남 좋은 걸 못 보지? 현아가 기분이 상한 듯 입을 삐죽거렸다.

"저번에도 말했듯이, 맛있으면 뭐해? 사람이 안 오는데."

너무나도 옳은 소리라 현아는 뭐라고 대꾸도 하지 못했다. 맞아, 먹어봐야 맛을 알지, 먹어볼 사람 하나 안 지나가는 허허벌판이니. 현아는 금방 시무룩해졌다.

"하지만 다행이도 당신에게는 내가 있지."

"네에?"

"사람들이 찾아오게 하는 건 내가 할 테니, 당신은 빵으로 사람들 마음을 사로잡을 생각이나 해."

터무니없이 자신만만한 말투에 현아는 도무지 모르겠단 얼굴을 했다. 저 사람, 대체 무슨 생각을 하는 거야?

그때, 여고생이 가게로 들어왔다. 태민이 처음 알바를 했던 날 사진을 찍어도 되냐며 물어왔던 여고생이었다. 여고생은 수줍게 인사를 건네며 태민의 앞에 섰다.

"안녕하세요, 오빠?"

"그래. 학생, SNS 해?

"네, 해요!"

태민이 자신에게 관심을 가져주자 여고생이 반가운 기색을 하고 대답했다.

"팔로우는 몇 명?"

"많지는 않고, 한 삼백 명 정도요."

"그 정도면 어느 정도 파급력은 있겠군. 나쁘지 않아."

태민은 이제부터 잘 보라는 듯 현아에게 고갯짓을 했다. 여전히 현아는 그의 속내를 모르겠는지 의심스러운 얼굴이었다.

"나랑 사진 찍고 싶댔지?"

"네!"

"일단 식빵부터 사. 두 개 이상."

"치즈 식빵 두 개요."

태민이 현아를 향해 간단하게 고갯짓을 했다. 그러자 현아는 아주 당연하게 빵을 포장해 봉지에 담아 여고생에게 건넸다. 여고생은 돈을 건네고 초롱초롱한 눈빛으로 태민을 보았다.

"휴대폰."

태민의 말에 여고생은 순순히 휴대폰을 꺼내어 건넸다. 태민이 휴대폰을 받아 다시 현아에게 건넸다. 현아가 뭐냐는 듯 보았다.

그러자 태민은 현아에게 저리로 가라는 듯 고갯짓을 했다.

"네네, 시키는 대로 해야지요."

현아는 휴대폰을 들고 두 사람과 멀리 떨어져 섰다.

"식빵 들어."

여고생은 태민이 시키는 대로 식빵을 들었다. 그리고는 슬쩍 눈치를 보더니 몸을 태민에게 기울였다. 여고생의 환한 얼굴과 대조적이게 태민의 얼굴은 무표정했다. 표정이 없어 서늘한 느낌이 드는 태민은 마치 돌로 만든 조각상 같았다. 현아는 그 신비한 느낌에 넋을 잃고 바라보았다.

"이봐. 나 그만 보고 사진이나 찍어."

"아, 아니거든요. 그나저나 이왕 찍는 거 좀 웃죠?"

태민이 놀리자 현아는 괜히 민망해져 퍼뜩 다른 이야길 꺼냈다.

"찍기나 해."

"네네. 하나, 둘, 셋."

찰칵, 현아가 휴대폰을 여고생에게 건넸다. 현아가 찍은 사진은 한마디로 엉망이었다. 일단 역광인 데다 구도까지 어색했다. 하지만 사진 속의 태민은 그 모든 악조건을 극복하고 빛이 났다. 여고생은 엄청 만족해했다. 현아도 좋아라 하는 여고생을 보며 그 풋풋한 감정에 흐뭇해했다.

"SNS에 올려."

"네."

"해시태그도 달아. 일단 가게 이름, 위치, 영업 시간은 무조건 넣어. 그리고 나를 보면 떠오르는 것들도 달아봐. 능력껏."

"꽃미남알바, 피지컬대박, 쿨미남, 핵존잘 어때요?"

"나쁘지 않아. 그런데 핵존잘은 무슨 뜻이지?"

"핵으로 잘 생겼다는 거요."

태민은 흡족한 미소를 지으며 현아를 보았다.

현아는 조금 못마땅했다. 저 밉상, 아주 기세가 등등하시구만. 근데 SNS는 뭐고, 해시태그는 뭐야? 잘 생겼다는 거 빼고는 하나도 모르겠네. 현아는 태민과 여고생이 자신만 모르는 이야기를 주고받자 소외당하는 것만 같아 살짝 기분이 나빴다.

"와, 대박! 순식간에 하트 삼천 개 찍었어요."

SNS를 확인하던 여고생이 놀라며 태민을 보았다.

태민은 이미 그쯤은 예상했다는 듯 피식 웃었다. 하지만 현아는 도통 여고생이 하는 말을 모르겠단 얼굴이었다. 태민이 현아의 반응을 알아차리고 입을 열었다.

"방금 이 학생이 인터넷 상에 올린, 내 사진을 보고 관심을 가진 사람이 삼천 명이라는 거야. 하지만 그게 끝이 아니라 그 삼천 명의 거미줄 같은 인맥을 따라 내게 관심을 갖는 사람은 기하급수적으로 늘어날 테고. 그중 몇 퍼센트는 당신의 식빵이 아니라 나를 보기 위해 이곳을 찾아오겠지."

태민의 설명을 들으며 현아는 머릿속으로 찬찬히 계산을 하기 시작했다.

어디 보자, 삼천 명 중에 1퍼센트라고 쳐도, 30명. 와, 대박! 현아는 너무 놀라 벌어진 입을 다물 수가 없었다.

"너보다 SNS 팔로우 수 더 많은 애 데리고 오면, 또 사진 찍어주지."

"정말이죠?"

"그래."

여학생은 태민의 약속에 잔뜩 신이 나서는 휴대폰으로 바삐 메시지를 보내며 가게를 나갔다. 현아는 여학생의 뒷모습을 귀엽다는 눈길로 바라보고, 태민은 그런 현아가 귀엽다는 듯 바라보았다. 그러다 갑자기 뒤돌아보는 현아와 눈이 딱 마주쳤지만 태연하게 말했다.

"원래 만들던 것, 두 배로 만들어봐. 발효시간이 있으니 지금부터 얼른 준비해."

현아가 순순히 제빵실로 들어가려다 뭔가 이상하단 생각이 들었다.

잠깐, 사장은 나잖아! 제빵실에 들어가다 말고 돌아와 태민의 옆에 비딱하게 섰다. 태민이 뭐냐는 듯 현아를 보았다.

"사장은 나거든요."

"그래서?"

"알바가 사장한테 이래라 저래라 하면 안 되잖아요."

그때 문이 열리고 30대 중반쯤으로 보이는 남자 손님이 들어왔다.

"그래서? 안 만들려고?"

"아니, 그게 아니지만. 여튼 기분 나빠요."

태민과 현아는 손님이 들어온 줄도 모르고 티격태격했다. 손님은 살짝 미간을 찌푸리더니 헛기침으로 자신이 온 걸 알렸다.

"어, 오랜만이시네요."

단골손님인지 현아가 아는 체를 하며 반겼다. 태민은 현아의 친절한 모습에도 괜히 짜증이 났다. 저 여자, 나를 제외한 모든 사람에게 친절하지.

"오랜만이시네요."

"네. 출장이 생각보다 길어져서요."

"오늘도 우유식빵 드릴까요?"

"네."

손님은 태민을 아주 잠시 매섭게 흘겨보고는, 현아를 향해 끈적한 눈빛을 보냈다. 태민은 왠지 모르게 그 손님이 기분 나빴다. 하지만 현아는 별 신경을 쓰지 않는 눈치였다. 그리고 그 손님에게 그리 오래 신경 쓸 수도 없었다. SNS를 보고 태민을 보겠다고 온 손님들이 하나둘 들어서면서 가게를 가득 채우는 바람에 가게가 바빠졌기 때문이었다.

한바탕 시장통을 이루다가 약간 한산해지자 태민은 얼른 가게 앞에 클로즈드 팻말을 내걸었다. 현아는 갑자기 늘어난 손님들에 대응하기 위해 식빵을 만드느라 여전히 제빵실에서 나오지 못했다.

드르르, 황집사의 전화였다.

"응."

-도련님. 그사이 SNS 스타가 되셨더군요.

"내게 주어진 능력을 아주 조금 발휘하던 중이었어."

-보스턴 측이 도련님의 행방을 쫓는 걸 잘 아시면서 버젓이 SNS에 얼굴을 올리시다니요?

"어차피 그들이 내 행방을 알아내는 건 시간문제야. 그리고 황 집사도 알다시피, 손 놓고 가만히 앉아서 기다리는 건 내 스타일이 아니잖아?

-네, 도련님께서는 위협을 피하기보다는 당당히 맞서는 분이시지요. 그래도, 조심하십시오, 도련님. 이자들은 목적을 위해서라면 수단과 방법을 가리지 않는 사람들입니다.

"그래."

-물론, 그런 우려들만 빼고는 아주 훌륭한 이미지 메이킹이라 생각합니다. 원이어 도중 알바를 하면서 SNS 스타가 되었던 룩 그룹의 후계자. 이 얼마나 흥미롭고 매력적인 이슈입니까? 역시 우리 도련님이십니다. 그런데….

"그런데?"

-SNS의 까칠남이란 해시태그는 적잖이 우려가 됩니다. 도련님의 꼬투리를 잡기 위해 안간힘을 쓰는 자들에게 빌미를 줄 수 있지 않을까 하는.

"그래, 그 의견은 받아들이도록 하지."

그때 현아가 피곤에 절은 얼굴로 제빵실을 나왔다. 테이블에 풀썩 엎드리더니 스르르 눈을 감았다. 태민은 전화를 끊고 현아의 옆자리로 가 앉았다. 손으로 턱을 괴고 엎드려 눈을 감은 현아를 보았다. 태민이 현아의 머리를 다정하게 쓰다듬으며 말했다.

"수고했어."

뭐야, 이 남자. 태민의 갑작스러운 행동에 현아는 놀랐지만 왠지 눈을 뜰 수가 없어 잠든 척했다. 현아의 볼이 발그레하게 물들자,

태민은 장난기가 발동했다.

그렇게 나온다? 현아의 볼을 포근하게 감싸더니 엄지로 볼을 천천히 쓰다듬었다. 두근두근, 현아의 심장이 세차게 뛰기 시작했다. 눈을 감고 있으니 태민의 손길 하나하나가 더 생생하게 느껴졌다. 안 되겠어, 심장 터지겠어. 현아가 벌떡 일어났다.

"아, 잘 잤다. 어머나, 오후 장사 시작해야겠네."

현아는 붉어진 얼굴을 숨기려 고개를 푹 숙이고는 후다닥 가게 문 쪽으로 갔다.

태민은 그런 현아의 모습을 은근한 눈길로 좇았다.

드르르, 현아의 휴대폰에 메시지가 왔다.

동원이 보낸 메시지였다.

동원 : 현아야. 어제는 너무 갑자기라 니가 많이 놀랐을 거야. 갑자기긴 했지만 내 마음은 진심이야. 천천히 다가갈게.

"상당히 질척거리는군."

언제 다가왔는지 현아 옆에 바짝 붙어선 태민이 짜증 섞인 목소리로 말했다. 메시지를 훔쳐본 데 발끈해 좀 전까지의 부끄러움은 잊고 버럭 화를 냈다.

"왜 남의 메시지를 훔쳐봐요?"

"그 남자랑 더는 연락하지 마."

"아니, 당신이 뭔데 연락을 하지 말래요? 설마, 질투해요?"

"질투? 내가 질투를 한다고? 이봐, 난 태어나서 한 번도 누굴 부

러워해본 적도, 다른 사람이 가진 걸 탐한 적도 없어. 그럴 필요가
전혀 없었으니까. 다만, 난 내 것을 누군가 탐하는 게 용납이 안 돼."

태민이 웃음기를 말끔하게 지운 얼굴로 현아를 보았다. 현아는
황당했다. 내 것? 아니 언제부터 내가 지 거야? 우리가 대체 뭘 했
다고?

"가게 안 열어?"

현아는 또다시 자기도 모르게 순순히 가게 문을 열고 오픈 팻말
을 내걸었다. 현아가 오픈 팻말을 내걸자마자 기다렸다는 듯 앳된
20대 여자 손님이 들어왔다.

"어서 오세요."

현아가 손님에게 반갑게 인사하고 카운터로 향했다. 그런데 내
내 차가운 무표정이던 태민이 살짝, 아주 살짝이지만 미소를 짓고
있었다. 현아는 자신이 잘못 봤나 싶어 눈을 크게 떴다. 확실히 태
민은 손님을 보며 미소를 짓고 있었다.

현아는 괜스레 짜증이 났다.

왜 갑자기 친절해? 언제부터 친절했다고? 현아가 살짝 입을 삐
죽거렸다. 나더러 지 거라고 할 때는 언제고. 현아는 태민을 눈으
로 흘기고는 찬바람을 일으키며 제빵실로 들어갔다.

생각지도 못하게 갑자기 많아진 손님들 때문에 현아는 영업시
간을 한참 넘긴 후에야 퇴근할 수 있었다. 태민도 그런 현아를 기
다려 함께 가게를 나섰다.

"아, 추워."

가게를 나서자 겨울 찬바람이 쌩하고 불었다. 현아가 고개를 푹 숙이고 코트를 꽁꽁 여몄다. 태민이 현아 앞으로 스윽 나서서 걸었다. 찬바람이 조금 사라지자 현아가 고개를 들었다. 태민의 넓고 커다란 어깨가 보였다.

설마… 지금 바람 막아주는 거야? 에이, 설마. 현아는 믿기지 않는 얼굴로 태민의 등을 보며 걸었다.

"어때? 아무 짝에도 쓸모없는 얼굴의 가치가?"

"아주 쓸모없진 않네요."

앞서 걷던 태민이 갑자기 멈춰 섰다. 현아도 따라 걸음을 멈췄다. 태민이 돌아서 현아를 보았다.

"그래서, 나를 사랑할 마음은 생겼고?"

태민이 가까이 얼굴을 들이밀며 물었다. 현아는 순간 심장이 철렁했다. 이 남자, 왜 이렇게 저돌적이야? 현아는 저도 모르게 태민의 시선을 피해 고개를 돌렸다. 하지만 빨갛게 달아오른 귓불까지 숨길 수는 없었다.

"그게, 고맙기는 해요."

쑥스럽게 대답하자 태민이 현아의 손을 덥석 잡았다. 현아가 화들짝 놀라며 보았다.

"왜? 고맙다며? 고마움의 표시로 이 정도는 할 수 있지 않나?"

태민이 능청스럽게 말하며 더 꽈악 손을 잡았다.

"아니, 고마운 건 고마운 거고, 손을 잡는 건 다른 문제거든요."

현아가 손을 빼내려 안간힘을 쓰던 그때, 하늘에서 폭죽이 터지기 시작했다. 새해맞이 행사장에서 쏘아 올리는 폭죽이었다.

"새해가 왔나 봐요."

현아가 잔뜩 설렌 얼굴로 밤하늘을 바라보았다. 잡은 손으로 전해져오는 태민의 온기도 왠지 좋았다.

한 해가 가고 새로운 한 해가 오는, 조금은 쓸쓸한 이 순간에 혼자가 아니라는 느낌을 주는 온기가 고마웠다. 태민은 현아의 시선을 따라 밤하늘을 보았다.

불꽃은 기다란 꼬리를 만들며 하늘 높이 솟아올랐다. 그리고 팡팡, 자신을 봐달라는 듯 큰 소리를 내며 색색의 불꽃을 터트렸다. 까만 밤하늘에 오색의 빛이 수놓아지는 것을 현아는 아이처럼 신기하게 바라보았다. 태민은 그런 현아를 사랑스럽게 보았다.

당신이 이러니 내가 어쩔 수 없잖아. 태민은 너무 당연하다는 듯 현아의 입술에 살짝 입을 맞추었다. 순간 현아가 놀라 동그래진 눈으로 태민을 쳐다보았다.

태민이 환한 얼굴로 말했다.

"해피 뉴 이어."

방금 부드럽고 따뜻하면서도 달콤한 뭔가가 내 입술에 닿았다가 떨어졌는데?

현아의 눈에 태민의 입술이 반짝거렸다. 그래, 저 입술! 저 입술이 내 입술에! 화악, 현아의 얼굴이 순식간에 새빨갛게 물들었다.

태민은 대수롭지 않게 말했다.

"너무 의미 둘 거 없어. 이건 그저 새해 인사니까. 내가 외국생활을 많이 해서 말이지."

뭐, 인사? 내 입술을 훔쳐놓고, 인사? 이 남자, 지금 나랑 장난

해? 현아는 왠지 모르겠지만 마음이 아주 상했다. 부글부글 화가 끓어올라 얼굴이 잔뜩 찌푸려졌다.

태민은 시시때때로 변하는 현아의 얼굴을 보는 것만으로도 그저 웃음이 났다.

"이봐요, 여긴 한국이거든요, 한국! 한국에서는 인사를 이딴 식으로 하면 바로 이렇게 멱살 잡히거든요."

현아가 발끈해서는 태민의 멱살을 잡겠다고 달려들었다. 하지만 그보다 빠른 태민의 손에 너무나도 쉽게 현아의 두 손이 덥석 잡혀버렸다. 현아가 손을 빼내려 애써보지만 그의 손은 꿈쩍도 않았다. 현아가 짜증 가득한 눈으로 그를 노려보았다. 하지만 태민은 그 모습마저 사랑스럽다는 눈빛이었다.

"인사는 핑계고, 당신이 너무 예뻐서 입 맞춘 거야."

달콤한 태민의 말에 현아의 심장이 쿵쾅쿵쾅, 주체할 수 없을 정도로 심하게 뛰기 시작했다. 그리고 머릿속은 순식간에 다시 백짓장처럼 하얘졌다.

"지금도 너무 예뻐서 입 맞추고 싶어."

태민은 현아가 잠시 멍해진 틈을 노려 그녀의 입술을 향해 성큼 다가섰다. 퍼뜩 정신을 차린 현아가 그의 입술을 피해 고개를 푹 숙였다. 태민이 입술 대신 이마에 살짝 입을 맞추었다.

"이번엔 이걸로 만족하지."

현아는 그의 입술이 닿았다 떨어진 이마가 마치 불에 데기라도 한 듯 뜨거웠다.

현아는 한 시간이 넘도록 계속 뒤척거리는 중이었다. 도무지 잠을 잘 수가 없었다. 눈만 감으면 태민의 입술이 아른거렸다. 그리고 자신도 모르게 입술에, 이마에 닿았던 그 상냥했던 촉감이 생생하게 떠올라 마음이 설렜다. 그러다 문득 이러면 안 된다는 생각에 고개를 내저으며 번쩍 눈을 떴다. 그리고 다시 잠들기 위해 돌아눕고. 그러기를 벌써 몇 십 번째 하고 있는 중이었다.

나, 그 남자를 좋아하나? 왜 이렇게 생각 나? 현아는 바로 누워 천장을 보며 천천히 태민을 떠올렸다.

얼굴은 엄청나게 잘생겼고, 탄탄하게 균형 잡힌 몸을 봐서는 운동도 꽤 하는 거 같고, 죽이나 토마토 수프 솜씨를 보면 요리솜씨도 뛰어난 거 같고, 가끔 말하는 거 보면 엄청 똑똑한 거 같기도 하고, 물론 성격이 약간 문제긴 하지. 아니, 많이 문제인가?

가끔 말하는 게 밉상이긴 해도 틀린 말을 하는 것도 아니고, 까칠하게 굴긴 하지만 챙겨줄 때는 또 다정하게 챙겨주는 편이고. 그런데 그런 남자가 왜 날 좋아해? 내가 못생긴 건 아니지만 그렇다고 엄청 예쁜 것도 아니고, 몸매가 나쁜 건 아니지만 엄청 좋은 것도 아니고, 게다가 가진 거라고는 이 몸 하나랑 식빵 가게 밖에 없는데. 내가 뭐라고?

하기야 나더러 자길 사랑하라고만 했지. 날 사랑한다고 말한 것도 아니네. 아니, 그래놓고 왜 자꾸만 나더러 예쁘대? 입은 왜 맞춰?

"아, 그만, 그만."

김현아, 생각 그만해. 그만 생각하고 잠이나 자자. 현아가 다시 눈을 꼬옥 감아보지만 도저히 잠을 이룰 수가 없었다.

가게는 아침부터 쉴 새 없이 바빴다.

어제 여고생이 올렸던 SNS를 시작으로, 꼬리에 꼬리를 물고 퍼져 나가 서울뿐 아니라 경기도에서 현아의 식빵 가게를 찾아온 사람도 있었다. 그리고 손님들 중에는 사갔던 식빵이 맛있어서 다시 사러 왔다는 손님들도 점점 많아졌다.

태민이 주문을 받고 계산을 하면, 현아가 빵을 봉지에 담아 손님에게 건네는 방식으로 빠르게 움직였다. 손님들은 끊이지 않고 가게로 들어왔다.

"빵집 사장! 장사가 잘 되네."

언제 왔는지 건물주가 가게에 들어와 있었다. 현아는 상당히 놀란 눈치였다. 태민은 현아의 표정을 눈치채고는 냉랭하게 건물주를 보았다.

"아, 안녕하세요?"

"이 정도면 월에 천도 가능하겠는데?"

건물주는 능글맞게 웃으며 말했다. 뭔 속셈이야? 설마 월세 올릴 생각은 아니겠지? 그런 생각이 들자 현아는 순간 철렁했다. 슬슬 재계약을 해야 할 때가 다가오기 때문이었다.

"주문은?"

태민이 건조한 말투로 물었다.

"아, 이태민 씨. 우리 건물주예요."

"그래서 주문은 안 하나? 안 살 거면 여기 왜 온 거지?"

이 사람이 눈치도 없이 왜 이래, 건물주한테. 현아가 열심히 태민에게 눈치를 줘보지만 그는 전혀 신경 쓰지 않는다는 듯 굴었다. 건물주는 조금 기분이 상했는지 태민을 빤히 보았다. 그러더니 슬쩍 입 꼬리를 올려 웃었다.

"알바야? 잘생겼네. 귀티 나게 생겼어. 돈 걱정은 평생 않고 살겠어."

"그쪽 따위가 함부로 말할 사람이 아니야, 내가."

태민이 내뿜는 무게감에 건물주는 살짝 기가 눌리는 듯 보였다. 괜히 눈치가 보인 현아는 얼른 식빵 두 개를 봉지에 담아 건물주에게 건네며 분위기를 바꿔보려 했다.

"이거 따님 갖다 드리세요."

"그래, 고마워."

빵 봉지를 받아서 가게를 나서는 건물주를 현아가 걱정스러운 눈빛으로 보았다. 그리고 그런 현아를 태민이 지켜보았다.

브레이크 타임이 되어서야 현아는 겨우 의자에 앉을 수 있었다. 뒤늦은 점심을 사러 나가든 먹으러 나가든, 어쨌든 나가야 했지만, 너무나 피곤해 일어날 엄두가 나지 않았다.

그때 태민이 현아 옆으로 다가와 앉더니 얼굴을 빤히 들여다보았다.

"어제 못 잤어? 다크서클이 장난이 아닌데? 설마 나 때문에 못 잔 거야?"

"아니거든요. 당신이 뭐라고 내가 잠을 못 자요?"

놀리듯 말하자 현아가 발끈해서 대꾸했다. 태민이 눈을 맞춰오자 현아는 퍼뜩 고개를 숙였다. 어젯밤의 입맞춤이 생생하게 떠오를 것만 같아 현아는 고개를 숙인 채로 벌떡 일어났다.

"점심, 사올 게요."

"같이 가."

"아뇨!"

태민이 따라가겠다고 일어서자 현아가 얼른 막아섰다.

"피곤할 텐데, 제발 앉아서 쉬어요. 제가 얼른 갔다 올게요."

"피곤하긴 하지."

그래, 넌 피곤하니까 쉬어. 제발, 혼자 가게 해줘. 현아가 간절한 마음을 담아 말했다.

"그래도 같이 가 줄게."

"아니, 정말 괜찮은데."

"그리 고마워할 필요는 없어."

저 인간, 일부러 저러는 거 맞지? 현아는 자기 마음대로 되지 않는 상황에 낙담해 축 처진 어깨로 가게를 나섰다.

이왕 함께 나온 김에 먹고 들어가자며 현아는 태민을 인근 상가 건물 중화요리점으로 이끌었다. 건물로 들어서자 엘리베이터가 보였다. 현아가 후다닥 달려가 위쪽 화살표 버튼을 누르고는 뒤돌아 태민을 보았다.

"3층인데 걸어 올라가지? 그쪽, 딱 봐도 운동 부족이야."

태민은 기회를 놓치지 않고 현아를 놀려 먹었다. 현아는 살짝 기분이 상했다. 엘리베이터 문이 열리자 현아는 재빨리 올라타서는 닫힘 버튼을 힘차게 그리고 재빠르게 누르며 말했다.

"그럼, 그쪽은 걸어오시든가."

닫히는 엘리베이터 문 사이로 태민의 황당해하는 얼굴이 보이자 현아는 짜릿한 기분이 들었다. 그런데 문이 닫히고 몇 초 지나지 않아, 덜컹, 갑자기 엘리베이터가 멈춰 섰다. 그리고 이내 조명이 깜빡거리더니 팍, 나가버렸다. 순식간에 엘리베이터 안은 빛한 점 없는 암흑으로 변했다.

"아악!"

현아는 저도 모르게 소리를 질렀다. 아무것도 보이지 않는 깜깜한 어둠 속에 혼자 있다는 공포에 현아는 도저히 침착할 수가 없었다.

"사, 살려주세요!"

쾅쾅쾅, 현아가 엘리베이터 문을 세차게 두드렸다. 그러자 충격이 갔는지 갑자기 덜컹거렸다. 현아는 순간 다리에 힘이 풀려 바닥에 주저앉았다. 현아가 훌쩍이며 천천히 무릎을 끌어안았다.

현아는 문득 무섭거나 두려울 때 제일 좋아하는 걸 떠올려보라던 엄마의 말이 생각났다.

내가 제일 좋아하는 거, 내가 좋아하는 거? 현아는 조금씩 생각을 집중했다. 그때 현아를 애타게 부르는 목소리가 들려왔다.

"이봐, 김현아 씨? 내 목소리 들려?"

"이태민 씨!"

태민의 목소리였다. 현아는 엘리베이터 문 너머에서 그의 목소리가 들려오자 저도 모르게 마음이 놓였다.

"네, 들려요. 이태민 씨 거기 있어요? 거기 있는 거죠?"

"그래, 나 여기 있어. 아무 데도 안 가."

"여기 불도 꺼져서 아무것도 안 보여요. 어떡해요?"

"진정해. 아무 일도 없을 거야. 일단 앉아."

"앉아 있어요."

"그럼, 휴대폰 꺼내서 손전등을 켜."

그제야 현아는 제게 휴대폰이 있었다는 걸 생각해냈다. 저도 모르게 떨리는 손 때문에 버튼을 자꾸만 헛눌렀다. 몇 번 만에 전등이 켜지자 엘리베이터 안이 조금 환해졌다.

"이태민 씨?"

"응, 나 여기 있어."

현아는 엄마를 찾는 아이처럼 자꾸만 그를 불렀다. 태민은 한없이 다정한 말투로 부름에 대답했다. 현아에게 아무 일도 없을 거라 했지만 그건 자신에게 하는 말이기도 했다. 혹여나 잘못 될까 태민은 초조하고 불안했다. 조금씩 안정을 찾아가는 현아의 목소리에 태민도 안심이 되었다.

"이태민 씨, 어디 가면 안 돼요."

"당신 두고, 어디 안 가."

태민이 상냥하게 대답했다. 태민은 구조까지는 시간이 적잖이 걸릴 것 같단 생각이 들었다. 그래서 현아가 불안해하지 않도록 신경을 다른 데로 돌릴 이야기를 꺼내야만 했다. 왜인지 모르겠지만 자신의 이야기를 꺼내놓고 싶었다.

"우리, 각자 비밀 하나씩 털어놓을까?"

"비밀이요?"

"응, 서로 얼굴이 안 보이니 부끄러워할 일도 없고."

현아는 비밀을 털어놔야 한다는 게 조금 마음에 걸리긴 했지만 태민의 비밀이 더 궁금했다.

"문 열리는 순간 다 잊어주기로 약속하면요."

"그래, 약속할게. 그럼 당신부터 이야기해봐."

"싫어요. 먼저 말 꺼낸 사람이 해야지."

"그래."

현아는 엘리베이터 문 밖에서 들려오는 태민의 목소리에 귀를 기울였다.

"내 사랑한다는 말에는 저주가 걸려. 내가 사랑한다고 말하면 다들 날 떠나거든."

태민은 아주 담담한 어조로 차분하게 말했다. 하지만 그 말 속에 담겨진 쓸쓸함이 느껴져 현아는 순간 심장이 저릿하게 아팠다.

그래서 사랑한단 말을 못한다는 거였나? 현아는 이제껏 태민을 자기중심적이라며 오해했던 게 미안해 아무 말도 할 수 없었다.

잠시 침묵이 흘렀다. 태민은 자신이 괜한 말로 현아를 부담스럽게 만든 건 아닌가 걱정스러웠다. 그때 현아가 조심스레 입을 열었다. 자신의 비밀을 알려준 태민이 부담스러워하지 않도록 최대한 태연하게.

"내 비밀은요…. 근데, 듣고 웃으면 안 돼요."

"안 웃을게."

"실은, 식빵 반죽할 때 반죽한테 사랑한다고 말해요."

"픕."

태민은 저도 모르게 웃음이 터져 나왔다. 웃음소리에 현아의 얼굴이 벌게졌다.

"안 웃기로 해놓고는!"

"미안, 미안."

얼굴이 안 보이기 망정이지, 얼굴이 보였다면 얼마나 또 놀렸을 거야? 현아는 살짝 태민이 얄미웠지만 그래도 웃어서 다행이라 생각했다. 그리고 현아는 자신이 갇혀 있다는 사실도 불안한 마음도 싹 잊고 태민과의 지금 이 순간이 즐거웠다.

"김현아 씨, 이제 문 열 테니까 잠시 물러서 있어."

현아가 일어나 문에서 물러섰다.

잠시 후 요란한 작업 소리가 들리고 이내 문이 열렸다. 열린 문틈으로 태민이 현아에게 손을 뻗었다. 현아는 망설임 없이 그의 손을 잡았다. 태민은 그녀를 품으로 당겨 안았다. 현아도 태민이 이끄는 대로 안겼다.

"별일 없어 다행이야."

태민이 현아를 품에 꼬옥 안았다. 그리고 등을 부드럽게 토닥이며 쓸어주었다. 현아는 그의 따스한 손길에 마음이 진정되었다. 마음이 차분해질수록 반대로 더 선명해져 오는 하나의 감정을 느낄수가 있었다. 말해야만 했다. 말하지 않고서는 안 될 것만 같았다.

"이태민 씨?"

"응?"

"실은, 나 비밀이 하나 더 있어요."

"그래."

태민은 현아의 몸을 꼬옥 안은 채로 대답했다. 현아도 태민에게 기대어, 열심히도 뛰는 그의 심장소리를 들으며 조심스레 입을 열었다. 한마디 한마디 진심을 담아.

"나, 어릴 때, 겁이 엄청 많은 아이였거든요. 걸핏하면 무섭다고 숨고, 울고."

태민은 말없이 조용히 그녀의 말에 귀를 기울였다.

"그런 겁쟁이였던 내게 엄마가 그랬어요. 무섭고 두려워서 겁이 날 때는 좋아하는 걸 떠올려보라고요. 좋아하는 마음은 두려움을 이길 수 있다고. 좋아하는 마음이 크면 클수록 힘이 더 강해진다고 하셨죠."

태민은 어린 소녀의 모습이 떠올랐다.

"아까 엘리베이터에 갇혔을 때, 너무 무섭고 두려워서, 좋아하는 걸, 가장 좋아하는 걸 떠올려보려고 했거든요. 그런데 이태민 씨가 생각났어요."

태민이 몸을 살짝 떼어내어 현아를 보았다. 조금은 감격스러운, 하지만 놀란 얼굴로.

현아는 진심이라는 듯 미소 지으며 태민을 마주 보았다.

"나, 이태민 씨가 좋아요. 생각보다 많이. 그러니까 날 사랑한다고 말해도 좋아요. 내가 이태민씨에게 걸린 저주 따위는 없애줄 테니까."

현아는 마치 마법에 걸린 공주를 구하러 온 기사처럼 조금은 비장한 표정을 지어 보였다.

태민은 저도 모르게 웃음이 새어나왔다. 이렇게나 멋진 여자니 사랑할 수밖에.

"김현아, 사랑해."

태민의 목소리는 달콤했다. 그가 환하게 미소 지으며 다가왔다.

입맞춤할 타이밍인가?

두근거리는 마음으로 천천히 눈을 감았다. 그때였다.

꼬르륵. 현아의 뱃소리가 우렁차게 울려 퍼졌다. 그 소리에 화들짝 놀라 눈을 번쩍 떴다.

이게 뭐야? 현아는 너무 부끄러워 고개를 푹 숙였다. 태민은 잔뜩 주름이 간 현아의 미간마저 귀여웠다.

"밥 먹자."

태민이 손을 잡고 상가를 나가려 하자 현아가 잡아끌었다.

"요 위에서 먹고 가요."

"굳이 거기서 먹겠다고?"

거길 가려다 사고를 당했는데 굳이 가겠다니. 태민은 조금 걱정스러운 얼굴로 현아를 보았다. 하지만 그녀는 아무것도 아니라는 듯 웃어 보였다.

"이번에는 걸어서. 엘리베이터에 갇히기까지 했는데 안 먹고 가면 웬지 억울할 거 같아요."

"당신다운 결정이야."

태민이 고개를 끄덕였다. 안 좋은 일에 쉽게 마음을 내어주지 않으려 하는 그 씩씩함이 맘에 들었다. 하지만 현아는 괜스레 입을 삐죽였다.

"살짝 기분 나빠지려고 하네요."

"난 좋아, 무엇에도 쉽게 굴하지 않는 식욕을 가진 당신이."

태민이 현아를 사랑스럽게 보며 말했다. 그 순간 현아는 심장이 뻐근해지는 게 느껴졌다.

이 남자, 왜 이렇게 훅훅 치고 들어와? 심장에 너무 해로워.

서둘러 계단으로 향했다. 태민도 성큼성큼 뒤따랐다.

현아는 조금 전 자신이 태민에게 했던 고백을 떠올렸다. 미쳤어, 미쳤어. 저 남자에 대해 아무것도 모르면서. 순간의 감정에 휩쓸려 바보 같은 짓을 한 건 아닌가 싶었다. 하지만 자신의 발걸음 소리에 겹쳐지는 태민의 걸음 소리에 현아의 모든 후회는 사라졌다.

지금 이렇게 함께 발을 맞추어 걷는 것만으로 나를 설레게 하는 사람인데, 그거면 사랑하기에 충분한 거 아냐?

현아는 다른 건 중요하지 않다는 생각했다. 그래, 막연한 걱정 때문에 지금 확실한 행복을 놓치는 게 더 바보 같은 거야. 태민은 현아의 뒷모습을 흐뭇하게 바라보았다.

동그란 뒤통수, 작은 어깨를 가진 저 여린 여자가 내게 걸린 저주를 없애주겠다 말했다. 저 여자를 사랑하는 건 살아오면서 한 일 중 가장 무모한 일인지도 모르겠다. 아니, 앞으로 살아가면서 할 일 중에서도 가장 무모한 일.

"이봐. 김현아 씨."

현아가 뒤돌아보았다. 입가에 수줍은 미소가 걸려 있었다. 그 순간 태민은 처음부터 자신에게 선택권이 없었다는 걸 깨달았다. 그저 이 여자를 사랑할 수밖에, 다른 선택은 없었다.

태민이 손을 내밀자 현아가 자연스럽게 그의 손을 잡았다.

"같이 가."

당신은 이제 나와 같이 가는 거야. 앞으로 당신이 힘들어 할지도 모르겠지만, 이기적인 나는 이 손을 절대 놓아줄 생각이 없어. 태민이 속으로 말하며 현아를 보았다.

그 얼굴이 조금 심각해 보여 현아는 의아했지만 이내 그의 손에 이끌려 계단을 올랐다.

점심시간을 조금 지난 시간이라 식당 안은 한산했다. 음식을 주문한 지 얼마 지나지 않아 짬뽕 두 그릇과 탕수육이 놓였다.

"잘 먹겠습니다."

현아는 냉큼 짬뽕으로 젓가락을 가져갔다. 하지만 맞은편에 태민이 있다는 걸 의식하는 순간 손이 움직이질 않았다. 그냥 남일 때는 막 먹겠는데, 좋아한다고 말한 사이가 되니 모든 게 다 신경 쓰이기 시작했다.

왠지 빨간 국물이 마구 튈 것 같은 기분에 살짝 면발을 건드렸다. 면발을 두 줄 정도 감아올리는데, 왜 이렇게 긴지. 태어나 처음 짬뽕을 먹는 사람처럼 긴장되었다. 예쁘게 먹고 싶은데 그러기에는 짬뽕은 난이도가 너무 높은 음식이었다.

아, 이럴 줄 알았으면 김밥 먹자고 할 걸. 현아는 속으로 뒤늦은 후회를 하며 면발을 한 줄, 한 줄 아주 조심스럽게 먹기 시작했다.

태민은 짬뽕이라는 음식이 처음이었다. 아니, 원이어의 모든 경험이 현아와 더불어 처음이었다.

그래서 원래 짬뽕이라는 게 이렇게나 맛있는 건지, 아니면 현아와 함께여서 맛있는 건지 솔직히 분간이 안 갔다. 다만 지금 이 순간이 즐거울 뿐이었다. 하지만 아까부터 음식을 제대로 먹지 못하고 깨작거리는 현아가 자꾸만 신경 쓰였다.

저렇게 못 먹을 사람이 아닌데, 아까 많이 놀랐었나? 태민이 현아를 걱정스레 보며 물었다.

"왜 그렇게 못 먹어?"

"그게, 막상 먹으려니 입맛이 없네요."

입맛이 없긴 개뿔. 너무 먹고 싶은데, 당신 앞이라서 못 먹겠어요. 라고 차마 말은 못하고 현아는 그저 배시시 웃고는 고개를 숙였다. 고백은 점심 먹고 난 뒤에 할 걸. 저 탕수육도 엄청 맛있는데. 현아가 탕수육을 애절하게 쳐다보았다. 그런 현아의 눈빛을 태민이 어렴풋이 알아챘다.

"설마, 이제와 갑자기 점잔 빼는 건 아니겠지?"

현아는 속마음을 들킨 것처럼 얼굴이 붉어졌다.

"이봐, 김현아 씨. 이미 난 당신이 흘리고, 묻히는 거 다 봤어. 이제 와서 점잔 뺄 필요 있어? 이미 다 아는 사이에."

"그래도! 그런 게 아니란 말이에요."

하여간 눈치도 더럽게 없어. 나도 예쁘게 보이고 싶다고!

현아가 속상한 마음에 태민을 노려보았다. 하긴 누굴 탓해. 저런 남자 좋다는 내가 잘못이지. 그래, 이미 볼 장 다 봤는데 막 먹어주지, 뭐. 현아는 끓어오르는 화를 먹을 걸로 누르겠다는 듯 맹렬하게 음식을 먹기 시작했다. 태민이 눈에 꿀이 뚝뚝 떨어질 듯한 눈으로 현아를 보았다.

"당신은 막 흘리고 먹어도 예뻐. 막 묻히고 먹어도 예쁘고. 그러니까 걱정 말고 먹어. 내가 예쁘다면 예쁜 거야."

태민의 달달한 말에 맹렬한 기세로 탕수육을 먹던 현아가 젓가락질을 멈췄다.

이 남자 대체 뭐지? 화가 나 미치게 만들더니, 달콤하게 마음을 녹이네. 현아가 멍해져서 그를 바라보았다. 태민은 아주 태연하게 티슈를 들어 현아의 입가를 닦아주었다.

"비 오네. 가게 문 열 시간 다 됐는데."

점심을 먹고 나오니 겨울비가 내리고 있었다. 현아는 상가 입구에 서서 가게로 어떻게 돌아갈지 고민스러웠다. 태민이 코트를 벗더니 우산처럼 손으로 받쳐 들었다.

이건! 조인성이 손예진에게 해주던 그것? 비 오는 캠퍼스를 함께 뛰는 것처럼 우리도? 와!

현아는 두근대는 마음을 좀처럼 진정시킬 수가 없었다. 현아가 설렘 가득한 눈을 깜빡이며 태민을 보았다.

태민은 그런 현아를 보고는 듬직한 얼굴을 해보였다. 현아가 천천히 다가가는데, 갑자기 태민이 빗속으로 달려가 버렸다.

어? 뭐지? 나는 버리고 저만 혼자 간 거야? 순간 홀로 덩그러니 남겨진 현아가 내리는 비를 멍하니 보았다. 쉬이 그칠 비가 아니었다. 난, 어쩌자고 저런 남자를 좋아하게 된 거냐. 현아는 어쩔 수 없이 코트 단추를 하나 둘 풀기 시작했다. 그때였다.

"단추는 왜 풀지?"

고개를 들어보니 태민이 우산을 쓰고 고개를 갸웃거렸다.

"그게….'

"설마 내가 당신 버리고 간 줄 알았던 거야?"

"그게 아니라 점심을 많이 먹었더니 답답해서."

현아가 되도 않는 변명을 늘어놓으며 태민의 눈치를 살폈다. 태민은 믿어주기로 한 건지 아무 말 않고 한 손에 들고 있던 우산을 내밀었다.

"우산을 두 개나 샀어요?"

"그럼, 사람이 둘인데 두 개지. 당신이랑 나랑 우산 하나로 될 거 같아?"

현아는 태민이 내미는 우산을 받아들어 펼쳤다.

아니, 연인이라면 당연하게 한 우산을 쓰고 나란히 걸어가는 거 아냐? 그래서 한쪽 어깨 끝이 막 젖고 그래야 하는 거 아냐? 현아는 정직하게 우산을 두 개 씩이나 사 온 태민에게 짜증이 났다. 이렇게 연인끼리 각자 우산을 쓰고 나란히 걷다니. 이런 상황이 어이가 없었지만 그렇다고 대놓고 우산 하나로 같이 쓰자 말할 수도 없는 노릇이었다. 안 그래도 좁은 길에 태민이 자꾸만 다가와 현아는 구석으로 몰렸다.

왜 자꾸 가까이 오는 거야? 신경질적으로 태민을 째려보았다. 태민도 가까이 가려고만 하면 계속 멀어지는 현아 때문에 짜증이 났다. 이렇게 떨어져 걸을 줄 알았으면 하나만 사는 건데. 태민은 현아의 우산에서 떨어지는 빗물 때문에 어깨가 다 젖어 가는데도 자꾸만 그녀 곁으로 붙었다.

서로에게 약간 짜증이 난 상태로 태민과 현아는 오픈 준비를 했다. 문을 열고 얼마 지나지 않아 여고생과 친구가 들어왔다. 친구가 여고생의 등을 떠밀었다. 여고생은 잠시 주저하더니 태민에게 성큼성큼 걸어가 대뜸 물었다.

　"오빠, 혹시 여자 친구 있어요?"

　여고생은 잔뜩 긴장한 얼굴로 태민의 대답을 기다렸다. 순간 현아도 빵을 포장하던 손을 멈추고 귀를 쫑긋 세웠다.

　"식빵 안 사?"

　태민의 입에서 나온 건 대답이 아니라 심드렁한 물음이었다.

　"아, 우유식빵 두 개 주세요."

　여고생은 괜히 머쓱해하며 얼른 주문을 했다. 현아는 살짝 실망한 얼굴로 힘없이 빵을 봉지에 담았다. 그때 태민이 느닷없이 말했다.

　"있어, 여자 친구."

　"거봐. 있을 거랬잖아."

　여고생이 친구를 돌아보며 속상한 듯 말했다. 그러자 친구가 여고생을 밀치며 나서더니 당돌하게 물었다.

　"오빠, 여자 친구 예뻐요?"

　태민이 고개를 돌려 현아를 보았다. 현아는 순간 얼굴이 확 달아올랐다. 태민이 뭐라고 이야기할지 너무나 궁금했다. 당연히 예쁘다고 해주겠지? 현아가 잔뜩 기대하며 태민의 대답을 기다렸다.

　"내 눈에는."

　태민의 대답은 아주 담담했다. 순간 현아는 힘이 빠졌다. 내 눈에는? 저거, 못생겼다는 말 돌려 말하는 거잖아! 현아는 저도 모르

게 흘기는 눈으로 태민을 보았다. 태민은 일부러 현아를 안 보는
척했다.

"그렇게 말하는 거 보니 엄청 예쁜 사람인 거죠?"

"맞아. 우린 게임이 안 되게 예쁜 걸 거야."

여고생과 친구는 태민의 대답을 놓고 저희들끼리 상상의 나래
를 폈다. 현아는 그 대화를 들으니 왠지 마음 한구석이 찔리는 기
분이었다. 하지만 내심 기분이 좋았다. 뭔가 인정받는 느낌이랄까?

태민이 갑자기 여고생과 친구의 대화에 끼어들었다.

"이봐, 학생들."

여고생과 친구가 태민을 보았다. 순간 현아도 긴장했다. 저 인
간이 무슨 소리를 하려고 저래?

"고개를 오른쪽으로 45도 돌려."

태민의 말에 따라 여고생과 친구가 고개를 돌리자 현아가 떡하
니 보였다. 현아는 여고생과 눈이 마주치자 쑥스러운 듯 미소 지
으며 웃었다.

"거기 있는 여자 보이지?"

"헐, 대박! 저 언니랑 사귀어요?"

"완전 대박!"

여고생과 친구는 현아와 태민을 번갈아보며 쉴 새 없이 감탄사
를 내뱉었다.

현아는 살짝 기분이 상하려고 했다. 아니, 왜? 내가 저 남자랑
만나는 게 뭐 그렇게까지 놀랄 일이야?

"어때?"

"아니, 그게요, 언니, 엄청 예쁘진 않지만 예쁘세요."

여고생은 선뜻 대답을 못하다가 아주 어색하게 말했다. 현아는 괜히 시무룩해졌다.

"오빠, 혹시 언니 돈 때문에 사귀는 거예요? 알바 비 많이 준다 그랬죠?"

여고생은 현아에게 들리지 않게 작은 목소리로 묻는다고 물었지만 현아에게도 아주 생생하게 다 들렸다. 태민은 일부러 여고생과 친구가 하는 말을 내버려두었다. 그리고 보지 않는 척하며 슬쩍 현아의 표정을 살폈다.

"아냐, 언니 빵에 넘어갔을 수도 있어. 언니 빵 맛있잖아. 매일 먹게 해준다면 사귈 수도 있지 않겠어?"

"야, 너 같은 빵순이한테 오빠를 대입하면 안 되지. 오빠는 건장한 남자니까, 다른 이유가 있을지도 모르지."

"다른 이유, 뭐?"

"언니가 키스 엄청 잘해서 사귀는 거죠?"

여고생의 당돌한 물음에 현아의 얼굴이 빨개졌다. 요새 애들은 못하는 말이 없어. 현아가 고개를 숙이고 손 부채질을 했다. 그제야 태민은 고개를 돌려 현아를 보았다. 여고생과 친구의 시선도 그를 따라갔다.

"너희가 무얼 상상하든 내 여자 친구는 그 이상이야. 그만큼 매력이 넘쳐. 매력이 너무 많아서 어느 하나를 콕 집어 말할 수가 없을 정도로."

태민의 말에 현아는 뇌도 마음도 녹아내리는 듯했다.

저 남자, 뭘 그렇게까지 날 칭찬하고 그래, 사람 부끄럽게. 현아는 저도 모르게 웃음이 실실 새어나왔다.

"헐, 닭살."

"대박 느끼해."

여고생과 친구는 태민이 저런 말을 하리라고는 상상도 못했다는 듯 황당한 얼굴을 했다. 하지만 서로를 보며 고개를 끄덕이더니 동시에 현아에게 달려가 섰다.

"언니! 왕언니로 모실 게요. 어떻게 하면 알바 오빠 같은 사람 꼬실 수 있는 거예요? 네?"

태민은 가게 문을 닫고 나오는 현아에게 손바닥을 내어 보이며 말했다.

"손."

현아가 수줍게 태민의 손 위에 자기 손을 올렸다. 태민은 현아의 손을 따스하게 감싸 쥐어서는 자신의 코트 주머니에 쏙, 넣었다. 따뜻해. 참 좋다. 찬바람이 불어오자 꽉 쥔 손의 온기가 더 선명하게 느껴졌다.

거리는 아주 한산했다. 인도가 따로 있지 않는 일차선 도로 위에는 현아와 태민뿐이었다. 저만치서 오토바이 한 대만 달려오고 있었다. 두 사람은 살짝 옆으로 비켜 걸었다. 그런데 이상하게도 오토바이는 길이 아니라 두 사람을 향해 달려왔다.

"위험해!"

순간 위험을 감지한 태민이 현아의 몸을 감싸 안으며 길가로 몸을 날렸다.

털썩, 태민은 길가에 깔린 자갈더미 위로 쓰러지면서도 현아를 품안에서 놓지 않았다. 현아는 태민이 완벽하게 쿠션이 되어주었음에도 불구하고 바닥에 떨어지면서 살짝 충격을 받았는지 정신을 잃었다.

부앙부앙, 오토바이가 다시 태민과 현아를 위협하려 방향을 돌리던 그 순간, 어둠 속에서 검은 옷의 남자들이 튀어나왔다. 오토바이는 당황한 듯 꽁무니를 내빼며 달아났다. 검은 옷 남자 중 한 명은 오토바이를 뒤쫓고, 나머지 한 명은 두 사람에게 뛰어왔다.

"괜찮으십니까?"

검은 옷의 남자가 태민에게 물어왔다. 태민은 온몸에서 느껴지는 통증에 이를 악물었다.

"왜 이렇게 늦었지?"

"죄송합니다. 너무 갑작스러운 상황이라…."

"변명하지 마. 당신들 프로잖아."

태민의 눈빛이 서늘했다. 남자는 저도 모르게 움찔해 뒤로 물러섰다. 그때 정신을 잃었던 현아가 눈을 떴다. 태민이 남자를 향해 퍼뜩 고갯짓을 했다. 그러자 주춤거리던 남자는 얼른 자리를 피했다.

"이봐, 괜찮아?"

태민이 현아의 머리를 쓸어주며 걱정스럽게 물었다. 하지만 현아는 눈을 뜨자 오히려 태민의 몸부터 살피기 시작했다.

"괜찮아요? 어디 다친 데는 없어요?"

현아는 찬찬히 태민의 머리부터 눈과 손으로 훑었다. 태민은 자신을 챙기는 현아의 모습에 기분이 좋아졌다. 그런데 갑자기 현아의 표정이 굳어졌다. 그의 손목에 피가 흘러내리고 있었다. 자갈더미에 구르다 날카로운 돌에 찢긴 모양이었다. 상처가 꽤 깊어보였다.

"다쳤잖아요!"

"몰랐어. 별거 아냐. 살짝 찢어졌나 보네."

"별거 아니긴요! 이렇게 피가 나는데!"

현아는 곧장 태민과 함께 응급실을 찾았다. 응급실 한쪽 베드에 태민을 앉혀놓고 현아는 초조한 듯 서서 의사를 기다렸다. 태민이 서성거리는 현아의 팔을 잡아 세웠다.

"주위를 봐. 이 정도는 위급한 축에도 못 끼는 거니까. 그만하고 앉아."

현아는 주위를 둘러보았다. 여러 사람들이 치료를 기다렸다. 태민이 현아를 보며 앉으라는 듯 옆 자리를 손으로 가볍게 쳤다. 현아는 그제야 긴장을 풀고 태민의 옆에 살짝 떨어져 앉았다.

"아까 그 오토바이 뭘까요? 요새 묻지 마 범죄가 많다던데 그런 건가?"

"그렇겠지. 그래도 다행히 내가 빠른 판단력과 우수한 운동 신경을 가져 우리가 이렇게 무사할 수 있었지."

태민의 말에 현아가 피식 웃었다. 태민은 그렇게 현아를 안심시켰다. 하지만 오토바이 헬멧 안의 얼굴은 틀림없이 낯이 익었다. 며칠 전 가게에서 출장을 다녀왔다며 현아와 다정하게 이야기를 했던 그 남자 손님이었다.

그런 평범한 사람이 룩 측 경호원들의 감시를 피할 수 있었다고? 태민은 뭔가 수상했다.

"이태민 씨?"

50대 중반의 의사가 펠로우를 대동하고 태민과 현아의 앞에 섰다. 그리고는 바로 커튼을 쳐 밖에서 안이 보이지 않게 했다.

"선생님, 잘 좀 부탁드려요."

현아가 벌떡 일어나 의사를 향해 고개를 숙이며 부탁했다.

"저희야말로 잘 부탁드려야죠."

의사는 태민에게 정중한 눈빛을 보냈다. 태민은 순간 황집사가 이미 손을 써두었다는 걸 알 수 있었다.

의사는 태민의 상처를 살피며 말했다.

"찢어진 곳을 소독하고 봉합하겠습니다. 그리고 오늘은 절대 안정이 필요하니 입원하셔야겠습니다."

"이 정도 상처에 입원을 하라고?"

태민은 과하다고 생각되는 처방에 어이가 없어 되물었다. 의사가 슬쩍 태민의 시선을 피했다. 물론 황집사가 시켰겠지.

그때였다.

"죄송합니다, 선생님."

현아가 의사에게 사과를 하며 태민에게 눈치를 주었다.

"이태민 씨, 의사 선생님께서 필요하다고 하시잖아요."

현아가 저렇게 나오자 태민은 어쩔 수가 없었다. 그렇지 않아도 걱정이 가득인데, 하라는 입원을 않겠다고 하면 더 걱정하겠지. 태민은 별 도리 없이 황집사가 손 써놓은 대로 입원을 해야만 했다.

"와! 대박! 그냥 VIP도 아니고 특VIP! 이태민 씨, 여기 화장실이 두 개나 있어요. 어머, 부엌도 있어. 헐, 회의실까지? 완전 집이네, 집."

현아는 아이처럼 신이 나서 병실을 구경하며 돌아다녔다. 태민과 현아가 병원 측에게 안내 받은 병실은 병원에 딱 하나뿐인 특VIP 병실이었다. 환자 침실과 보호자 침실이 따로 마련되어 있으며 간단한 요리를 할 수 있는 응접실에 비즈니스 미팅까지 진행할 수 있는 회의실까지 구비되어 있었다.

"진짜, 우리는 운이 좋은 거 같아요. 6인실이 다 찼다고 특실을 쓰게 해주다니! 그것도 추가 비용도 없이!"

병실 구경을 끝내고 환자 침실로 돌아온 현아가 해맑게 웃었다. 태민은 피식 웃음이 났다.

저 여잔, 어떻게 저렇게나 한 치의 의심도 없이 믿을 수가 있는 거지? 하긴, 그게 저 여자의 매력이지만. 태민은 침대에 앉아 현아를 다정한 미소로 보며 물었다.

"피곤하지 않아?"

"조금요. 태민 씨는 괜찮아요?"

"나도 조금 피곤하네."

태민이 침대에 누우려 하자 현아가 얼른 달려와 그의 어깨를 부축해 조심조심 눕혔다.

태민은 슬그머니 옆으로 돌아누워 현아를 보았다.

"엄청 피곤할 텐데, 얼른 쉬어요."

현아는 걱정스러운 눈을 하고 이불을 덮어주었다. 그 순간 태민이 현아의 손을 덥석 잡더니 순식간에 그녀를 끌어당겼다. 그러자 누워 있던 태민의 품에 쏙 안겼다.

"같이 쉴까?"

철렁, 현아의 심장이 내려앉았다. 태민의 감미로운 목소리와 다정한 손길에 이성의 끈이 살짝 풀리는 듯했다. 하지만 왠지 병실에서는 그러면 안 될 것만 같았다.

불경스러운 데다 무엇보다 너무 빠르잖아. 현아는 얼른 정신을 차렸다.

"이태민 씨, 배고프겠다."

현아가 태민에게서 몸을 떼더니 침대에서 멀찌감치 떨어져 섰다. 그리고는 그의 시선을 피해 딴청을 피우며 말했다.

"아니, 배 안 고파."

"저녁 먹을 시간이 한참이나 지났네."

"이봐. 나, 배 안 고프다고."

"내가 먹을 것 좀 사 올 테니까 여기 기다리고 있어요."

현아는 태민의 대답은 들리지도 않는다는 듯 제 할 말만 하고는 후다닥 병실을 빠져나갔다.

태민은 황당해하며 병실 문을 바라보다 생각 난 듯 황집사에게 전화를 걸었다.

-도련님.

"무슨 짓이지, 황집사?"

-도련님, 제가 얼마나 놀랐는지 아십니까?

"왜 내가 여기 입원을 해야 하는 거지?"

-도련님의 몸은 도련님만의 것이 아니라 룩의 것입니다. 다른 모든 건 도련님의 판단에 따르겠지만, 도련님의 건강과 안전에 있어서만큼은 저의 결정에 따라주셨으면 합니다.

그때 문이 열리고 황집사가 들어왔다.

황집사는 집사복이 아닌 영국 신사들이 입을 법한 클래식한 슈트 차림이었다.

"오랜만이네."

"도련님의 안전에 관한 한 예민할 수밖에 없으니까요."

태민은 그리 놀라지도 않았다는 듯 태연하게 통화종료 버튼을 누르며 말했다. 황집사가 입 꼬리를 올려 방긋 웃으며 대답했다.

현아는 병원 내 죽 가게에서 주문을 하고 기다렸다.

별의별 일이 다 있네. 태민과 함께 살기 시작하면서 단조롭기 그지없던 현아의 삶은 한순간 롤러코스터를 탄 것처럼 매일 매일 변화무쌍하게 바뀌어버렸다. 자신의 삶을 이렇게나 바꿔버린 태민이라는 존재가 신기했다.

드르르, 현아의 휴대폰에 메시지가 들어왔다. 동원이었다. 현아가 곤란한 표정을 지었다.

동원 : 현아야, 좋은 하루 보냈어? 날씨가 추운데 감기 조심하고.

현아는 뭐라고 답을 해야 할지 고민됐다. 하지만 태민과 사귀게 된 이상 동원에게는 확실하게 선을 그어주는 게 예의라고 생각해 한 글자 한 글자 조심스럽게 써내려갔다.

현아 : 선배, 미안해요. 저 좋아하는 사람이 생겼어요. 그래서 앞으로는 선배의 문자에 답 해드리기 어려울 거 같아요. 정말 미안합니다.

현아는 굳은 표정으로 보내기 버튼을 눌렀다.

"그 오토바이에 대해 알아봤어?"

"네, 범인은 잡아서 경찰에게 넘겼습니다. 감히 도련님께 그런 짓을 하다니 다시는 세상 구경을 못하게 해줄 생각입니다."

"그런 거 말고."

"범인은 김현아 씨를 스토킹 해왔더군요. 출장지에서 익명의 문자 메시지, 도련님과 김현아씨가 함께 있는 사진이 담긴 문자 메시지를 받고 서울로 올라온 걸로 진술했습니다."

"누군가 스토커를 이용해서 나를 공격하려 했다고 보면 되겠군."

"네, 그런 거 같습니다."

"예상보다 빨리 움직이는군. 그렇다면 우리도 슬슬 놓아줘야지. 어떻게든 보스턴 측이 관련되었다는 증거를 찾아."

"네, 도련님."

점점 보스턴 측에서 태민을 향해 위협을 가해올 것이었다. 그렇다면 자연히 현아 역시도 위험해질 게 뻔했다. 태민은 현아의 안전도 걱정이 되었다.

"그리고 김현아에게도 경호 붙여."

"도련님, 김현아 씨는 룩 그룹과는 관련이 없는 일반인이라 경호를 붙이는 건 어렵습니다."

"황집사, 그 여자가 위험에 빠지면 내가 가만있을까? 그 여자의 위험이 곧 내 위험이야."

"네, 알겠습니다."

태민의 말투를 알아차린 황집사는 금세 고분고분해졌다. 그제야 태민이 할 말이 다 끝났는지 베개에 머리를 대고 침대에 누웠다.

"그리고 나 내일은 무조건 퇴원할 거야. 그렇게 알아."

"안 됩니다. 상처가 아무시기 전까지는 무조건 계셔야 합니다."

"그건 원이어의 취지에 안 맞아. 오늘은 어쩔 수 없지만 내일은 여기를 나가서 집에서 지낼 테니 그렇게 알아."

똑똑.

"배달 왔습니다!"

현아가 경쾌한 목소리로 문을 열고 들어섰다. 한 손에 죽을 담은 가방을 들어 보이다가 황집사를 보고 순간 멈췄다. 황집사는 현아를 보고는 미소를 지었다. 태민은 벌떡 몸을 일으켜 허튼 짓 말라는 듯 황집사를 쳐다보았다.

"왔어?"

"저기, 누구?"

현아가 어색하게 천천히 손을 내리며 물었다. 태민은 현아에게 황집사를 소개할 말이 찾아 잠시 고민했다. 솔직하게 집사라고 말할 수도 없고, 대체 뭐라고 소개를 해야 덜 이상해 보이지?

"그게, 그러니까, 작은 아버지?"

황집사가 태민을 향해 놀란 제스처를 해보였다. 태민이 어색하게 웃으며 황집사를 노려보았다. 황집사, 허튼 짓 할 생각 마!

"네, 태민이 작은아버지예요. 반가워요."

황집사가 푸근한 미소를 연기하며 자연스럽게 손을 내밀었다. 현아는 황집사의 손을 맞잡아 악수를 했다.

와, 인상 좋으시다. 현아는 온화한 인상에 저도 모르게 마음이 편해졌다.

"아, 안녕하세요."

"우리 태민이한테 이야기 많이 들었어요, 김현아 씨."

"아, 네."

황집사가 태민을 슬쩍 돌아보며 말했다. 벌써 내 이야기를 했다고? 대체 무슨 이야기를 했을까? 현아는 살짝 부끄러우면서도 두 사람이 나눴을 대화 내용이 궁금했다. 현아의 머리 위로 물음표가 달리는 걸 눈치 챈 황집사가 어색하게 웃으며 태민을 돌아보았다.

"그만 가."

태민이 못 참겠는지 무심코 늘 하던 대로 말했다. 순간 황집사와 현아가 놀란 얼굴로 태민을 돌아보았다.

태민이 아차, 싶어 얼른 말을 더 보탰다.

"셔야 하지 않을까요, 작은아버지?"

그만 가, 가라고! 태민이 못마땅한 눈초리로 황집사를 보았다. 황집사는 아쉬워하며 현아를 보았다.

"그만 가봐야겠네요. 연인들끼리만 있고 싶을 텐데 내가 눈치도 없이 오래 있었네."

　현아의 얼굴이 화끈 달아올랐다. 황집사가 입 꼬리를 씨익 올리며 태민을 돌아보았다. 태민은 현아 앞이라 큰소리도 못 치고 그저 황집사를 죽일 듯 노려보았다. 그만 안 가!

　"반가웠어요, 김현아 씨. 또 봐요."

　"네, 안녕히 가세요."

6화

"피곤할 텐데 그만 자요."

태민과 TV를 보던 현아는 프로그램이 끝나기를 기다렸다 소파에서 일어났다. 이대로 자연스럽게 방으로 들어가는 거야. 현아는 누가 봐도 어색하게 걸음을 보호자 침실 쪽으로 옮겼다.

"어디 가?"

"저, 옆방이요."

황집사는 왜 이렇게 큰 병실을 잡은 거야? 태민은 저도 모르게 미간이 찌푸려졌다.

"아픈 사람을 혼자 두겠다고?"

"아니, 혼자 두는 게 아니라, 옆방에 있으니까 필요하면 언제든 불러요. 그리고 여기는 딱히 있을 때도 없잖아요."

현아는 생각해낼 수 있는 최대한 변명을 해보았다. 하지만 그런 변명 따위 태민에게 통할 리가 없었다.

"왜 없어? 있잖아, 저기 소파."

"아니, 방에 푹신한 침대 놔두고 소파에서 왜 자요?"

"왜긴? 당신 구하려다 이렇게 다쳤잖아. 나, 환자야."

"네, 네."

현아는 어쩔 수 없이 보호자 침실에서 이불을 들고 나왔다. 그 사이에 소파는 침대에 붙다시피 옮겨져 있었다.

현아가 태민을 살짝 흘겨보았지만 태민은 모르는 일이라는 표정을 지었다. 현아는 마지못해 소파에 이불을 덮고 누웠다. 태민은 만족스러운 얼굴로 불을 껐다. 불을 끄자 서울의 야경이 한눈에 들어왔다.

"와!"

현아는 저도 모르게 야경에 이끌려 자리에서 일어나 창가에 섰다. 태민도 현아에게 다가가 뒤에 섰다. 그리고 부드럽게 허리를 감싸 안았다. 두근두근, 현아의 심장이 금방이라도 터질 듯 세차게 뛰었다. 태민의 얼굴이 현아의 목으로 내려와 기댔다.

"한 번 더 말해 봐."

"뭘요?"

"엘리베이터에서 나와서 내게 했던 말."

귓가에 나지막이 퍼지는 태민의 음성에 현아는 정신이 몽롱해져 아무 생각도 나지 않았다. 온몸에 힘이 풀려 서 있기조차 힘들 지경이었다.

"나, 이태민 씨가 좋아요. 생각보다 많이. 그러니깐 날 사랑한다고 말해도 좋아요. 내가 이태민 씨한테 걸린 저주 따위는 없애줄 테니까. 그렇게 말했잖아, 당신이."

태민이 현아를 돌려 세웠다. 야경에 비친 그의 얼굴은 조금 붉었다. 현아는 그 역시 자신과 같은 마음이라는 걸 알 수 있었다. 조심스럽게 자신을 향해 다가오는 그를 보며 현아는 눈을 감았다. 그의 입술이 부드럽게 현아의 입술을 삼켰다.

현아는 저도 모르게 살짝 긴장했다. 하지만 그의 손가락이 뒷목을 가볍게 쓸어내리자 조금씩 긴장이 풀렸다. 그의 혀가 닫혀 있는 현아의 입술을 핥았다, 마치 들여보내달라는 듯.

현아가 응답하듯 수줍게 살짝 입을 벌렸다. 태민은 그 틈을 놓치지 않고 순식간에 현아의 입안으로 깊숙이 파고 들어왔다.

순간 현아는 정신이 아득해졌다. 그는 머뭇거리는 현아의 혀를 부드럽게 감았다. 현아가 천천히 그의 혀를 따랐다. 그리고 이내 그의 혀와 정신없이 얽히기 시작했다. 심장이 터질 듯, 강렬한 쾌감이 온몸으로 퍼져나갔다.

태민이 살짝 입술을 떼려 하자 현아는 저도 모르게 아쉬워 그의 입술을 따라 몸을 움직였다. 끊어질 듯 애태우며 이어지는 키스로 그는 현아를 자연스럽게 침대로 이끌었다. 현아가 침대에 살짝 기대어 앉자 태민은 현아의 머리를 받치며 자연스럽게 뉘였다. 현아는 손을 뻗어 태민의 팔을 감았다.

"으!"

현아가 팔을 감싸다 상처를 누르는 바람에 태민이 저도 모르게 입술을 떼며 소리를 냈다. 순간 현아는 머리에 찬 물을 끼얹은 듯

퍼뜩 정신이 들었다. 지금 아픈 사람이랑 뭐하는 짓이야? 그것도
병실에서! 현아가 얼른 침대에서 일어나 태민의 상처를 살폈다.

"괜찮아요?"

"살짝 건드린 것뿐이야. 괜찮아. 하던 거나 계속하지."

태민은 아주 아팠지만 꾹 참으며 아무렇지 않다는 듯 손을 들어
보였다. 그리고 한껏 미소를 지으며 현아의 어깨를 살포시 잡아
다시 침대에 앉히려 했다. 하지만 현아는 심각해진 얼굴로 태민의
두 손을 조심스럽게 잡아 떼어냈다.

"뭘 계속해요? 큰일 날 뻔했다구요."

"큰일 안 났어."

"상처가 더 심해질 뻔했어요."

"난 괜찮아. 아무렇지도 않아."

"아뇨, 내 마음이 안 괜찮아요."

현아가 속상한 듯 태민의 다친 손을 보았다. 하마터면 상처를
덧낼 뻔했다는 생각에 마음이 무거워졌다. 괜히 들떠서 태민이 환
자란 사실도 깜빡 잊고 분위기에 휩쓸린 자신이 너무나 미웠다.
태민은 그렇게나 속상해하는 현아를 보니 더는 떼를 쓸 수가 없었
다. 그냥 제 몸이 좀 괴롭고 말지, 현아가 괴로워하는 건 절대 보고
싶지는 않았다.

"그래, 그럼 옆에 누워 있기만이라도 해."

태민이 침대에 걸터앉아 현아를 보며 말했다. 현아가 확신이 서
지 않는 얼굴로 태민을 보았다. 아무리 생각해도 위험해. 저 남자
가 분위기를 잡기 시작하면 난 또 한없이 휩쓸릴 텐데.

"아무 짓도 안 해."

"정말 아무 짓도 않는 거예요."

"내 여자가 원하지 않을 때는 참아야 하는 거 정도는 알아."

태민이 덤덤하게 말하고는 침대에 누웠다. 자기 하고픈 대로만 하는 줄 알았더니, 조금 멋있네. 현아는 태민의 말에 새삼 반할 것만 같았다.

태민은 다치지 않은 왼팔을 뻗어 팔베개를 만들고는 현아를 빤히 보았다. 현아가 머뭇거리며 침대로 다가왔다. 그리고 그의 팔을 베고 천장을 보고 누웠다. 병실은 넓디넓었지만 침대는 환자용 1인 침대라 두 사람이 눕기에는 좁은 감이 있었다.

"근데 침대가 좀 좁지 않아요?"

"일인용인데 그렇게 누우니 그렇지. 나를 봐."

현아가 어쩔 수 없이 몸을 돌리자 태민의 얼굴이 코앞이었다. 역시 심장에 해로워. 숨이 막힐 듯한 태민의 외모에 고개를 살짝 숙였다. 현아의 정수리에 태민의 숨이 닿아 간질간질했다.

"봐, 이젠 딱 맞지?"

태민은 기다렸다는 듯 현아의 몸을 안았다.

이래서 잠을 제대로 잘 수나 있으려나? 현아는 긴장이 돼서 잠은커녕 숨도 못 쉬겠다. 게다가 머릿속에는 온갖 생각이 떠올랐다.

"이태민 씨. 나, 이태민 씨에 대해 아는 게 너무 없어요."

현아는 저도 모르게 마음속에 있던 걱정이 툭 튀어나왔다. 태민은 제 턱으로 현아의 머리를 콩 찍었다.

"아야."

현아가 고개를 들어 뾰로통한 얼굴로 태민을 노려보았다.

"지금 당신 눈앞에 있는 사람이 이태민이야. 그리고 그 사람은 김현아를 사랑해. 그것만 알면 돼."

현아는 아무 말 없이 태민의 눈을 들여다보았다. 거짓이라고는 절대 없이 진심만 가득 담은 태민의 눈이 자신을 보고 있었다.

그래, 그거면 돼. 현아는 천천히 고개를 끄덕였다.

"언젠가는 다 말해줄게."

태민이 현아의 머리를 쓰다듬었다.

현아는 미소로 대답을 대신했다.

"그렇게 계속 쳐다보면 아무 짓도 안 하겠다는 약속 못 지켜. 얼른 눈 감아."

현아가 얼른 눈을 감았다. 태민은 수줍어하는 현아의 이마에 짧게 입을 맞췄다.

"잘 자."

현아는 개운하게 눈을 떴다. 긴장해서 잠도 안 올 것 같더니 눈을 감고 태민의 심장소리에 귀를 기울이니 금방 잠이 들어버렸다. 그리고 눈을 뜨자 아름다운 태민의 얼굴이 떡하니 있었다.

현아는 잠시 넋을 잃고 태민의 얼굴을 쳐다보았다. 그러다 갑자기 자신의 몰골이 어떨지 걱정이 됐다. 현아는 손으로 입가를 닦아내고 눈곱을 떼어내고 머리도 정리했다. 태민이 봐도 나쁘지 않을 정도로 단장을 하고는 다시 그를 보았다. 어떻게 자는 것도 이렇게 예쁘냐?

도자기처럼 매끈한 피부, 가지런한 눈썹, 단정한 콧대 그리고 붉은 입술. 현아의 눈이 태민의 입술에 멈췄다. 그리고 어젯밤 강렬했던 키스를 떠올렸다.

어쩜 키스를 그렇게나 잘 해? 현아는 그의 입술을 다시 한 번 느끼고 싶은 욕망에 사로잡혀 저도 모르게 입술을 향해 손을 뻗는데….

똑똑. 문을 두드리는 소리가 났다. 그 소리에 태민이 눈을 떴다. 순간 현아는 깜짝 놀라 손도 못 내리고 일시 정지 상태가 되었다.

"굿모닝."

태민이 기습적으로 입을 맞췄다. 태민의 입맞춤에서 달콤한 맛이 났다. 짧은 입맞춤이 너무나 아쉬웠다.

드르륵. 병실 문이 열렸다. 현아는 얼른 침대에서 내려왔다. 그러다 발을 헛디뎌 엉덩방아를 찧으며 쿵, 바닥에 주저앉았다. 아씨, 쪽팔려.

"아침 식사 왔습니다."

직원이 식판이 담긴 핸드카트를 밀고 병실로 들어왔다.

현아는 일어서야 할 타이밍을 놓치는 바람에 차마 일어날 수가 없었다.

"어머!"

"하하하, 안녕하세요!"

직원이 침대 옆에 주저앉은 현아를 보고는 깜짝 놀랐다. 현아는 어색하게 웃으며 인사를 건넸다. 민망한 나머지 일어나서도 창밖만 보았다. 직원도 서둘러 식판을 탁자에 올리고 나갔다.

"나갔어."

태민의 말에 현아가 얼른 돌아섰다. 쪽팔려 죽겠다는 그녀의 참 담한 표정과 대조적으로 태민은 싱글벙글이었다.

현아는 심통이 났다. 이게 다 누구 때문인데!

"웃지 마요. 이태민 씨가 같이 자자고 하는 바람에 이렇게 된 거잖아요."

"그러게 그냥 같이 누워 있었으면 됐잖아."

"아니, 병실에, 그것도 환자 침대에 남녀가 누워 있으면 뭐라고 생각하겠어요?"

"다정한 연인?"

태민의 대답에 현아는 머리가 띵해졌다. 다정한 연인이라…. 뭐, 틀린 말은 아니지만. 그게 포인트가 아니잖아! 현아는 할 말을 잃고 태민을 보았다. 그는 여전히 천연덕스러운 얼굴이었다.

"나, 밥."

"먹어요. 전 이따 가게 가서 먹으면 되니까."

현아가 됐다는 듯 사양했다. 하지만 의도가 그게 아니었던 듯 다친 손을 일부러 들어보였다.

아, 먹여 달라는 거? 현아는 괜히 쑥스러워 얼굴이 붉어졌다. 태민이 손을 뻗어 현아를 끌었다. 현아는 못 이기는 척 태민의 맞은편에 앉았다.

현아가 밥과 반찬 뚜껑을 열었다. 그리고 숟가락으로 밥을 한 숟갈 크게 펐다. 그리고 그 위에 호박 나물을 얹었다.

태민이 먹이를 기다리는 제비 새끼 마냥 입을 크게 벌렸다. 현아는 입 꼬리가 올라가는 걸 가까스로 참으며 숟가락을 태민의 입에 넣었다. 그의 오물거리는 입을 보니 공연히 흐뭇했다.

현아는 태민에게 제대로 치료를 받고 나서 집으로 돌아가 쉬라고 신신당부했다.

태민은 당부대로 혼자 병실에 남아 치료를 받았다. 하지만 집으로 갈 생각은 없었다. 일단 룩 호텔을 들렀다가 현아가 있을 가게로 갈 참이었다. 태민이 룩 호텔에서 찾은 곳은 스위트룸이 아닌 일반실이었다. 복도 끝에 위치한 룸의 문을 두드리자 바로 황집사가 문을 열었다.

"어서 들어오십시오."

태민이 들어서자 황집사가 경계어린 눈빛으로 주위를 살피고는 문을 닫았다. 황집사가 머무르고 있는 객실은 킹사이즈의 침대 하나와 테이블과 소파 두 개가 놓인 아주 소박한 객실이었다.

"답답하지 않아?"

"전혀 생각지 못한, 의외의 장소. 그런 곳이야말로 잠복에 어울리는 곳이니까요."

"스파이 영화 그만 봐."

태민이 소파에 앉았다. 황집사는 태민의 옆에 다가가 섰다.

"나 얼른 가봐야 해. 커피 한 잔 할 시간 정도밖에 못 내."

"네, 그러실 줄 알고 미리 준비해뒀습니다. 도련님께서 좋아하시는 콜롬비아 4, 브라질 3, 에티오피아 2, 과테말라 1로 블렌딩했습니다."

황집사가 갓 내린 커피를 태민에게 건넸다. 진한 커피 향이 은은하게 퍼졌다. 태민은 우아하게 커피 잔을 들어 커피를 한 모금 들이켰다. 부드럽게 감기는 커피의 맛에 현아와의 키스가 떠올랐다. 벌써 이런 것들에도 현아를 떠올리고 있었다.

"훌륭해. 오랜만에 커피다운 커피네."

황집사가 흐뭇한 미소를 지었다.

"황집사가 서울에 머무르면서 알아낸 건?"

"보스턴 측에서도 한국호텔 측과 접촉을 시도하는 거 같습니다."

"나 대신 정략결혼이라도 할 셈인가?"

태민은 그리 놀라지 않은 눈치였다. 오히려 대수롭지 않게 농담처럼 대꾸하고는 웃었다. 하지만 황집사는 짐짓 무거운 표정이었다.

"도련님, 김현아 씨는 도련님께서 생각하시는 것보다 훨씬 더 평범하게 살아온 사람입니다. 부모, 형제, 학벌, 재산 어느 것 하나 내세울 것 없는, 평범함 그 자체입니다. 아니, 정확히 말하자면 평범함보다 아래입니다."

태민의 얼굴에 웃음기가 사라졌지만 황집사는 말을 이어갔다.

"도련님께서는 이제껏 보지 못했던 평범함에 매혹된 나머지 김현아 씨를 사랑한다고 착각하시는 겁니다. 도련님께서 착각이 아니라고 하셔도, 김현아 씨처럼 평범한 사람은 룩 그룹을 감당할 수 없을 겁니다. 그러니, 도련님. 회장님께서 아시기 전에 관계를 정리하시지요."

"황집사, 오늘 아주 주제넘군."

"죄송합니다."

황집사는 태민의 카리스마에 압도되어 저도 모르게 움찔하며

212

고개를 숙였다.

"하지만 황집사니까 특별히 이번만 대답해주지. 두 번은 없을 테니 잘 들어. 첫째, 나 이태민은 김현아를 사랑해. 둘째, 감당은 김현아가 아닌 내가 해. 셋째, 할아버지께서 아셔도 상관없어."

태민은 일부러 웃어 보이며 말했다. 그런데도 황집사는 뒷골이 서늘했다. 태민에게는 마음만 먹으면 사람을 쉽게 압도하는 묘한 힘이 있었다. 그런 타고난 카리스마의 소유자였기에 황집사는 아주 자연스럽게 그를 윗사람으로 모실 수가 있었다. 황집사는 괜한 걱정을 했단 생각이 들었다.

"걱정 마. 인수합병에 꼭 정략결혼이 유리한 건 사실이지만 필수는 아니니까."

"네, 도련님이라면 아마도 방법을 찾으실 테지요."

황집사는 어느새 편안해진 얼굴로 태민의 잔을 받아 테이블에 올려놓았다.

"나 그만 갈게. 잘 돌아가고, 할아버지 잘 챙겨드려. 그리고 한국호텔에 대한 정보들은 얻는 즉시 나에게 공유하고."

태민이 문을 향해 성큼성큼 걸어가며 황집사에게 지시했다. 황집사는 한 발 앞서 문고리를 잡았다. 갑자기 생각난 듯 태민이 걸음을 멈추고 황집사를 보았다.

"아, 핸드드립 기구들 챙겨 줘. 가져가야겠어."

정말 SNS가 대단하네. 현아가 의자에 앉아 종아리를 주물렀다. 엄청 많지는 않지만 끊이지 않고 오는 손님들 때문에 현아는 출근

하고 세 시간 만에 처음으로 의자에 앉았다.

그나저나 이 남자는 왜 이렇게 연락을 안 해? 치료를 받았는지, 퇴원은 했는지, 보고를 해야지. 어젯밤에는 그렇게 달달하게 굴더니. 현아는 아침에 헤어진 이후로 연락 한 번 않는 태민이 야속했다.

내가 먼저 해볼까? 현아가 휴대폰을 꺼내드는데 때마침 메시지가 왔다. 태민이 아니라 하은이었다. 얘가 웬일이야? 워낙 감이 좋은 하은인지라 메시지가 왔을 뿐인데도 현아는 살짝 놀랐다.

하은 : 나 SNS에서 태민씨 봄!

하은 : 막 찍어도 화보!

하은 : 가게 완전 대박 났지?

현아 : 덕분에 장사는 좀 됨

하은 : 나만 알고 싶었던 꽃미남이었는데 ㅠ

하은 : 노리는 사람 엄청 많지?

하은 : 누가 채가면 안 되는데 ㅠ

하은 : 태민씨 같은 미모는 공공재로 남아야 하는데

하은이 태민에 대해 칭찬을 늘어놓자 현아는 마치 저한테 하는 칭찬인 것 마냥 뿌듯했다. 하지만 그냥 가만히 듣고만 있기에는 살짝 양심에 찔렸다.

어차피 말할 거 오늘 이야기하자. 게다가 하은이한테 조언도 좀 듣고.

현아 : 나, 이태민씨랑 사겨.

현아가 쑥스러워하며 하은에게 메시지를 보냈다.

어, 읽었는데 왜 답이 없지? 현아가 의아하게 메시지 창을 들여다보고 있을 때 갑자기 전화가 걸려왔다.

-뭐? 사겨? 너랑 이태민 씨랑?

현아가 통화 버튼을 누르자마자 하은은 흥분해서 두서없이 물어왔다.

"응, 그렇게 됐어."

현아는 대수롭지도 않다는 투로 도도하게 말했다. 하지만 표정은 어찌할 수가 없는지 행복해 못 견디겠다는 얼굴이었다.

-헐, 대박. 이태민 씨 그렇게 안 봤는데 취향 참 독특하네.

"뭐? 고상한 거거든."

-펙이나. 야, 근데 갑자기 어떻게 사겨? 며칠 전만 해도 악마니 뭐니, 원수가 따로 없더구만.

"말하자면 아주 길어."

-그래, 그럼 그 긴 이야기는 나중에 만나서 듣기로 하고. 잤냐?

"얘가, 뭔 소리야? 어제 1일, 오늘 2일 됐거든."

-날짜가 뭐가 중요해. 좋으면 자는 거지.

"여튼, 아냐."

물론 그렇게 될 뻔은 했지. 어젯밤 일을 생각하니 현아는 얼굴이 시뻘겋게 달아올랐다. 전화로 하길 다행이지, 만나서 이런 얘기했으면 딱 걸릴 뻔했네.

-그래, 그럼 키스는 했냐?

"응."

-잘해?

"응, 엄청."

현아는 아주 강렬했던 태민과의 키스를 떠올렸다. 그저 그 순간을 떠올리는 것만으로도 심장 박동이 급격하게 빨라졌다.

-그래, 그럴 거 같았어. 그렇게 잘 생겼으니 키스 같은 건 셀 수도 없이 많이 했을 거야.

"야, 이태민 씨 그렇게 쉬운 남자 아니거든."

-친구, 맘 상하지 말고 들어. 너랑 만나는 거 보면 그리 어려운 남자도 아닌 거 같다.

"야, 정하은! 내가 뭐 어때서?"

-친구, 진짜 말해도 되겠나? 원한다면 말해주고.

"아니, 됐어."

하은이 진지하게 되물어오자 현아는 얼른 인정하고 꼬리를 내렸다. 딱히 내세울 게 없는 게 사실이니까.

-어쨌거나 안 잔 거 잘했어.

"응?"

연애지상주의자인 하은의 입에서 나올 법한 말이 아니어서 잘못 들었나 싶어 되물었다.

-친구, 넌 너무 사람을 잘 믿어. 그게 문제야.

"아니, 믿지도 못할 거면 왜 만나나?"

-만나지 말라는 게 아니라, 만나되 잘 살펴보란 얘기지. 이 남자

가 나를 좋아하는 게 혹시나 다른 이유가 있는 건 아닌지. 사랑해서가 아니라 돈이나 보증인이 필요해서는 아닌가, 냉정하게 판단해보란 말이야. 그러면 뒤통수를 맞더라도 덜 아플 거 아냐.

현아는 자신이 상처받을까 걱정되어 하는 말이란 걸 너무 잘 알았다. 하지만 현아는 태민을 믿었다.

"응, 알아. 근데 이태민 씨는 정말 좋은 사람이야.

-그래, 네 말대로 이태민 씨 좋은 사람 같긴 해. 근데, 비밀이 많아 보였어. 그러니까 좋다고 덥석 잘 생각 말고, 조금만 천천히 가. 조금 더 알아보고 난 다음에 자도 안 늦어. 이 언니 말 허투루 듣지 마.

"별소리를 다 해."

-그만 끊어야겠다. 조만간 만나서 얘기해.

"응, 알았어."

하은은 급한 일이 생겼는지 황급히 전화를 끊었다. 전화를 끊고 현아는 잠시 표정이 어두워졌다. 하은의 말처럼 현아는 태민에 대해 아는 게 없었다. 하지만 어젯밤 태민이 했던 말을 똑똑히 기억했다. '지금 당신 눈앞에 있는 사람이 이태민이야. 그리고 그 사람은 김현아를 사랑해. 그것만 알면 돼.'

그래, 언젠가 다 말해준다고 했으니. 그때까지 믿고 기다리자. 게다가 난 돈도 없잖아. 보증을 서줄 신용도 없고. 아, 주식! 현아는 문득 태민이 만들어주었던 주식 계좌가 생각났다. 앱을 열어보니 며칠 전 5천만 원이었던 금액이 어느새 8천만 원이 되어 있었다.

근데 설마, 내가 이 돈 가지고 튈까 봐 묶어두기 위해 나랑 사귀는 건 아니겠지? 현아는 아닐 거라 생각하면서도 괜히 마음 한편이 찜찜했다.

태민은 황집사가 챙겨주는 핸드드립 기구들을 양손 가득 받아들고 로비로 내려왔다. 황집사는 혹시나 다친 손에 무리가 갈까 극구 만류했지만 태민은 기어이 받아서 나왔다. 자신이 좋아하는 커피를 현아에게도 얼른 맛 보여주고 싶은 생각에 걸음이 빨라졌다.

태민이 엘리베이터에서 내려 로비로 향하는데 저 멀리 동원이 보였다. 저 자식은 현아한테 질척거리던 놈 아냐? 태민은 살짝 미간을 구기고는 동원을 못 본 척 지나쳤다. 하지만 동원 쪽에서 태민을 알아보고는 달려왔다.

"저기요. 저 기억하시죠?"

동원이 태민의 앞을 막고 서서 물었다. 태민은 대답 없이 빤히 동원을 보았다.

"저번에 현아랑 같이 봤었잖아요."

"그런데?"

"아, 별건 아니고, 아직도 현아네 가게에서 일해요?"

"그런데?"

"혹시 현아 남자 친구 본 적 있어요?"

"그런데?"

"아, 진짜 있구나."

바쁜 나를 불러 세운 게 현아에게 남자 친구가 있는지 알아보려는 거였어? 태민은 동원을 어이없다는 듯 바라보았다. 그리고 상대할 가치도 없지만 현아를 귀찮게 하지 않게 한마디 해두는 게 좋을 거 같았다.

"충고하는데, 앞으로 김현아에게 관심 끄는 게 좋을 거야. 김현아 남자 친구를 보면 본인이 너무 하찮아서 자괴감 느낄 테니까 말이야."

동원은 조금 황당한 표정을 지었지만 이내 웃으며 말했다.

"여튼 고마워요. 현아한테는 나 만났단 이야긴 안 해줬으면 좋겠네요. 뭐 해도 상관은 없고."

하은과 통화를 끝내기 무섭게 가게는 다시 바빠졌다. 현아가 정신없이 손님을 상대하고 있을 때 건물주가 가게로 들어섰다. 현아가 알아보자 건물주는 신경 쓰지 말고 일하라는 듯 손을 들어보였다. 그리고 가게 구석으로 서서는 일하는 모습을 지켜보았다. 손님이 끊기자 건물주가 다가왔다.

"장사 잘 되네."

"네, 요즘 좀 괜찮아요."

"다른 건 아니고 좀 있으면 여기 재계약해야 하잖아."

"아, 네 그렇죠."

건물주가 저번에 와서 보고 간 것도 그렇고, 왠지 그 얘기를 꺼낼 것만 같아 현아는 덜컥 겁이 났다.

"그래서 말인데, 세를 좀 올렸으면 해서."

"얼마나?"

역시나 예상대로 세를 올리겠단 거였다. 제발 조금만 올려라. 현아가 아주 조심스럽게 물었다.

"5천에 월 100."

"네? 아니, 지금 2천에 월 40인데 갑자기 두 배 넘게 올리시면 어떡해요? 그것도 이렇게 갑자기."

"왜? 오늘 보니 그 정도는 주고도 남겠더만. 그리고 이 정도면 갑자기는 아니지."

현아는 너무나 황당한 나머지 말문이 막혀 아무 말도 못하고 건물주를 빤히 쳐다보았다.

건물주는 현아의 시선을 슬쩍 피하더니 태연하게 말을 이어갔다.

"그 정도도 못 주겠으면 빼서 딴 데 가. 그렇지 않아도 우리 조카가 이번에 제과제빵 자격증을 따서 빵집 열고 싶다고 하니까. 여하튼 얼른 결정해서 알려줘."

건물주는 제 할 말을 서둘러 끝내고는 홀연히 가게를 나갔다. 현아는 분하고 억울해서 그만 눈물이 왈칵 났다. 이제 겨우 월세 걱정 안 하나 했더니. 당장 그렇게 큰돈을 어디서 구해? 지금 살 곳도 없어 더부살이하는 마당에. 자신의 처지를 생각하자 가슴이 답답해져 왔다.

문득 현아는 주식 계좌의 돈이 떠올랐다. 하지만 그건 자신의 돈이 아니었다. 물론 태민에게 부탁하면 빌릴 수 있을지 모를 일이었지만, 그건 내키지 않았다. 하은이 말하던, 다른 이유가 있어 만나는 사람이 되는 것만 같아서.

난 그저 건강하고 맛있는 식빵을 만들고 싶었을 뿐인데. 그게 그렇게나 큰 욕심이었어? 현아는 착잡한 마음으로 가게를 접어야 하는 상황에 대해서도 생각했다.

다시 밀려드는 손님들을 맞느라 현아는 더 고민할 시간도 없었다. 다시 바쁘게 일하고 나니 어느새 브레이크 타임이 되어 있었다. 금세 녹초가 되어버렸다. 출입구 팻말을 '클로즈드'로 바꾸려 문으로 향했다.

그때 태민이 가게로 들어섰다. 현아는 그의 얼굴이 너무나 반가워 하마터면 눈물이 날 뻔했다. 여름 소나기에 옴짝달싹 못하고 학교 처마에 발이 묶여 비가 그치기만을 기다리던 날, 친구들은 다들 집에 가고 혼자 남은 순간, 서러움에 이를 악 물고 책가방을 머리에 들었을 때 비를 흠뻑 맞고 달려온 엄마를 만난 것처럼 서러웠던 마음이 그의 환한 얼굴만큼 행복으로 물들었다. 현아는 저도 모르게 똑같이 밝은 미소로 태민을 보았다.

"나 왔어."

그래, 이 얼굴이 너무 보고 싶었어. 태민은 현아를 보며 오기를 잘했다는 생각을 했다. 좀 더 빨리 올 걸, 태민은 잠시 떨어져 있었던 순간마저도 너무 아쉬웠다.

"몸도 안 좋은데 집으로 가지, 여긴 왜 왔어요?"

"왜 왔냐고 묻기에는 당신 얼굴이 너무 날 반기는데?"

치, 그냥 모르는 척 좀 해주지, 꼭 저래. 현아는 괜히 쑥스러워 뚱한 표정을 지어 보였다. 그래도 태민의 눈에는 마냥 귀엽기만 했다.

"그건 다 뭐예요? 다친 손에 이런 걸 들면 어떡해요?"

현아가 걱정스러운 얼굴로 그의 손에 들린 걸 빼앗아 들었다. 하지만 얼마나 무거운지 현아가 들자마자 몸이 휘청거렸다. 태민이 다시 짐을 뺏어 들었다.

"나한테는 센 척하지 마."

현아는 태민의 그 말이, 조금은 내게 기대, 란 말로 들렸다. 툴툴거리는 말 속에 숨겨진 진심을 아주 조금은 알 것 같았다. 그러자 현아는 왠지 모르게 마음이 따뜻해졌다.

"일단 여기 앉아."

태민은 현아를 의자에 앉히고 핸드드립 기구들을 꺼내놓고는 전기포트에 물을 받으러 잠시 제빵실로 들어갔다. 현아는 혼자 남겨지자 문득 보증금과 월세 생각이 떠올라 다시 우울해졌다.

"무슨 일 있었어?"

제빵실을 나오던 태민이 현아의 얼굴색이 어두워진 것을 보고는 걱정스레 물었다.

"아, 아뇨. 그냥 오늘 손님이 많아서 힘들어서 그래요."

태민은 영 마음에 걸렸다.

"이거, 커피 가는 거 맞죠?"

"응."

현아는 화제를 바꾸려 그라인더를 가리키며 물었다. 태민이 고개를 끄덕였다. 태민은 커피를 담아온 통을 열어 그라인더 안에 넣고는 천천히 커피를 갈았다. 커피가 갈리자 고소한 향기가 가게에 퍼지기 시작했다. 그라인더를 켠 태민의 하얀 손에 푸른 힘줄이 도드라져 신비하면서도 섹시한 분위기를 풍겼다.

그 사이 전기포트의 물이 끓자 태민은 물을 드립 포트에 부었다. 그리고 가느다란 손가락으로 여과지를 접어 드립퍼에 올렸다. 그리고 드립 포트를 들어 뜨거운 물로 여과지를 충분히 적셔주었다. 태민은 드립서버에 받힌 물을 커피 잔에 부어 예열시키고는 잘 갈린 커피를 여과지에 담았다.

가늘게 천천히 물을 붓자 커피 가루의 표면이 팽창해 스펀지처럼 부풀어 올라 커피 산을 만들었다. 커피 산이 사라지고 다시 물을 붓기 시작했다.

왜 이렇게 야해 보이는 거야? 현아는 커피를 내리는 태민의 동작 하나하나가 묘하게도 섹슈얼하게 느껴졌다. 현아는 얼른 고개를 내저으며 머릿속의 생각을 떨쳐내려 했다. 하지만 태민의 모습에 매료되어 현아는 자꾸만 몸이 나른해졌다.

태민은 예열해둔 커피 잔의 물을 비워내고는 드립 서버의 커피를 잔에 따랐다. 현아가 태민이 건넨 잔을 받아들어 천천히 입으로 가져갔다.

"어때?"

"아직 입도 안 댔거든요."

태민이 눈을 반짝거리며 현아의 반응을 살폈다. 조금 긴장한 듯한 태민의 모습이 너무나 사랑스러웠다.

"와, 맛있다."

태민은 날아갈 듯 기뻤다. 맛있다는 한마디가 이렇게나 좋을 일인가? 태민은 문득 현아가 자신의 맛있다는 말에 환하게 웃던 그때가 떠올랐다. 그러게, 이렇게나 좋을 일이었구나. 태민은 이렇게나 기쁠 수 있는 자신이 신기했다.

"엄청 부드러워요. 감미롭고."

"그렇지? 뭔가 떠오르는 거 없어?"

"네?"

"예를 들면⋯."

현아가 모르겠단 얼굴로 태민을 보자 그는 손가락으로 제 입술을 가리켜 보였다.

순간 현아의 얼굴이 붉어졌다.

태민이 천천히 현아에게 다가갔다. 현아는 두근거리는 마음으로 조심스레 눈을 감았다.

그 순간 문이 열렸다. 아까 팻말만 바꾸고 문을 잠그는 걸 깜빡한 모양이었다.

현아가 깜짝 놀라 저도 모르게 태민을 밀어냈다. 태민은 기분이 확 상했다. 감히 누가 방해를 하는 거야? 태민이 짜증을 가득 실어 문을 향해 소리쳤다.

"팻말 안 보여? 지금 영업 안 해."

"저기⋯."

한 남자가 캐리어를 끌고 주춤주춤 가게로 들어섰다. 윤석이었다. 현아의 집을 태민에게 3천만 원에 전전세로 넘기고 파리로 유유히 토꼈던, 현아의 구 남친 조윤석. 그가 나타난 것이다.

"조윤석?"

태민이 가게로 들어서는 그를 알아보았다. 공항에서 계약서를 작성할 때 처음 보고 이번이 두 번째였다. 저자가 여긴 왜? 태민은 현아가 윤석을 잡아 돈을 돌려주겠으니 계약을 취소해 달라 했던 게 먼저 떠올랐다.

조윤석에게 돈을 돌려받으면 김현아는 집을 나가려나? 절대 안 돼. 이제야 서로 좋아하게 되었는데, 현아와 떨어져 지낸다는 건 절대 있어서는 안 될 일이었다. 태민은 어떻게든 윤석이 지금 당장 현아에게 돈을 돌려주는 걸 막아야 했다.

현아도 돌아보니 거기 정말 윤석이 있었다.

"현아야."

"야! 조윤석!"

윤석은 제가 한 짓은 다 잊은 듯 해맑게 웃으며 현아를 불렀다. 그런 윤석을 보니 현아는 화가 치밀어 올라 버럭 큰 소리를 냈다. 갑자기 윤석이 들고 날랐던 3천만 원이 생각났다.

저 녀석이 이렇게 온 걸 보면, 3천만 원을 돌려주려고 온 거 아니겠어? 3천만 원이면 건물주가 올려달라고 했던 보증금 금액이잖아. 그래, 그 돈이면! 현아는 꽉 막혀 있던 숨통이 트이는 거 같았다.

"잘 지냈어?"

윤석이 넉살도 좋게 현아를 보며 인사를 건넸다. 현아는 속이 부글부글 끓어올랐다. 잘 지냈을 리가 있나! 몇 대 패고 뭐든 시작해야 했지만 윤석이 성격에 겁을 주면 도망갈 것 같아 최대한 분노를 누르고 대답했다.

"어, 그럼, 잘 지냈지. 니 덕분에 아주 편하게 지냈다."

현아가 억지로 웃으며 윤석에게 다가섰다.

당장이라도 돈의 행방을 따져 묻고 싶었지만 태민이 옆에 있어 대놓고 물어보기가 그랬다. 돈 얘기가 나오면 당연하게 집도 따라 나오게 되어 있었다. 윤석에게 받은 돈을 보증금으로 쓰겠다, 솔직하게 말하고 지금처럼 같이 살겠다, 하면 그만인 일인데 현아는 그게 어려웠다. 왠지 부끄러웠다. 남일 때는 오히려 뻔뻔하게 굴 수 있었다지만 지금은 돈 때문에 허덕이는 모습을 보여주고 싶지 않았다. 그래서 태민 모르게 돈을 받아 보증금을 해결할 참이었다.

"아직 점심 안 먹었지? 나 배고픈데."

윤석이 세상 편한 얼굴로 현아를 보며 말했다.

태민은 그의 태도에 살짝 당황했다. 돈을 들고 날랐던 사람이 저러는 걸 보면 돈을 가져온 게 확실한데, 어쩌지? 태민은 윤석이 현아에게 돈을 돌려주는 걸 어떻게 하면 막을 수 있을지 고민했다.

"뭐, 배가 고파? 지금, 밥이 넘어가?"

"아, 미안해."

현아는 저도 모르게 본심이 나와 목소리가 높아졌다. 그러자 윤석이 시무룩한 표정을 지으며 캐리어를 끌고는 가게를 나서려 했다. 태민은 자신이 손 쓸 필요도 없게 잘 되나 싶어 흐뭇하게 보았다. 하지만 현아가 삼천만 원을 떠올리고 윤석의 캐리어를 잡았다.

"밥 먹으러 갈까? 밥도 먹고 해야 할 얘기도 나누고? 이태민 씨, 우리 밥 먹고 올 게요."

"우리? 우리라는 게 당신이랑 조윤석을 말하는 거야?"

태민이 순간 엄청 짜증난 얼굴을 해서 현아는 살짝 긴장했다. 그래도 어떡해? 돈 얘기를 하려면 둘이 나가야 하는데.

"네, 오랜만에 할 얘기도 있고."

"안 돼."

현아가 조심스레 말을 꺼냈지만 태민의 대답은 아주 단호했다.

결국 셋이서 점심을 먹기 위해 김밥 가게로 갔다. 배가 꽤나 고팠던 건지 윤석이 냉큼 자리에 앉았다. 현아는 어떻게든 틈을 노려 돈 얘기를 꺼내고자 윤석의 옆에 앉으려 했다. 하지만 태민이 몸으로 막아서더니 윤석의 대각선을 가리켰다.

"여기 앉아."

현아는 어쩔 수 없이 태민의 옆에 나란히 앉았다. 윤석에게 눈짓을 보내보지만 그는 오로지 김밥에만 신경이 쏠려 있었다. 윤석은 제 앞의 김밥을 허겁지겁 입에 넣고는 태민의 김밥을 넘봤다.

"저기, 그거 참치 김밥이죠? 하나만 먹어도 될까요?"

"안 돼. 난 누가 내 거 넘보는 거 딱 질색이야. 그거나 먹어."

"아, 네."

냉정한 대답에 윤석이 시무룩하게 고개를 숙이고 제 김밥을 입에 넣었다. 태민은 무심코 현아를 보았다. 현아는 윤석에게 눈짓을 보내다 태민이 돌아보자 아닌 척 고개를 숙였다. 뭔가 찜찜한 기분이 들었다.

"근데 두 사람 무슨 사이지?"

"아, 현아랑 저, 아!"

윤석이 순간 소리를 질렀다. 현아가 윤석의 발을 질끈 밟았기 때문이다. 윤석이 원망스런 눈으로 보았다. 현아가 노려보며 입 모양으로 '조용히 해'라고 하자 윤석이 입을 쭉 내밀고는 고개를 숙였다. 태민이 이상한 낌새에 얼른 현아를 보았다. 현아가 딱 봐도 어색하게 웃으며 말했다.

"친구예요. 가게 열기 전에 일했던 빵집에서 알게 된 친구."

"그래?"

태민은 아무렇지 않게 넘기는 듯했지만 윤석에 대한 의심의 눈초리를 거두지 않았다.

현아는 태민 때문에, 태민은 현아 때문에 윤석과 따로 이야기를 나눌 시간이 없어 아무런 진전도 없이 가게로 돌아왔다. 그리고는 브레이크 타임이 끝나기를 기다리고 있던 손님들 때문에 곧장 가게 영업을 시작했다. 손님들이 밀려들자 멀뚱히 서 있던 윤석도 어영부영 일손을 돕기 시작했다.

"나 화장실이요."

손님이 뜸해지자 현아가 잠시 화장실에 간다며 가게를 나갔다. 태민은 이때다 싶어 윤석에게 말을 건넸다.

"조윤석 씨, 돈 어쨌어?"

"무슨 돈이요?"

"나한테 받아갔던 돈."

"아, 그 돈이요?"

그때, 드르르, 윤석의 휴대폰이 울렸다. 현아의 문자였다.

-이태민 씨 눈치 못 채게 옥상으로! 당장!

순간 윤석의 표정이 어두워졌다.

"이봐, 조윤석 씨. 하던 얘기는 해야지?"

태민이 갑자기 말을 않는 윤석을 재촉했다.

"옥상에 잠시만 갔다 올게요."

윤석은 눈치 채지 못하게 하란 말이 무색하게 행선지까지 알려주고 가게를 나섰다.

갑자기 옥상에는 왜 가? 태민은 잠시 어이없어 하다가 현아가 윤석을 불러낸 걸 알아차렸다.

윤석이 옥상으로 올라오자 팔짱을 낀 현아가 기다리고 서 있었다. 윤석이 현아를 발견하고 주춤거리며 다가와 섰다.

"너, 태민 씨한테 받은 돈 어쨌어?"

"아, 그거… 사기 당했어."

"뭐? 사기?"

"응. 나, 프랑스에서 제과학교 다니려고, 그 돈 몽땅 유학원에 줬거든. 근데 프랑스 갔더니 학교도 없고 숙소도 없고. 그래서 돌아왔어."

"그럼 한 푼도 없어?"

"응, 한국도 겨우 돌아왔어."

현아는 순간 머리가 하얘졌다. 모든 희망이 날아가 버린 것만 같았다. 그 돈을 가져간 것도 모자라서 사기로 다 날려?

"너! 그게 어떤 돈인데!"

현아가 윤석에게 소리를 내질렀다. 내지르는 소리에 설움도 함께 터졌는지 현아는 저도 모르게 눈물이 펑펑 쏟아졌다. 현아는 주저앉아 서럽게 울기 시작했다.

"미안해, 현아야. 정말 미안해."

윤석이 현아에게 다가가 어깨를 잡으려는 순간, 태민이 손을 잡아챘다. 윤석은 태민의 얼굴을 보고는 겁을 먹었는지 퍼뜩 손을 떼고는 뒤로 물러섰다. 태민은 화가 머리끝까지 났다. 대체 무슨 일이기에 현아가 저렇게 주저앉아 울고 있는 건지.

"뭐야? 너, 현아한테 무슨 짓 했어?"

"죄, 죄송해요. 제가 현아 돈을 다 써버렸어요."

태민이 서슬 퍼런 눈으로 다그치자 윤석은 얼른 대답하고는 도망치듯 옥상을 떠났다. 태민은 울고 있는 현아에게 다가가 옆에 앉았다. 현아는 울음을 참아보려 했지만 웬일인지 울음은 봇물 터지듯 더 크게 터져 나왔다.

태민이 현아를 포근하게 감싸 안았다. 그리고 아이를 어르듯 등을 찬찬히 쓸어주었다. 한참을 아무 말 없이 그렇게 토닥거리자 현아의 울음이 잦아들었다. 쌕쌕, 현아의 숨소리가 고르게 나자 태민은 살짝 몸을 떼었다.

"다 울었어?"

태민은 옷소매로 얼굴을 닦아주며 물었다. 현아는 통통 부은 눈으로 아이처럼 고개를 끄덕였다. 현아의 통통 부은 두 눈이 귀여워서 태민은 웃음이 나왔다.

"왜 그렇게 서럽게 울어? 나 서운하게. 그 돈 받아서 나가려고 했던 거야?"

"나가려고 한 거 아니에요."

230

"그런데 왜 울어? 돈 없다는 핑계로 계속 같이 살면 좋지."

태민이 서운하다는 듯 말하자 현아는 태민에게 숨겼던 게 너무나 미안해졌다.

"실은 건물주가 보증금이랑 월세를 올려 달랬어요."

"얼마나?"

"삼천만 원이요. 그래서 윤석이를 본 순간 삼천만 원이 떠올랐어요. 그 돈이면 되겠다, 하고."

"나한테 말하면 됐잖아."

"그러면 되는데, 태민 씨랑은 좋은 것만 하고 싶었단 말이에요. 좋은 말만 해주고 좋은 모습만 보여주고."

"김현아, 왜 이렇게 바보냐?"

태민이 자신에게 숨긴 벌이라는 듯 현아의 볼을 살짝 꼬집었다. 그래도 아픈지 현아가 태민을 눈으로 흘겼다. 태민이 현아의 얼굴을 잡아 자신을 보게 했다.

"내게 김현아는 좋아할 만한 이유가 없는 사람이야. 그런데도 좋아. 그것도 그냥 좋은 것도 아니고 미치게 좋아. 그러니까 뭔 짓을 해도 돼, 나한테는. 그래도 난 당신이 좋을 테니까."

건방져. 그런데 사랑스럽네. 현아는 조금은 건방지지만 사랑이 가득 담긴 태민의 고백이 좋았다. 그리고 너무 고마웠다.

"여하튼 김현아 바보."

"여자친구한테 바보라고 부르는 사람이 어딨어요?"

"에너지 넘치는 바보."

"진짜! 너무해!"

"가만있어. 내 에너지 바."

태민이 툴툴거리는 현아를 꼬옥 안았다. 현아도 못 이기는 척 안겼다.

그의 온기에 조금씩 힘이 나는 것만 같았다. 당신이 내겐 에너지 바네. 현아는 살짝 그의 어깨에 기댔다.

"그 돈 내가 줄게."

현아가 놀라 태민을 보았다. 태민은 덤덤하게 말을 이어갔다.

"그냥 주는 거 아냐. 갚아. 그 돈 갚을 때까지는 당신 나 못 떠나. 다른 남자 보지도 마. 나만 봐. 물론, 돈 갚아도 난 안 보내줄 거야."

"고마워요."

현아가 태민을 꼬옥 안았다. 따뜻했다. 기분 좋은 온기를 느끼다 갑자기 가게 생각이 났다.

"근데, 당신도 여기 있고, 나도 여기 있으면? 지금 가게는 빈 거예요?"

현아가 벌떡 일어나더니 얼른 옥상을 내려갔다. 태민은 순식간에 품안에서 사라진 그녀의 온기가 못내 아쉬웠다.

"바보. 남의 속도 모르고."

뜻밖에도 도망갔을 거라 생각했던 윤석이 가게를 지키고 있었다. 덕분에 오후 영업까지 무사히 마치고 가게 문을 닫을 시간이 되었다.

"그런데 조윤석 씨는 돈을 돌려주려고 온 것도 아니라면 뭐 때문에 여기 온 거지?"

태민이 가게를 나오며 먼저 나와 서 있던 윤석에게 물었다.

현아도 그 이유가 조금은 궁금했는지 가게 문을 닫으면서 귀를 쫑긋 세웠다.

"아, 그게, SNS에 현아 가게를 봤는데 장사가 잘 되길래 알바 자리나 얻을까 해서요."

"조윤석 씨 당신 상당히 뻔뻔하군. 다행히도 여기 알바는 나 하나로 충분해."

태민이 퉁명스럽게 대답했다. 현아는 순간 분노가 끓어올랐지만 가까스로 참았다.

"저기, 현아야. 나 좀 재워주면 안 될까?"

윤석이 문을 닫고 걸어오는 현아에게 아주 뻔뻔하게도 물어왔다. 너 미쳤어! 현아는 저도 모르게 소리를 지를 뻔했지만 태민의 앞이라 최대한 차분하게 대답했다.

"난 니 덕분에 집을 잃고 태민 씨에게 얹혀사는 중이라 그렇게는 안 돼."

"하루 정도는 재워주지, 부엌에서. 김현아 씨가 원한다면."

태민은 혹시라도 현아가 자신의 눈치를 보는 건가 싶어, 대뜸 나서서 말했다.

"아니, 괜찮아요. 쟤는 찜질방 가서 자면 돼요."

"김현아, 너 진짜 너무한다. 그래도 한때 사귀었던 사람인데 이래도 돼?"

"너무해? 너무한 건 내가 아니라 너지! 옛날 여친 전셋돈을 떼먹은 너!"

현아는 순간 아차 싶었다. 천천히 고개를 돌려 태민을 보았다. 눈빛만으로도 사람을 얼려버릴 것 같은 얼굴로 태민이 윤석을 보고 있었다. 큰일 났다. 어떡해? 현아는 숨이 턱 막혔다.

"전 가볼게요."

눈치라고는 없는 윤석도 태민의 싸늘한 눈빛에 목숨이 위태롭다는 걸 느꼈는지 캐리어를 끌고는 종종걸음으로 사라졌다. 태민은 잠시 현아를 보고는 집으로 향했다. 차라리 화라도 내면 좋을 텐데. 현아는 아무 말도 않는 태민 때문에 마음이 무거웠다.

집으로 들어선 태민은 조용히 부엌 의자에 앉았다. 현아도 따라 의자에 앉았다. 태민이 현아를 보았다. 현아는 고개를 숙이고 눈치를 살폈다.

"왜 친구 사이라고 속였는지 변명해봐."

"이미 다 끝난 사이인데 태민 씨 신경 쓸까 봐 그랬어요."

현아가 조심스럽게 말을 꺼냈다. 고민 끝에 그랬을 거란 건 잘 알았다. 하지만 그렇다고 해서 화가 풀리는 건 아니었다.

"완벽하게 끝난 사이라면 그렇게 어정쩡하게 보내는 게 아니라 경찰을 불렀어야 하는 거 아닌가?"

"그렇게 까진 하고 싶지 않았어요. 윤석이가 나한테 나쁘긴 했지만 나도 나빴으니까요. 나를 많이 좋아해줘서, 그래서 나도 좋아할 수 있을 거라 생각했는데, 그게 잘 안 돼서 상처를 많이 줬어요."

현아는 차분하게 말했다. 태민은 굳은 얼굴로 현아를 보았다.

"게다가 이태민 씨를 만나게 해준 은인이잖아요. 은인을 어떻게 경찰에 신고해요?"

훗, 졌다. 태민은 현아의 말에 저도 모르게 피식 웃었다. 그제야 현아가 안도한 듯 얼굴에 미소를 띠었다.

"난 그렇게 이해심 많은 남자친구는 못 돼. 좋아하는 여자가 나만 보면 좋겠어. 삼천만 원 받을 생각 하지도 마. 그 핑계로 옛 남자 만나는 거 못 봐."

"네."

태민이 현아의 손을 잡아 부드럽게 제 앞으로 이끌었다. 그녀의 허리를 감싸더니 자신의 무릎 위에 앉혔다. 현아가 살짝 놀라 그를 보았다. 태민이 기다렸다는 듯 키스했다. 태민은 아주 살짝, 살짝 현아의 입술에 입을 맞추었다 떼어냈다. 계속되는 입맞춤에 모든 신경이 입술에 몰릴 쯤 태민의 입술이 현아의 입술을 강하게 덮쳐왔다. 그리고 밀려드는 태민의 부드러운 혀.

태민의 혀는 현아의 입안이 원래 자신이 있던 곳인 것 마냥 유유히 휘저었다. 그리고는 썰물이 빠지듯 순식간에 빠져나갔다. 현아는 저도 모르게 태민의 입안으로 따라 들어갔다. 기다리던 태민의 혀가 현아의 혀를 낚아채 휘감았다. 그리고 혀뿌리를 간질였다.

현아는 순간 심장이 못 견디게 간질간질한 느낌이 들었다. 묘한 느낌에 사로잡혀 몽롱해질 때 태민의 손은 기회를 놓치지 않고 옷 아래 매끄러운 허리로 파고들었다.

현아는 그의 크고 따뜻한 손이 맨살에 닿자 정신이 아득해졌다.

그의 손가락이 현아의 갈비뼈를 하나씩 어루만지며 천천히 위로 올라갔다. 그의 손길에 현아는 저도 모르게 몸이 파르르 떨렸다. 손은 어느덧 현아의 가슴께에 닿았다. 크고 따뜻한 손이 현아의 브라를 감쌌다. 그리고 브라에 덮이지 않은 현아의 가슴을 엄지로 부드럽게 쓸었다.

드르르, 식탁에 올려두었던 현아의 휴대폰 진동이 크게 울렸다.

순간 정신이 든 현아가 눈을 번쩍 떴다. 자신의 가슴에 태민의 손이 얹혀 있단 걸 깨닫자 놀란 나머지 온몸이 얼음처럼 뻣뻣하게 굳었다. 현아의 입안에서 놀던 태민이 그녀가 반응을 않자 눈을 떴다. 그리고 놀란 눈을 하고 있는 현아를 보고는 천천히 입술을 떼어냈다.

드르르르, 진동은 꺼질 생각을 않았다. 둘의 시선이 휴대폰으로 향했다. 태민의 이마가 살짝 구겨졌다. 현아가 휴대폰을 들어 발신자를 확인했다. 하은이었다.

"받을 생각하지 마."

태민이 휴대폰을 가로채서는 식탁 위에 덮어버렸다. 현아는 순간 당황한 얼굴로 태민을 보았다. 태민은 다른 데 신경이 팔린 현아의 입술을 다시 거칠게 덮쳤다. 현아가 준비할 사이도 없이 그녀의 입안을 사납게 휘저었다.

쾅쾅쾅, 갑자기 현관문을 두드리는 소리가 났다.

"야, 김현아. 너 안에 있는 거 다 알아. 집에 불 켜진 거 확인하고 왔으니까 문 열어라. 이태민 씨? 안에 있죠? 문 좀 열어주세요."

현관 밖 목소리는 하은이었다.

현아가 화들짝 놀라 태민을 밀어내고 벌떡 일어섰다. 주춤거리며 돌아보니, 그는 성난 얼굴 자체였다. 문을 안 열자니 하은이 성격에 하염없이 문을 두드릴 테고, 문을 열자니 잔뜩 화가 난 태민이 마음에 걸리고. 현아는 이러지도 저러지도 못하고 머뭇거리다 현관으로 달려갔다.

"잠시만!"

결국 현아가 현관으로 뛰어나가자 태민이 아주 깊고 긴 한숨을 내쉬었다. 왜 이렇게 훼방꾼이 많은 건지, 정말 미칠 지경이었다.

현아가 문을 살짝 열자 하은이 들이닥치듯 밀고 들어왔다.

"전화도 안 받고, 문도 안 열어줄 셈이었어?"

"아니, 전화 온 줄 몰랐어."

"거짓말도 하는 사람이나 하는 거지. 넌 아예 할 생각을 마."

현아가 하은의 시선을 피하며 변명을 하자 하은이 어이없다는 듯 말했다. 현아가 괜히 머쓱해져 다른 이야길 꺼냈다.

"갑자기 무슨 일이야? 게다가 나 혼자 사는 집도 아닌데 이렇게 불쑥 오면 어떡하냐?"

"친구가 연애를 한다는데 가만있을 수 있나? 게다가 같이 사는 그분이랑 연애를 한다니 당연히 집으로 와야지. 이거나 받아."

"이게 뭐냐?"

"축하 선물! 치킨이랑 술."

하은이 치킨과 술이 든 봉지를 현아에게 넘기고 안으로 들어갔다. 태민은 아주 심통이 난 얼굴로 식탁 의자에 앉아 있다 일어섰다.

"오랜만이에요, 태민 씨."

"타이밍 한 번 기가 막히군."

"아, 제가 엄청 좋은 타이밍에 왔나 봐요, 호호."

태민이 빈정거린다는 걸 알아들은 하은이 고개를 홱 돌려 현아를 보았다. 현아가 잘못하다 들킨 아이처럼 얼른 고개를 숙여 시선을 피했다. 하은이 짐작했다는 듯 귓속말을 했다.

"내가 천천히 가랬잖아."

"아냐, 그런 거."

현아는 아니라고 변명을 해보지만 어느새 벌게진 얼굴이 모든 상황을 속속들이 알려주는 듯 했다. 하은이 혀를 차며 다시 귓속말을 했다.

"이러니 내가 안 나서게 생겼어?"

하은이 태민을 보며 의미심장하게 미소를 지었다. 현아는 친구가 어떤 폭탄을 터트릴지 조마조마하게 쳐다보았다.

하은이 사온 치킨과 술을 식탁에 늘어놓고 세 사람은 식탁에 둘러앉았다. 현아와 태민이 나란히 앉았고, 맞은편에 하은이 앉았다. 하은이 차분하게 소주와 맥주를 잔에 따라 붓고는 숟가락을 툭 쳐서 섞었다. 그리고 잔을 각자 앞에다 놔주고는 제 잔을 들었다.

"태민 씨, 많이 부족한 제 친구와 사귀게 되었다니, 과연 축하할 일인지는 모르겠으나 축하해요."

"야, 내가 부족하긴… 해도 많이는 아니지."

살짝 발끈하는 현아가 귀여워 태민이 피식 웃었다. 그러자 현아는 부끄러워 제 앞에 놓인 술을 홀짝 들이켰다. 하은은 못 말리겠다는 듯 고개를 절레절레 흔들었다.

"아무쪼록 잘 부탁합니다."

태민은 하은이 건배를 권해오자 시원하게 술을 들이켰다. 하은은 치킨을 뜯으며 궁금이 가득한 얼굴로 태민을 보았다. 태민은 그런 시선 따위는 아랑곳하지 않고 왼손으로 현아의 허리를 감싸 안았다.

아니, 이 사람이! 우리 둘만 있는 것도 아니고 하은이도 있는데 왜 이래? 현아는 하은이 눈치채지 않게 태민의 손을 떼어내려 안간힘을 썼다. 태민이 살짝 손에 힘을 푸는 듯하더니만 이내 현아의 오른손을 꽉 잡아 쥐고는 식탁 위에 보란 듯이 올려놓았다. 두 사람의 애정 행각에 하은의 심기가 살짝 불편해졌다.

현아가 대체 왜 이러냐는 듯 태민을 연신 흘겨보았다. 어느새 빈 잔은 술로 가득 채워졌다. 자연스럽게 또다시 하은이 술잔을 들어 건배를 권해왔다. 태민은 마다 않고 술을 들이켰다. 그가 술잔을 내려놓기가 무섭게 하은이 물었다.

"이태민 씨, 여자 엄청 많았죠?"

현아는 하은의 질문에 긴장해서는 침을 삼켰다. 뭐라고 말을 할지 궁금해 그의 옆모습을 물끄러미 바라보았다. 태민이 고개를 돌려 현아를 보더니 태연하게 입을 열었다.

"많았지."

현아가 순식간에 시무룩해져 고개를 푹 숙였다. 그럴 거라 예상은 했지만, 저렇게 대놓고 많다고 그러냐! 현아가 저도 모르게 목이 타 술을 홀짝 들이켰다. 태민은 그런 반응을 재미있게 구경하다 한 마디를 보탰다.

"그런데 내가 사귀고 싶었던 여자는 김현아가 처음이야."

현아는 심장이 쿵, 내려앉았다. 이 남자, 정말 나를 가슴 떨려 죽게 만들 건가? 현아는 저도 모르게 새어나오는 웃음을 참느라 너무 힘들었다.

탁, 술잔을 내려놓는 소리에 태민이 돌아보니 어느새 술잔이 가득 채워져 앞에 놓여 있었다.

"설마 여자 사귀는 건 현아가 처음이란 얘기는 아니죠?"

하은이 미심쩍은 눈으로 물었다. 설마? 저렇게 멋진데 내가 처음인 건 말도 안 되지, 라고 현아는 생각하면서도 한편으로는 자신이 처음이었으면 하는 기대를 살짝 했다.

"맞아, 김현아가 처음이야."

태민이 아무렇지 않게 대답하고는 술을 들이켰다.

"네? 현아 말로는 키스를 엄청 잘한다던데 처음이라는 게 말이 돼요?"

하은이 믿을 수 없다며 놀라 물었다.

그걸 말하면 어떡해! 현아가 깜짝 놀라 친구를 노려보았다. 하은이 그제야 아차 싶어 현아의 시선을 슬쩍 피했다. 태민이 추궁하는 눈빛으로 현아를 보았다. 현아는 민망해 시선을 피하며 술을 또 홀짝 들이켰다.

"내가 뭐든 좀 잘해. 타고났지."

태민의 호기로운 말에 하은이 부럽다는 듯 현아를 보았다. 하지만 손을 늦추지 않고 그의 술잔을 가득 채워 건배를 권했다. 태민은 역시나 시원스럽게 술을 들이켰다. 하은은 이제 슬슬 본론으로 들어가도 되겠다 싶었다.

"이태민 씨, 대체 무슨 이유로 여기에 있는 거죠? 이태민 씨 평범한 사람이 아니에요. 지금 이태민 씨가 차고 있는 그 시계, 그거 팔면 아마 서울의 아파트 한 채는 살 수 있을 거예요. 안 그래요?"

태민은 전혀 예상치 못한 말에 피식 웃었다. 현아는 자신의 손을 꽉 잡은 태민의 손을 보았다. 뭐? 저게 그렇게나 비싼 거야? 현아는 전혀 화려하지 않은 오히려 수수해 보이는 손목시계를 보고는 놀랐다.

"현아 쟤야 워낙 명품 따위는 모르는 애니 그냥 봐 넘겼을지 몰라도 전 안 그래요. 제가 눈썰미가 꽤 좋아요. 그거 확실하게 진품 맞아요."

"그래서 무슨 말이 하고 싶은 거지?"

태민이 여러 말 없이 덤덤하게 하은에게 물었다. 현아는 태민이 집 한 채 값의 시계를 차고 다니는 사람이란 생각에 왠지 모르게 낯설게 느껴졌다.

"지금 입고 있는 그 옷들도 죄다 명품이고. 어떻게 봐도 평범하지 않은 사람이 왜 이렇게 후미진 곳에 와서 살고 있는지 궁금하네요. 대체 어떤 비밀을 숨기고 있는 건지."

"그건…."

당신이 알바 아닐 텐데, 라고 말하려던 찰나에 현아가 손을 잡아 당겼다. 태민이 현아를 보았다. 현아는 아주 진지한 눈빛으로 태민에게 물어왔다.

"이태민 씨, 혹시 범죄를 저지르고 쫓기고 있는 거예요?"

태민은 황당했다. 어떻게 저런 생각을 할 수 있는 거지? 웃음이 나려고 했지만 진지한 현아에게 그러면 안 될 거 같아 꾹 참고 대답했다.

"아니."

"다행이에요. 혹시라도 이태민 씨가 범죄자면 어떡하나 잠시 고민했거든요. 정의와 사랑 사이에서 고민은 안 해도 되니 됐어요."

현아는 다행이라는 듯 숨을 내뱉고는 하은에게 변호하듯 말했다.

"이태민 씨, 숨기고 있는 비밀 같은 거 없어. 지금은 말 못 할 사정이 있어서 그런 것뿐이지, 언젠가 때가 되면 다 말해준다고 했어."

"김현아, 너 그 말을 믿냐?"

"응, 나 이태민 씨 믿어. 그래서 기다릴 거야. 말해줄 때까지."

하은은 어이없다는 표정을 지었다. 하지만 태민은 현아가 사랑스러워 못 견디겠다는 얼굴을 했다. 자신을 이렇게나 믿어주는 사람이 있다니, 태민은 현아의 믿음에는 절대 배신하고 싶지 않았다.

"야, 김현아. 니가 아주 남자에 빠져도 아주 단단히 빠졌구만."

"응, 맞아. 나, 이 남자한테 완전 빠졌어. 그래서 니가 무슨 말을 해도 난 이 남자 말 믿을 거야."

현아가 눈을 반짝이며 태민을 보았다. 태민은 꿀이 뚝뚝 떨어지는 눈으로 현아를 보았다. 그리고 점점 그녀의 얼굴로 몸이 다가갔다. 그러자 하은이 못 참겠다는 듯 벌떡 일어나 소리쳤다.

"이 사람들이! 솔로를 앞에 두고 지금 무슨 짓을 하려는 거예요?"

현아가 퍼뜩 정신을 차리고는 민망해서 고개를 돌렸다. 하지만 태민은 전혀 관둘 생각이 없는지 현아의 얼굴을 두 손으로 감싸 마주했다. 그리고는 하은을 보며 말했다.

"눈치가 있으면 그만 가지?"

"솔로의 자존심이 있지. 안 가요, 아니 못 가요. 밤새도록 여기서 마실 거예요."

하은이 술잔을 들어 현아와 태민의 얼굴 사이에 딱 들이댔다.

훼방꾼을 노려보는 태민의 눈빛이 이글거렸다. 현아는 갑자기 밀려드는 부끄러움에 제 볼을 잡고 있던 태민의 손을 조심스레 잡아 내렸다.

술을 한 잔 두 잔 주거니 받거니 하다 보니 어느새 밤은 깊어졌고, 식탁에는 빈 술병으로 가득해졌다. 현아는 소맥 한 잔에 취해서 아까부터 식탁에 엎드려 잠들었다. 태민과 하은은 여전히 처음처럼 쌩쌩해 보였다.

"술이 참 세시네요."

"그쪽도 꽤 하는군."

"이제 술도 없고 오늘은 여기까지 해야겠어요. 때마침 남동생이 데리러 왔고."

하은이 자리에서 일어섰다. 태민이 하은을 따라 일어나 현관문을 열어주었다.

"담에 봐요. 내 친구 울리면 가만 안 둘 테니 명심하세요."

"잘 됐네. 나도 김현아 울리는 사람, 가만 안 둘 생각인데."

"좀, 맘에 드네요. 그런 의미에서 선물 하나 드릴게요."

자신의 경고에 대한 태민의 대답이 꽤나 마음에 들었는지 하은이 흡족한 얼굴로 말했다.

"현아, 쟤한테 궁금한 거 있으면 자고 있을 때 슬쩍 물어봐요. 잠꼬대처럼 술술 말하는 데 꽤 재밌어요. 그럼 갑니다."

"그래."

태민은 하은이 동생과 가는 모습을 보고는 현관문을 닫고 들어왔다. 현아는 하은이 가는 것도 모르고 아주 곤하게 자고 있었다.

"잘도 자네."

태민이 엎드려 자는 현아의 몸을 살짝 일으켰다.

"이태민 씨다, 이태민 씨. 내 이태민 씨."

현아가 잠시 뜬 눈으로 태민을 쳐다보고는 해시시 웃었다. 그리고는 언제 그랬냐는 듯 이내 눈을 감았다. 태민은 피식 웃고는 현아를 안아서 들어올렸다. 그리고 방에 데려다 눕혔다. 이불을 덮어주고 일어서려는데 현아의 손이 그의 옷 끝을 잡아당겼다.

"김현아, 너무 하네. 내가 얼마나 힘겹게 참고 있는데 이러냐?"

태민은 조금 어이없다는 듯 혼잣말을 하면서 옆에 모로 누웠다.

"이 여자야, 이렇게 그냥 보고만 있는 게 얼마나 힘든 건지 알아?"

태민은 자기 속도 모르고 세상 편하게 잠든 현아의 볼을 살짝 잡아 흔들었다.

"히잉, 하지 마."

현아가 잠결에 웅얼거리며 투정을 부렸다. 태민은 문득 하은이 했던 말이 떠올랐다.

궁금한 거라….

"김현아, 세상에서 누가 제일 좋아?"

태민이 잠든 현아에게 물었다.

현아가 입가에 미소를 띠우며 아주 희미하게 들리는 소리로 말했다.

"이태민."

태민은 그 한 마디에 기분이 이상해졌다. 가슴 가득 따뜻한 온기가 차오르고 온몸은 금방이라도 날 수 있을 듯 둥실 떠오르는 느낌이 들었다. 그리고 저도 모르게 눈꼬리는 휘어지고 입꼬리는 올라가고. 이런 게 행복이라는 건가? 아주 오래전에 잊고 지냈던 감정이 이렇게 갑자기 떠오르자 낯설었다. 그것도 룩 그룹의 이태민이 아니라, 아무것도 아닌 이태민인 지금, 이렇게나 행복하다니. 아마도 이 행복이 가능한 건 내 앞의 이 여자 때문이겠지.

태민은 현아를 바라보았다. 이 손을 절대 놓지 않기를. 현아의 손에 짧게 입 맞추었다. 언제나 나만 바라보기를. 태민은 현아의 꼭 감은 두 눈에 조심스레 입을 맞추었다. 그리고 내 이름만 부르기를. 태민은 현아의 입술에 살짝 입을 맞추었다.

"김현아, 사랑해."

태민은 현아를 조심스레 끌어안아 이마에 입술을 맞추고 눈을 감았다.

언제나 이 여자와 함께 잠들 수 있기를.

7화

현아는 머리를 짓누르는 듯한 두통에 눈을 떴다.

역시 난 소맥 체질이 아니야. 현아는 지끈대는 머리를 손끝으로 누르며 몸을 일으켜 앉았다. 바로 일어나진 않고 잠시 멍하니 앉아 생각을 했다. 마시다가 식탁에 엎드려 잠든 거 같은데. 그 뒤로는 생각이 안 나네. 그래도 어제는 꼬장도 안 부리고 아주 얌전히 마신 거 같아. 현아는 나가도 될 거 같단 판단이 들었는지 그제야 몸을 일으켰다.

문을 열자마자 맛있는 냄새가 흘러들어와 코끝을 자극했다. 콩나물국인가 보다. 현아가 저도 모르게 한 손으로 배를 문지르며 부엌으로 향했다. 태민은 가스레인지 앞에서 콩나물국의 간을 맞추고 있었다.

한없이 기대고 싶게 만드는 넓은 어깨에서 부드러운 허리라인을 지나 동그랗게 튀어나온 엉덩이까지. 태민의 완벽 탄탄한 어깨와 탐스러운 엉덩이. 현아는 태민의 완벽한 뒤태를 잠시 넋을 잃고 보았다.

"그만 보고 앉지."

뒤통수에 눈이라도 달린 거야? 현아는 태민의 말에 뜨끔해져 얼른 자리에 앉았다. 식탁에는 이제 국만 올리면 되게끔 아침 식사가 차려져 있었다. 태민이 국그릇을 식탁에 가져다놓고 저도 자리에 앉았다.

"잘 먹겠습니다."

숟가락을 들자마자 콩나물국부터 떠서 입에 넣었다. 시원한 국물이 들어가자 쓰리던 속이 편해지고 두통이 확 사라지는 느낌이 들었다.

"캬아, 시원하다."

현아는 저도 모르게 감탄사를 내뱉고는 살짝 민망해져 태민을 힐끔 보았다. 그런데 그가 다정하게 자신을 바라보고 있으니 괜히 부끄러워졌다.

"잘 마시지도 못하면서 술 좋아하는 여자를 애인으로 뒀더니만, 여러모로 피곤하네."

태민이 현아 들으라는 듯 장난스럽게 말했다.

"미안해요."

"미안하라고 하는 말 아냐. 나 더 좋아하라고, 지금 생색내는 거야."

태민이 현아를 보며 싱긋 웃었다. 현아는 또다시 심장이 또 쿵하고 멎는 기분이 들었다. 저 남자는 어쩜 저렇게 하는 말마다 내

심장을 멎게 만드는 거지? 조금 오글거리기는 했지만 아주 좋았다. 너무 좋아하는 얼굴이 들킬까 봐 고개를 숙이고 애꿎은 콩나물만 젓가락으로 만지작댔다.

"김현아, 세상에서 누가 제일 좋아?"

"그야…."

현아는 순간 당황해서 얼굴이 빨개졌다. 이태민 씨 당신이요, 라고 말하기는 너무 부끄러워 말끝을 흐렸다.

"어제는 잘도 대답하더니."

태민은 짓궂게 말하며 현아를 보았다. 잠결에 솔직하게 제 이름을 부른 현아도, 빨개진 얼굴로 눈빛만으로 대답하는 현아도 모두 사랑스러웠다.

"네? 어제요?"

현아는 기억을 더듬어보았다.

아무리 생각해도 그런 일이 없는데. 잠시 생각에 잠긴 틈을 타 태민의 얼굴이 코앞까지 다가왔다. 순간 따스한 기운에 고개를 든 현아가 깜짝 놀라며 손으로 태민의 얼굴을 막았다.

"안 돼요!"

"무슨 짓이지?"

태민이 살짝 기분이 상해 물었다.

"그게, 태민 씨랑 키스를 하다보면 나도 모르게 정신을 놓는단 말이에요. 그래서 너무, 위험해요."

현아의 얼굴이 안 그래도 빨개졌던 얼굴이 새빨개졌다.

"여튼 태민 씨 실밥 풀기 전까지는, 절대, 키스도 뽀뽀도 안 할 거예요."

"그래, 그럼 그 후에는 맘껏 해도 되는 거지?"

태민의 능청스러운 대답에 현아의 얼굴은 빨갛다 못해 금방이
라도 터질 듯 붉어졌다. 후후, 현아가 심호흡을 하며 손으로 부채
질을 해대도 얼굴의 열기가 좀처럼 가시지 않았다.

현아는 가게 오픈 준비 때문에 병원에 따라가 주지 못하고 가게
로 걸음을 옮겼다. 이번 겨울 들어 제일 추운 날씨라는데 현아는
전혀 춥지 않았다. 오히려 홍얼홍얼 콧노래까지 나왔다. 현아는
그런 제 모습에 참 속도 없다는 생각이 들어 웃음이 났다.

건물주가 보증금으로 속을 뒤집어놓고 간 게 어젠데, 언제 그랬
냐는 듯 이렇게 좋다니. 뭐 어때? 보증금은 해결됐고, 월세는 태민
씨랑 열심히 일해서 벌면 되지. 현아는 태민이 있다는 것 하나만
으로도 왠지 모르게 마음이 든든했다. 가게 앞에 낯익은 캐리어가
보였다. 그리고 그 옆에 쪼그리고 앉아 있는 윤석이 보였다.

"현아야!"

"너, 왜 여기 있어?"

현아가 윤석을 보고는 깜짝 놀라 물었다.

"차 시간도 남았고 너한테 할 이야기도 있고 해서."

"할 이야기? 미리 말하지만 나 너한테 빌려줄 돈 없어. 그리고
알바 안 필요해."

"그런 거 아냐."

"그럼?"

"너, 이태민 조심하는 게 좋을 거 같아. 물론 내가 할 말은 아니지만."

현아는 윤석에게서 전혀 예상치 않은 말을 듣게 되자 꽤 당황한 기색이었다.

"공항에서 이태민이랑 계약하고 돌아서는데, 낯선 남자들이 날 붙잡았어. 그리곤 이태민이랑 한 계약에 대해 꼬치꼬치 캐물었어. 그 사람들, 그리 좋아 보이지는 않았어. 무슨 일인지 잘은 모르겠지만 난 니가 거기에 휘말리지 않았으면 좋겠어."

대체 이태민 씨는 어떤 사람인 거지? 현아는 윤석의 말에 불안한 마음이 일었다. 아냐, 믿겠다고 했잖아. 현아는 얼른 불안감을 떨쳐내고 윤석에게 말했다.

"그건 내가 알아서 결정할 문제야. 넌 그만 가."

"언제가 될지 모르겠지만 돈은 꼭 갚을게."

"아니, 그럴 필요 없어. 그 돈, 처음부터 없었던 돈인 셈 치기로 했어."

"그래도,"

"그 돈 널 생각해서 안 받는 거 아니야. 날 위해 그러는 거지. 이제, 그만 너와의 인연을 끝내고 싶어 그래. 그 돈 내게 엄청 귀한 돈이지만 그 돈만큼이나 내게 그 사람이 너무 소중해. 그래서 그 사람이랑 함께할 미래에 니가 조금이라도 끼어드는 게 싫어서 그래. 니 말처럼 그 돈, 너한테 주는 위자료라 생각해."

윤석은 살짝 상처 입은 표정이었다. 현아는 미안한 마음이 들었지만 이게 모두를 위한 최선이라 생각했다.

"이렇게 말해놓고는 나 엄청 후회할지도 몰라. 너한테 돈 내놓으라고 전화할지도 모르고. 그러니 어서 가."

현아의 농담 어린 말을 알아들었는지 윤석이 피식 웃더니 마지막 인사로 손을 내밀었다.

현아도 그의 손을 잡았다.

"미안해. 많이 고마웠어. 잘 지내."

"그래, 너도 잘 지내."

현아가 열심히 빵 포장을 하고 있을 때 태민이 문을 열고 들어섰다. 딱 봐도 등 뒤에 뭔가를 숨긴 모습이었다. 뭐지? 설마 꽃다발? 현아가 살짝 기대 섞인 얼굴로 보았다.

태민이 성큼성큼 걸어와 현아 앞에 꽃다발을 내밀었다. 하얀 안개꽃 한 아름 속에 새빨간 장미 한 송이. 현아는 기쁜 마음을 가까스로 참으며 태연한 척 물었다.

"웬 거예요?"

"그냥 당신 생각이 나서."

"고마워요. 가게 개업할 때 받아보고 처음이에요."

"앞으로 내가 자주 줄게."

태민이 어느새 옆에 다가가 나란히 섰다. 그리고 어깨를 감싸 안았다.

"하얀 안개꽃, 꽃말이 뭔지 알아?"

"순수한 사랑? 행복?"

"아니, 죽음."

"네?"

현아가 놀라 눈이 휘둥그레졌다. 아니, 이 남자, 뭐야? 여자 친구한테 꽃말이 죽음인 꽃을 줘? 태민은 헤죽 웃으며 안개꽃 속의 빨간 장미꽃을 가리켰다.

"그런 안개꽃에 사랑이라는 꽃말을 가진 장미꽃을 섞으면 전혀 다른 뜻이 되지. 죽도록 사랑해."

어머, 그런 뜻이었어? 현아는 태민의 반전 있는 설명에 잔뜩 설렜다.

태민이 현아의 뒷목을 부드럽게 감싸 어루만졌다. 살짝 상기된 얼굴로 현아가 그를 바라보았다. 그가 미소를 지어 보이며 덧붙였다.

"김현아, 죽어도 나만 사랑해야 해."

역시, 남들과는 다른 색다른 고백이었지만, 현아는 태민의 진심을 느낄 수 있었다.

그래, 그럴게요. 현아는 말 대신 눈으로 태민에게 말했다. 태민도 현아의 대답을 알아들었는지 천천히 다가왔다. 순간 현아의 머릿속 경보가 작동했다.

"스탑!"

현아가 또다시 태민의 얼굴을 손으로 막았다. 그의 얼굴에 아쉬움이 역력했다. 현아도 살짝 아쉽기는 했지만 키스를 시작했다 하면 정신을 놓고 마는지라 아예 시작부터 안 해야겠단 생각으로 참아냈다.

얼른 여기를 피하자.

"나 반죽하러 들어가 볼 테니까 태민 씨는 여기서 빵 포장해요."

"그러지 말고, 좀 더 같이 있어."

제빵실로 들어가려는 현아의 손을 태민이 잡아끌었다.

"안 돼요. 1차 발효한 거 2차 발효시켜야 해요. 더 늦으면 오후 영업 못 해요."

"그래? 그럼 나도 같이 할래."

"손님은 어쩌려고 그래요?"

"오면 그때 나가면 되잖아. 그리고 오늘 날씨 엄청 추워서 오전에는 거의 사람 없을 거야."

태민은 거절 따위는 절대 할 수 없게 만드는 간절한 눈빛으로 바라보았다. 한시라도 떨어지기 싫은 건 마찬가지였기 때문에 현아도 고개를 끄덕였다.

현아는 태민과 함께 막상 제빵실로 들어서자 왠지 기분이 이상했다. 온전히 나만의 영역에 누군가를 들이는 기분이랄까? 자신의 모든 걸 태민에게 내보이는 것 같아 살짝 부끄럽기도 했다. 하지만 빵에 대한 열정만큼은 누구에게도 지지 않는다 자부하는 현아였기에 잡다한 생각은 떨치고 금세 진지해졌다.

현아가 1차 발효를 끝내고 휴지시켜두었던 반죽을 작업대 위에 올려놓았다. 반죽에서는 뽀글, 쉬이, 탁탁 등의 소리가 아주 미세하게 났다. 태민은 동그랗게 부풀어 오른 반죽을 신기하게 쳐다보며 현아에게 물었다.

"이게 무슨 소리지?"

"천연효모종이 열심히 일하고 있는 소리요. 빵이 건강하게 맛있어지는 소리에요."

현아는 밀대를 이용해 반죽을 편평하게 밀며 대답했다.

"이스트를 쓰는 게 낫지 않아?"

"보통 빵 반죽에 섞는 이스트는 공장에서 대량생산하는 효모인 데다 발효과정에서 생성되는 가스 때문에 소화가 잘 안 돼요. 하지만 천연효모종은 저절로 균이 생기면서 자연 발효가 되거든요. 그래서 가스도 덜 생기고 더부룩한 게 훨씬 덜 하죠."

"…."

"그리고 빵이 훨씬 부드럽고 푹신해져요. 게다가 천연재료라 향도 풍미도 좋아지고. 무엇보다도 오래 두고 먹을 수도 있으니 얼마나 좋아요?"

현아는 물 만난 고기 마냥 신나게 천연효모종을 설명해주었다. 행복한 얼굴로 재잘거리는 현아를 보니 태민은 자기가 기쁜 것 마냥 기분이 좋아졌다.

"그래도 천연효모종은 손도 많이 가고 발효시간도 꽤 길 텐데."

"건강한 식빵을 만들고 싶었어요. 식빵은 매일 먹는 빵이잖아요, 누군가의 일상에 함께하는 그런 빵. 일상이 건강하면 좋잖아요. 그런 일상들이 모여서 행복한 인생을 만들어 가는 거니까요."

현아는 즐거운 얼굴로 잘 민 반죽을 조심스럽게 접으며 말했다. 태민은 저도 모르게 미소가 지어졌다. 모든 게 현아답다는 생각을 했다. 식빵이라는 빵 종류를 정한 것이며, 천연효모종을 굳이 고집하는 것이며, 모든 게 현아다운 선택이라 수긍이 갔다.

어떻게 이 여자는 알면 알수록 더 좋아지는 거지? 태민은 자꾸만 현아에게 빠져드는 자신이 신기했다.

"한 번 해볼래요?"

현아가 반죽을 잘 접어서 동그랗게 말려다 말고 태민에게 물었다.

"그래."

태민이 현아 곁으로 와 섰다. 반죽에 손을 얹자 현아가 그의 손을 살포시 잡았다.

"힘을 빼고 부드럽게 만져봐요."

태민은 그 말에 따라 천천히 손을 움직였다. 현아의 손이 태민의 손을 따라가며 반죽을 동그랗게 마는 걸 도왔다. 현아는 빵에 집중한 나머지 잠시 태민을 잊은 것 같았지만 그는 맞닿은 손으로 전해지는 온기에 자신도 모르게 고개를 들어 현아를 보았다.

"됐다."

반죽이 동그랗게 잘 말리자 그제야 태민을 보았다. 태민은 사랑이 가득 담긴 눈빛으로 현아를 보고 있었다. 그 눈빛에 현아의 가슴이 두근거렸다. 어느 누가 봐도 딱 키스를 해야 할 타이밍이었다. 안 돼! 정신 차려! 제빵실에선 절대 안 돼! 빵 만들 때마다 생각날 텐데! 그건 안 돼! 현아가 얼른 손을 떼어내며 뒷걸음질 쳐 태민에게서 살짝 떨어져 섰다.

"이제 그만, 태민 씨는 나가봐요. 빵은 저 혼자 만드는 게 낫겠어요. 빵 만드는 게 엄청 집중력을 요구하는 일이거든요. 여튼, 그러니까, 얼른 나가줘요."

현아가 두서없이 하는 말을 듣고 있자니 태민은 현아가 무슨 생각을 하는지 너무나 잘 알겠어서 우스웠다. 태민이 제빵실을 나가는 것처럼 하더니 현아의 뒤로 가 살포시 안았다.

"나가기 싫다면?"

현아는 허리를 두른 태민의 손에 혹시라도 배가 만져질까 숨도 맘껏 못 쉬겠다. 게다가 귓가에 느껴지는 태민의 숨결은 왜 이렇게 또 간지러운 건지. 그때였다.

"빵집 사장, 거기 있어?"

갑자기 제빵실 밖, 가게에서 건물주 목소리가 들려왔다. 현아가 화들짝 놀라 홀로 나갔다. 건물주가 코트의 눈을 털고 있었다.

"오셨어요?"

"응, 눈이 엄청 오네. 오늘 장사는 글렀어. 얼른 접고 집에나 가."

"아하하하."

저 오지랖, 남이야 장사를 하든 말든 뭔 상관인데!

현아는 웃고는 있었지만 속이 부글부글 끓어올랐다. 하긴 무슨 좋은 소리를 해도 곱게 들리지 않을 상대긴 했지만.

"빵집 사장 어제 엄청 유난을 떨더니. 아니, 하루만에도 이렇게 잘 구할 거면서, 왜 어제는 그랬어? 내가 아침에 빵집사장 전화 받고 놀랐잖아."

저게 말이야, 방구야? 지엄하신 건물주니 내가 참자. 일단 계약 연장해야지. 현아가 하고 싶은 말들을 속으로 집어삼키며 가까스로 웃어 보였다. 태민이 어느새 뒤따라 나왔는지 퉁명스럽게 건물주에게 말했다.

"이봐, 그쪽은 남는 게 시간인지 모르겠지만 우린 바쁜 사람이니 용건만 간단히 하지."

"그래, 맞다. 용건."

건물주가 얄밉게 웃던 얼굴을 갑자기 걷더니 곤란한 표정을 지었다. 현아는 잔뜩 긴장할 수밖에 없었다. 대체 저 사람이 뭔 소리를 하려고 저래?

"빵집 사장이 돈을 구해서 다행이긴 한데, 어쩌지?"

"왜요?"

"아니, 이 건물을 통째로 사겠다는 사람이 나왔지 뭐야? 그것도 건물 시세의 3배나 쳐준다네. 어떡해, 나도 먹고 살아야 하잖아. 그래서 팔기로 했어."

태민은 건물주가 하는 말을 도무지 납득할 수가 없었다. 이 건물을 시세의 3배를 주고 사겠다는 사람이 있다니. 입지가 나빠서 어떤 업종이 들어서도 손해가 날 수 밖에 없는 곳이었다. 게다가 이 건물 근방에 개발 계획에 대한 이야기가 나오는 것도 아니었다. 아마 앞으로 5년 안에는 그런 일도 없을 것이었다.

그런데 대체 누가? 태민은 자연스럽게 보스턴 측을 떠올렸다.

"네? 팔아요? 그래도 가게는 있을 수 있는 거죠?"

"아니, 그게, 내가 웬만하면 우리 빵집 사장은 그냥 있게 해달라고 하겠는데, 건물 통째로 뭘 할 건지 다 빼 달라네."

현아는 건물주만 바뀌는 경우도 봐왔던지라 작은 희망을 품고 물었다. 하지만 되돌아온 대답은 너무 황당해서 할 말을 잃고 멍해졌다.

"그래서 말인데, 어차피 계약 기간도 얼마 안 남았고, 이번 주 안으로 가게를 좀 뺐으면 하는데."

"네? 아무리 그래도 그렇지, 이번 주까지라뇨?"

"아니, 나도 그냥 해달라는 건 아니고. 이번 달 월세는 안 받을게. 그리고 이사비도 좀 챙겨줄 테니까 좀 부탁할게."

건물주가 뻔뻔스럽게 웃으며 현아를 보았다. 말을 잇지 못하고 있는 현아를 대신해 태민이 나서 말했다.

"이봐. 그게 어떻게 부탁이지? 통보잖아. 그쪽이 정해놓고는 따르라고 하는 거잖아. 아주 불쾌하군."

"아니, 왜 불쾌해? 한 달 전에 미리 말해주고, 그래, 딱 오늘이 한 달 전이네. 그리고 월세 안 받고 이사비도 준다잖아. 누가 이렇게 세입자 챙겨? 정 억울하면 건물주 해."

"그래, 그래야겠군. 이 건물을 산 사람 좀 알려줘."

태민은 건물주의 빈정거림에 아주 차분하게 대답했다. 태민에게서 뿜어져 나오는 카리스마에 건물주는 괜히 기가 죽었다. 정말 당장이라도 건물 한 두 개쯤은 아무렇지 않게 살 것만 같은 얼굴이란 말이지. 건물주는 태민의 귀족 같은 우아한 자태에 알바나 하는 주제에 안 어울리게 무슨 소리냐, 라는 말이 차마 나오지 않았다.

"아니, 됐어. 알려줘도 못 만나. 재미교포라 한국에도 잘 없대. 어차피 여기 천 년 만 년 살 것도 아니고, 나가야 할 거 조금 일찍 나간다 생각하면 되잖아."

아무래도 이 일의 배후에 보스턴 측에 있을 거란 확신이 더 짙어졌다. 만약 보스턴 측이 태민의 원이어를 방해하기 위해 움직인 거라면 돈으로는 해결하기 힘들 것이었다.

건물주가 돌아가고 태민은 잠시 가게를 나와 황집사에게 전화를 걸었다.

-네, 도련님.

"가게 건물 누가 샀는지 알아봐."

-네?

"아무래도 이상해. 그렇게 가치가 있는 건물이 아닌데 시세의 몇 배를 주고 샀다는군."

-아, 보스턴 측을 의심하시는군요.

"그래, 아무래도 그쪽인 것 같아."

-그럴 만도 하지요. 룩 그룹 유일한 후계자의 초라한 원이어 성적은 물어뜯기 좋은 이야깃거리지 않습니까?

"만약 보스턴 측이 움직인 게 아니라면 사. 몇 배를 더 주더라도 꼭 사."

-도련님, 잊으신 건 아니시죠? 도련님의 모든 자금은 현재 묶여서 쓸 수 없는 상태입니다만.

"알아, 난 못 사. 그러니 황집사가 사야지. 투자한다는 생각으로 사. 내가 황집사가 산 가격의 열 배로 사줄 테니까. 꽤 괜찮지 않아?

-꽤 괜찮은 투자군요. 알아보겠습니다.

태민은 전화를 끊고 고개를 돌려 유리창 너머 가게 안을 보았다. 지친 현아의 모습이 보였다. 지금 현아의 속이 얼마나 아플지… 태민은 현아에게 이 가게가 얼마나 소중한지를 잘 알기에 마음이 아팠다. 그런데 이 모든 일이 자신 때문에 벌어진 거라면. 태민은 자신이 현아를 더 힘들게 만든 건지도 모른단 생각에 더더욱 마음이 아팠다.

현아는 생각이 많았다. 앞으로 어떻게 해야 하는지. 이대로 가게를 접는 게 맞는 건지. 아니면 다른 곳으로 옮겨 가 가게를 이어나가야 하는 건지. 한 고비 넘겼다 생각하면 또 다른 고비가 찾아오고. 현아는 왜 이리 사는 게 힘든지 금방이라도 울음이 터질 것만 같았다.

"자, 커피."

태민이 시무룩해하는 현아에게 커피 잔을 내밀었다. 잔을 받아 들어 쥐자 서늘했던 몸에 따뜻한 기운이 퍼졌다. 향기로운 커피 냄새에 복잡하던 머리가 맑아지는 거 같았다.

"고마워요."

현아가 고개를 들어 태민을 보았다. 태민은 가만히 웃어 보이고는 맞은편에 조용히 앉았다.

"다 잘 될 거란 무책임한 말은 안 할 거야. 대신 당신이 힘들 때엔 항상 당신 곁에 있을 거야. 당신이랑 함께 힘들게. 절대 당신 혼자 힘들어하게 두지 않아."

현아가 아무 말도 못하고 그저 물끄러미 태민을 바라보았다. 진중하면서도 다정함이 가득한 눈빛. 이렇게 나를 생각해주는 사람이 있구나. 현아는 가슴이 벅차올랐다.

"김현아, 난 당신이 좋아. 당신이 빵을 만들든 안 만들든 그런 건 상관없어. 당신이 가게를 계속하고 싶다면 난 최선을 다해 당신을 도울 거야. 그리고 하기 싫음 언제든 관둬도 돼. 혹시나 당신 남자 친구 일할 데 없을까 봐 걱정 따위는 하지 말고. 당신 남자 친구는 가려면 어디든 갈 수 있는 능력자니까."

태민이 일부러 현아를 웃게 하려 능청스럽게 말했다. 그게 통했는지 현아가 작게 웃었다. 너무나 힘든 상황인데도 이렇게나 행복할 수 있다니, 현아는 태민이 주는 행복이 그저 놀라웠다.

"난 당신이 상처받지 않는 게 젤 중요해. 그러니 당신이 원하는 것만 생각해. 그게 뭐가 됐든 내가 당신 편이 되어줄 테니까."

태민이 현아의 손을 따스하게 감싸 쥐었다. 현아는 저도 모르게 마음이 놓여 눈물이 왈칵 쏟아졌다. 태민이 놀라 현아의 눈물을 부드럽게 손으로 닦아주었다.

"왜 울어?"

"그냥. 든든해서."

태민이 의자를 당겨 앉았다.

"내 에너지 바가 왜 이렇게 에너지가 없나? 내가 채워줘야겠네, 에너지."

태민이 현아를 꼬옥 안았다.

따뜻하다. 그리고 행복해. 현아는 태민과 함께라면 뭐든 잘 해낼 수 있을 것만 같은 기분이 들었다. 왠지 모르게 힘이 났다.

"이태민 씨. 나, 솔직히 어떻게 해야 할지, 아직은 잘 모르겠어요."

"그래, 그럴 수 있어."

"일단 오늘 하루 열심히 살래요. 가서 식빵 만들래요."

"그래, 그럼 난 열심히 빵을 팔게."

현아는 조금 울먹이긴 했지만 밝은 목소리로 말했다. 태민이 기특하다는 듯 꼭 안은 현아의 등을 토닥이던 손으로 머리를 쓸어주었다. 현아는 그의 다정한 손길이 얼마나 위로가 되는지, 힘이 되는지 말해주고 싶었다.

"이태민 씨."

"응?"

"고마워요."

"바보야. 고마워요, 가 아니라 사랑해요, 라고 해야지. 다시 말해봐."

"이태민 씨."

"응?"

"사랑해요."

"나도 사랑해."

현아와 태민은 서로의 등을 보드랍게 쓰다듬으며 그렇게 잠시
서로의 온기를 나누었다.

그러다 갑자기 태민이 몸을 떼고는 짓궂은 얼굴로 현아를 보았다.

"그럼, 우리 사랑도 확인할 겸,"

"앗! 그건 안 돼요."

태민의 입술이 다가오자 현아가 황급히 고개를 폭 숙였다.

다시 고개를 들어보니 태민이 살짝 실망한 얼굴을 하고 있었다.
그 얼굴을 보자니 현아는 괜히 미안해졌다.

그래, 이 정도는 해도 될 거야.

현아가 뾰로통해진 태민의 볼에 살짝 입을 맞추고는 서둘러 자
리에서 일어섰다.

"나 빵 만들 거예요. 방해하지 말아요."

현아가 자리를 피하듯 급히 제빵실로 들어갔다.

저 여자는 대체 얼마나 귀여울 거지?

태민은 그런 현아의 모습에 저절로 웃음이 났다.

드르르르, 태민의 휴대폰이 울렸다. 때마침 황집사에게서 온 전화였다.

태민은 슬쩍 일어나 현아가 빵을 만들고 있는 걸 확인하고 전화를 받았다.

"응."

-도련님, 역시 도련님의 추측이 맞았습니다. 그 건물 매입한 건 보스턴 측 사람들이더군요.

"역시나 그랬군."

-그 건물 매입은 포기하셔야 할 거 같은데, 제가 다른 쪽으로 좀 알아볼까요?

"그래, 기왕이면 상권이 좋은 곳으로."

태민은 말을 해놓고는 순간 아차 싶었다. 괜히 가게가 잘 돼서 바쁘기라도 하면 현아와 단 둘이 함께 있을 시간이 적어질 텐데. 태민은 퍼뜩 말을 고쳤다.

"아니, 상권은 지금 정도도 괜찮겠어. 너무 손님이 없어도 곤란하니까 대략 하루 평균 10인정도의 고객이 방문할 정도로, 적당하게 알아봐."

현아는 잠시 고민을 잊고 열심히 반죽을 말아 식빵 틀에 차곡차곡 담았다. 그렇게 모든 작업을 마친 반죽들을 예열이 된 오븐에 넣고 한숨을 돌렸다. 역시 식빵을 만드는 일은 즐거워. 현아는 오븐 안의 식빵들이 조금씩 부풀어가는 모습을 보며 흐뭇하게 미소 지었다.

드르르르, 현아의 앞치마 주머니에 넣어두었던 휴대폰이 울렸다.

누구지? 현아가 손을 털어내고 휴대폰을 꺼내들었다. 하은이었다.

-야, 나 완전 대박!

"왜? 뭔 일인데?"

-나 저번 주에 룩 호텔 비서실에 면접 봤잖아. 오늘 전화 왔는데 나 합격이래!

"우와, 진짜? 정하은 진짜 축하한다.

-드디어 그 쥐새끼 같은 사장 놈 얼굴에다 사표를 던질 수 있게되었지, 음하하하.

"그래, 꼭 그러고 나와라. 그래서 출근은 언제부턴데?"

-다음 주. 오늘 저녁 축하주 어때? 내가 쏠게. 태민 씨도 함께 나와.

"미안, 너 축하해주고 싶은데 오늘 나도 대박 사건이 있었거든. 그거 해결되면 그때 즐겁게 한잔하자."

현아는 하은의 합격 소식에 자신의 일 마냥 기뻤다. 하지만 지금 이 상태로는 온전하게 기뻐하며 축하해줄 수만 없을 거 같아 솔직하게 말했다.

-넌 뭔 대박 사건인데? 너 설마 이태민 씨한테 차였어?

"아냐! 그런 거."

-그럼 뭔데?

"그게 아니라, 건물주가 이번 주까지 가게 빼 달래.

-뭐? 뭐 그런 무개념이 다 있어! 하여간 있는 것들이 더 한다더니만, 인정머리도 없는 것들. 인정사정없이 눈길에 확 미끄러져서

거동도 못하게 벌 받아야 정신 차리지.

"그러게 말이다."

현아는 저보다 더 흥분해 날뛰는 하은의 말에 피식 웃으며 대답했다.

-그래서 넌 어쩔 생각인데?

"생각 중이야."

-태민 씨는 뭐라 하고?

"태민 씨는 언제나 내 편이라고 내가 원하는 대로 하래."

-그래, 짝 없는 솔로는 그냥 죽어야지.

현아는 너무 커플인 척 했나 머쓱해져 별 말 않고 그냥 웃었다.

-야, 그러지 말고 너도 룩 호텔로 들어와. 보니까 룩 베이커리 사람 뽑더라. 솔직히 넌 빵은 잘 만들지만 사업 체질은 아니잖아.

현아는 하은의 말에 진지하게 고민하기 시작했다. 룩 베이커리라면 한국에서 꽤 알아주는 베이커리 중의 하나다. 무엇보다도 보수와 복지가 여타 베이커리보다 월등하게 좋아서 많은 제빵사들이 일하고 싶은 베이커리로 꼽는 곳이다.

현아가 갓 구운 빵을 들고 제빵실을 나서자 태민이 얼른 일어서서 받아들었다. 그리고 식빵을 식히는 선반에다 차근차근 올렸다. 태민이 정리를 마치고 식빵 하나를 들고 돌아서자 현아가 바짝 다가와 물었다.

"이태민 씨, 솔직하게 말해줘요."

현아가 짐짓 진지한 얼굴로 말하자, 태민은 얼른 손에 있던 식빵을 떼어 입에 넣었다. 역시나 미소가 번지는 맛이었다.

"오늘도 끝내주게 맛있어."

"아뇨, 식빵 말구요."

"그럼?"

태민이 의아하게 현아를 보며 물었다.

"솔직히, 저 장사 체질이에요?"

"아니."

"확실히 그렇죠?"

현아는 알고 있던 사실이지만 확인을 하게 되니 속이 쓰린 건 어쩔 수 없었다.

"당신은 아니지만 난 장사 체질이니까 괜찮아. 다른 데서 시작해도 지금보다 훨씬 잘 될 거야."

"맞아요. 지금도 이태민 씨 덕분에 그나마 이렇게 잘 되는 거지. 내 힘만으로는 절대 안 됐을 거예요. 난 빵을 만들 생각만 했지, 내 빵을 먹어줄 사람들은 전혀 생각도 안했어요. 그래서 이번에는 실패한 거예요. 다음에도 똑같은 실패를 하지 않으려면 더 공부를 하며 준비해야겠어요."

현아는 결심이 선, 확신에 찬 얼굴이었다. 태민은 그런 현아의 결정을 받아들인다는 듯 빙그레 웃었다.

"이태민 씨, 나 빵집 그만두고 취직할 거예요."

"그래, 좋아. 생각해둔 데 있어?"

"룩 베이커리요."

"뭐?"

태민이 조금 뜻밖이라는 얼굴로 현아를 보았다.

"왜 하필 거기지? 많고 많은 베이커리 중에서."

태민이 살짝 미간을 구기며 물어오자 현아는 살짝 당황했다. 어, 기분 상한 건가? 현아는 문득 떠오르는 게 하나 있었다. 설마, 이 남자? 현아가 슬며시 미소를 지으며 물었다.

"이태민 씨, 설마 동원 선배가 신경 쓰여서 그러는 거예요?"

"뭐?"

태민이 미간을 더 구기며 현아를 보았다.

맞네, 맞아. 이 남자 은근 귀엽네, 질투도 하고. 현아가 얼굴 가득 미소를 띠고는 말했다.

"나한테 바보라더니, 이제 보니 이태민 씨가 더 바보네요. 나한테는 이태민 씨밖에 없거든요."

현아는 막상 말해놓고는 민망해서 얼굴이 붉어졌다. 낯간지러운 말 덕분에 태민은 꽁했던 기분이 스르륵 풀렸다.

"당신을 못 믿어서가 아니야. 그 자식을 못 믿어서인 거지."

태민의 말에 현아가 모르겠다는 표정을 지었다. 저렇게 동그랗게 눈을 뜨고 보는데 어떤 남자가 안 반하겠어? 태민이 잔뜩 걱정스러운 얼굴을 하고 현아를 보았다.

"근데, 못 갈 가능성이 높아요. 룩 베이커리는 베이커리 업계에서는 꽤 알아주는 곳이거든요. 엄청 쟁쟁한 사람들만 가요. 해외 유학은 기본이고 상도 한두 개는 있는."

"룩은 가능성과 열정을 보는 곳이니 충분히 가능성 있어."

"네, 빵에 대한 열정은 누구한테도 뒤지지 않으니까!"

현아가 다부진 표정으로 주먹을 불끈 쥐어보였다. 그것도 잠시 태민을 보며 걱정스레 물었다.

"이태민 씨는 어쩔 거예요?"

"글쎄? 나도 당신 따라 갈까?"

현아는 농담이라 생각하고 웃어넘겼지만 태민은 진지하게 룩 베이커리에 들어가 볼까 생각했다. 현아의 곁도 지키면서 룩 베이커리의 수익을 올릴 방법도 찾아내고. 일석이조의 기회가 될 수 있겠단 생각을 했다.

여러 일이 있은 탓에 빵을 덜 만들기도 했지만 오후에 온 손님들이 네댓 개씩 사가면서 식빵은 남는 것 없이 다 팔렸다. 현아와 태민이 가게를 정리하고 나올 때쯤 되자 펑펑 쏟아지던 눈은 그쳤다. 하지만 이미 현아의 무릎 높이까지 쌓여 있었다.

"와, 눈 엄청 많이 왔네요. 여기는 사람도 안 다녀서 제설도 안 하나 봐요."

현아는 집까지 갈 일을 생각하자 시무룩해졌다. 현아가 길게 한숨을 내쉬자 하얀 입김이 공기 중으로 퍼졌다. 그러자 태민이 현아 앞에 서더니 크게 숨을 들이쉬었다. 뜬금없는 행동에 현아가 물었다.

"이태민 씨, 지금 뭐 해요?"

"키스를 못 하니까 이렇게 당신 숨이라도 가져야 할 거 같아서."

태민의 달달한 말에 현아는 몸 둘 바를 몰랐다. 그래서 세차게 뛰는 심장을 부여잡고 앞서 나갔다. 그런데 눈이 워낙 많이 와서 한 걸음 떼기가 쉽지 않았다. 태민이 현아를 지나쳐 가더니 앞에 섰다. 그리고는 돌아보며 말했다.

"내가 먼저 갈 테니 따라 와."

태민이 뒤로 손을 뻗어 현아의 손을 잡았다. 그 모습이 얼핏 어린아이들이 기차놀이를 하는 모양새 같아 보였다. 오른발, 왼발, 현아는 태민이 만들어놓은 발자국 위에 조심스레 발을 올려놓았다. 현아는 자신이 내딛는 모든 걸음마다 태민과 함께일 거란 생각이 들자 설레기도 하고 뭉클하기도 했다. 이렇게 늘 함께 걸을 수 있으면 좋겠다.

욕실을 나온 태민이 머리를 털며 현아 방문을 두드렸다. 아무런 반응이 없자 의아해 방문을 열었다. 현아는 목에 수건을 두른 채 젖은 머리로 작은 상 앞에 앉아 룩 베이커리 채용공고를 뚫어지라 보고 있었다.

"뭘 그렇게 열심히 봐?"

현아가 깜짝 놀라 돌아보았다.

"어? 언제 들어왔어요?"

현아는 얼른 제 모습을 살폈다. 아저씨 마냥 목에 수건을 두르고 있었고 언젠가 태민이 기함했던 무릎 나온 바지를 입고 있었다. 현아는 얼른 수건을 풀어 바지를 덮었다. 하지만 태민의 눈에는 그게 아닌 현아의 젖은 머리가 들어왔다.

"그러고 있으면 감기 걸려."

머리를 슬쩍 만져보았다. 남아 있던 물기 때문에 머리카락은 차가왔다. 하지만 대수롭지 않다는 듯 말했다.

"그냥 두면 말라요."

"있어 봐."

태민이 갑자기 밖으로 나갔다. 그리곤 잠시 후 한 손에 드라이기를 들고 들어왔다. 에이, 설마 머리 말려주려는 건 아니겠지? 현아가 의구심 가득한 눈으로 태민을 보았다.

태민은 자연스럽게 현아의 등 뒤에 자리를 잡고 앉았다.

"머리는 내가 말릴 테니, 당신은 당신 일 해."

윙, 드라이기가 작동되고 따뜻한 바람이 불었다. 태민이 현아의 머리카락을 들어 정성스럽게 말리기 시작했다. 머리카락에도 신경이 있는 건가? 왜 이렇게 두근거리는 거야? 현아는 이력서의 경력을 써 내려 가는데 신경이 온통 머리카락에 쏠려 자꾸만 오타를 냈다.

"다 됐다."

태민은 드라이기를 끄고 현아의 헝클어진 머리를 살짝 매만져 정리했다. 그리고선 일어나는 것 같더니만 갑자기 고개를 쭈욱 빼서, 현아 얼굴 바로 옆에 갖다 대었다. 꼴깍, 현아가 저도 모르게 마른 침을 삼켰다.

태민은 현아가 쓰고 있던 이력서를 훑어보았다.

"우리 김현아, 열심히 살았네."

태민의 말소리가 현아의 귓가에 나지막하게 울렸다. 숨결이 현아의 볼에 와 닿자 현아는 심장이 두근거렸다.

김현아, 정신 똑바로 차려. 현아는 오늘은 태민에게 쉽게 넘어가지 않으리라, 다짐을 하며 마음의 준비를 했다. 하지만 현아의 예상과는 달리 태민은 머뭇거리지도 않고 벌떡 일어났다.

어? 현아는 당황해서 그를 올려보았다. 태민은 커다란 손으로 현아의 머리를 다정하게 쓰다듬었다, 마치 어린아이를 다루는 것처럼.

"잘 자."

태민은 감미로운 굿나잇 인사를 건네고는 방을 나갔다.

응? 이게 끝이야? 아니, 오늘은 왜 그냥 가? 아니, 물론 내가 상처 낫기 전에는 안 된다고 하긴 했지만, 괜히 서운하네. 현아가 살짝 풀 죽은 얼굴로 태민이 나간 문을 보았다.

현아의 서운한 마음도 모르고 태민은 욕망을 이겨낸 자신을 스스로 기특해했다.

제 방으로 돌아온 태민은 책상 앞에 앉아 노트북을 켰다. 룩 베이커리의 채용 공고를 찾아 그 내용을 확인했다.

다음날 아침, 현아는 가게로 출근하자마자 가게 문에 영업종료 공지를 붙였다. 그리고는 여느 때와 다르지 않는 일상을 시작했다. 늘 그랬듯 정성을 담아 빵을 반죽하고 구워냈다.

현아는 태연한 척했지만 내일이면 제 몸과도 같은 가게를 닫아야 한다는 사실에 자꾸만 기분이 가라앉았다. 태민은 그런 현아의 마음을 눈치 채고 흔한 위로의 말 대신 따뜻한 커피를 내려 건넸다.

"마셔. 따뜻해질 거야."

현아는 태민이 건네는 커피를 받아들어 한 모금 마셨다.

"저번부터 궁금했던 건데 이거 왜 이렇게 맛있어요? 무슨 비법이 있는 거예요?"

"블렌딩."

"블렌딩이요?"

"응, 한 종류의 원두만 쓰는 게 아니라 맛이 다른 원두들을 적적한 비율로 섞어 쓰지. 그러면 각각의 원두가 가진 장점들이 어우러져 더 좋은 맛과 향을 얻을 수 있지. 그러기 위해선 어떤 비율로 원두를 블렌딩할 것인지가 아주 중요해. 참고로 지금 그 블렌딩은 내가 만든 거야."

"아, 그렇구나."

태민은 말을 해놓고 현아의 칭찬을 내심 기대했다. 하지만 현아는 그저 고개를 끄덕이고는 잠시 생각에 잠겼다. 태민이 서운해 할 사이도 없이 오픈시간에 맞춰 들른 손님들 때문에 가게가 바빠졌다. 그 와중에 틈틈이 가게를 정리하는 일을 하느라 서로 이야기를 나눌 시간도 없이 바빴다. 가게 안 집기들은 가구점 사장이 소개해준 업체에 맡겨 처리하기로 했다. 재료들은 그때그때 소량으로 주문해 신선하게 쓴 덕분에 내일 영업 때 쓰면 딱 맞을 거 같았다.

내일 쓸 반죽을 발효시켜두고 남은 효모종은 건조처리를 하여 따로 두었다. 태민이 아니었다면 집에 돌아오는 길에 쓰러져 잠들었을지도 모를 만큼 피곤했다. 현아는 방에 눕자마자 잠에 곯아떨어졌다.

드디어 가게 마지막 날이 되고, 현아와 태민은 내일도 변함없이 가게를 열고 식빵을 팔 사람처럼 여느 때와 다름없는 하루를 보냈다. 모든 영업을 마치고 현아와 태민은 함께 팻말을 클로즈드로 바꾸었다. 태민이 현아를 걱정스럽게 보며 물었다.

"괜찮아?"

"네, 괜찮아요."

현아가 애써 힘껏 웃어 보였다.

"아, 잠깐만 기다려봐요."

현아가 제빵실로 들어가 식빵 하나를 들고 나와 태민에게 내밀었다.

"처음이자 마지막으로 구운 거예요."

"응?"

태민이 무슨 말인지 모르겠다는 현아에게 되물었다.

"태민 씨가 커피를 블렌딩한 것처럼, 저도 효모종을 섞어봤어요. 그렇게 처음으로 구운 식빵이자, 이 가게에서 마지막으로 구운 식빵이에요."

태민은 식빵을 조금 떼어 입에 넣었다. 입에 넣는 순간 눈이 휘둥그레졌다. 이제까지 먹었던 식빵들도 맛있었지만 지금 것은 풍미가 더 좋았다. 태민의 놀란 얼굴에 현아는 잔뜩 긴장했다.

"맛있어. 이제껏도 맛있었지만, 이번 건 더 맛있어."

"다행이다. 마지막 빵이 맛있어서."

태민의 극찬에 현아는 안도의 미소를 지었다. 그런데 이상하게도 눈물이 났다. 현아는 자신이 이렇게나 울보인 줄 몰랐었다. 울고 싶어도 꾹꾹 잘 참아내던 현아였지만 왜인지 모르겠지만 태민의 앞에서는 울보가 되었다. 참지 않아도, 맘껏 울어도 괜찮다며 안아줄 사람이 있다는 생각에 자꾸만 마음을 놓게 되나 보다.

"이태민 씨, 실은 하나도 괜찮지가 않아요. 너무 너무 속상해요."

현아가 울먹이며 태민에게 말했다. 태민이 다정한 얼굴로 현아의 볼에 흐르는 눈물을 손으로 닦아주었다. 그리고 현아를 따뜻하게 끌어안아 등을 토닥여주었다.

"수고했어."

그날 현아와 태민은 가게 집기들이 트럭에 실려 가는 걸 보고서 늦은 밤이 되어서야 집으로 향했다. 현아는 태민의 품안에 안겨 실컷 운 덕분에 조금은 후련하게 가게의 마지막을 정리할 수 있었다. 바람은 차갑게 불었지만 서로 맞잡은 손의 온기 덕분에 그리 춥지만은 않았다.

"이태민 씨, 나, 내일 룩 베이커리 면접 보러가요. 서류에서 탈락할 줄 알았는데, 면접 보러 오래요."

"뭘 그렇게 좋아해? 당연한 거 아니야? 김현아, 당신은 내가 사랑하는 여자야. 조금 더 자신을 대단하게 여기도록 해."

면접을 보게 되었다며 좋아라 하는 현아에게 태민이 말했다. 그의 말투는 퉁명스러웠지만 팔불출 같은 사랑이 느껴졌다.

그래, 이렇게 멋진 남자가 좋아하는 나는 꽤 괜찮은 사람일 거야. 현아는 자신을 특별한 사람으로 느끼게 해주는 이 남자가 참 고마웠다.

"내일 아침에 병원 가죠?"

"응."

"나랑 같이 가요. 태민씨랑 병원 갔다가 면접 보러 가면 되겠다."

"그래? 잘 됐군. 내일 나 실밥 푸는 거 볼 수 있겠어."

실밥 푼다고? 현아는 태민의 말에 놀라 눈이 동그래졌다. 그렇게 반응할 줄 알았다는 듯 태민은 싱긋 웃었다.

"그럼 내일은 드디어 키스할 수 있는 건가?"

태민은 현아를 보며 놀리듯 말했다.

키스? 키스를 하면 분위기에 휩쓸리고, 분위기에 휩쓸리다 보면? 현아는 생각이 거기까지 이르자 머릿속이 하얗게 되어버렸다. 어쩌지? 현아는 내일 볼 면접보다 내일 밤에 일어날지도 모를 일이 더 크게 걱정되었다.

다음날 아침, 현아는 말끔하게 씻고 나와 거울 앞에 섰다. 샤워도 했고, 제모도 끝냈고, 요 며칠 사이 가게 때문에 힘들었더니 살도 좀 빠진 것도 같고. 이만하면 나쁘지 않아. 만약의 사태가 닥쳐도 당황하지 않을 수 있겠어. 현아가 흐뭇하게 거울에 비친 제 모습을 보는데 짝짝이인 속옷이 눈에 확 들어왔다.

"속옷!"

현아가 가지고 있던 속옷들을 몽땅 꺼내 방바닥에 늘어놓았다. 현아는 심각한 얼굴로 서서 속옷들을 내려 보았다.

"음, 일단 짝짝이 아웃."

현아는 위아래가 다른 속옷들을 재빠르게 걷어냈다. 그리고 남은 속옷들을 내려 보았다. 오리 무늬의 속옷이 눈에 띄었다. 그래, 캐릭터 무늬는 유치해 보일 수 있어.

"캐릭터 아웃."

현아는 캐릭터 무늬가 들어간 속옷들을 죄다 걷어냈다. 그러고 나니 남는 건 하얀색 속옷과 분홍색 속옷, 빨간색 속옷 세 세트뿐이었다. 이럴 줄 알았으면 예쁜 속옷 좀 사둘 걸 싶었다.

하얀색은 너무 어려 보여. 현아가 하얀색 속옷을 걷어냈다. 분홍색 속옷과 빨간색 속옷을 놓고 현아는 고민하기 시작했다. 빨간색 속옷은 작년 생일에 하은이 사준 거였다. 누가 볼 것도 아닌데 너무 화려하다며 한 번도 입어보지 못한 것이었다.

이번 기회에 함 입어봐? 현아가 속옷을 몸에 대고는 거울에 비춰보았다. 안 되겠어. 너무 야해. 대놓고 기다린 느낌이 들잖아. 현아는 빨간색 속옷을 황급히 치우고 분홍색 속옷을 바라보았다. 현아는 자못 비장한 미소를 지으며 분홍색 속옷을 손에 들어 올렸다.

드디어 준비를 마친 현아가 방을 나오자 식탁에 앉아 기다리던 태민이 일어섰다. 클래식한 슈트 차림이었지만 기품이 흘러넘쳐 마치 영국 왕족 같았다. 태민의 완벽한 슈트 핏에 현아는 잠시 넋을 잃고 바라보았다.

"우리, 지금 병원 가는 거 아니에요?"

"응. 맞아."

"그런데 왜?"

"내 여자에게 잘 보이고 싶어서."

달콤한 말에 현아는 심장이 녹아 흘러내리는 것만 같았다.

태민이 멍해진 현아의 얼굴을 보고 흡족한 듯 미소 지었다. 그리고 다정하게 현아의 손을 잡고 집을 나섰다.

병원에서는 대기시간 없이 진료를 마칠 수 있었다. 실밥을 풀어서인지 태민의 표정은 아주 밝았다. 현아는 병원을 나와 태민에게 아쉬운 표정을 지으며 말했다.

"더 같이 있고 싶은데, 면접 보러 가야해요."

"그래, 같이 가."

"네? 나 면접 가야 한다구요."

"나도 그래. 그러니까 같이 가자고."

"네?"

"나도 룩 베이커리 면접 있어."

"네? 면접이요? 이태민 씨도 룩 베이커리에 입사하게요?"

"응, 그럴 예정이야."

"아니, 왜요?"

태민은 현아의 반응에 살짝 기분이 상했다. 내가 같이 일할 거라고 하면 꽤 좋아할 거라고 생각했는데 왜요, 라니. 태민의 표정이 굳어 보이자 현아는 그제야 아차 싶었다.

"왜? 지금 무슨 의미로 되묻는 거지? 내가 함께 일하면 안 되는 이유라도 있는 건가?"

"아뇨, 없어요, 없어! 저야 이태민 씨랑 같이 일하면 완전 좋죠. 그런데 이태민 씨가 하기에는 베이커리 접객 일이 좀 힘들지 않을까 싶어서요."

"내가 하지 못하는 일은 없어. 다만 하고 싶지 않았을 뿐이야."

뭔가 예전 같았으면 밉상이라고 했을 텐데, 눈에 콩깍지가 씌어서 그런지 자신감 넘치고 당당하고 그냥 좋네. 현아는 흐뭇하게 태민을 보았다.

"그래요! 오늘 면접 잘 봐서 같이 일해요, 우리."

현아는 생각만으로도 신나는지 잡은 태민의 손을 흔들었다. 태민도 기분 좋게 리듬을 맞추어 손을 앞뒤로 흔들며 나란히 걸었다.

"아, 이태민 씨! 면접관들한테 반말하면 안 돼요. 절대! 힘들면 말끝에 '요'자라도 붙여봐요."

"할 필요가 없어서 그랬지. 하려면 잘할 수 있어."

"우리 가게에선 반말만 했으면서, 치."

지금은 사귀는 사이기는 해도, 그때 생각하면 조금 약 오르네.

현아는 샐쭉 토라졌다.

"김현아 씨, 삐치지 말아요. 지금부터라도 이렇게 말해줄 테니까요."

태민의 달라진 말투에 놀라 현아는 가던 걸음을 멈추었다. 다정한 얼굴에 다정한 말투, 매우 완벽한 조합이긴 한데 이상하게 느껴졌다.

현아가 미간을 살짝 구기며 말했다.

"으, 뭔가 낯설어요. 내가 알던 이태민 씨 아닌 거 같아요."

"그래, 그럼 하던 대로 하지."

태민이 다시 예전 말투로 대답을 했다.

현아는 별것 아닌 상황인데 그냥 웃음이 났다. 태민도 작게 따라 웃었다. 그러다 현아가 갑자기 시무룩한 표정을 지으며 말했다.

"그런데 난 떨어지고, 이태민 씨만 붙으면 어떡하죠?"

태민이 걷다 말고 현아의 팔을 가볍게 끌어 세웠다.

"그럴 일은 없어. 당신은 아주 장점이 많은 사람이니까. 긴장 않고 당신을 제대로만 보여준다면 틀림없이 잘 될 거야. 확신할 수 있어."

현아는 자기도 모르게 미소가 지어졌다.

괜히 힘이 나네. 현아는 태민의 말처럼 다 잘 될 것 같은 기분이 들었다.

룩 베이커리의 면접은 두 부문으로 나눠서 진행되었다. 베이커리의 빵을 만들 제빵사를 뽑는 주방 부문과 홀에서 고객 응대와 판매할 담당자를 뽑는 홀 부문이었다. 부문별로 대기실이 따로 마련되어 있어 현아와 태민은 어쩔 수 없이 헤어져 각자의 대기실로 갔다.

"이태민 씨? 들어오세요."

면접 진행 도우미의 부름에 태민이 대기실에서 면접 장소로 들어갔다. 안에는 면접자를 위한 의자 하나가 놓여 있고 그 맞은편에 룩 베이커리 홀 캡틴과 인사부 과장이 앉아 있었다. 태민은 정중하게 고개 인사를 하고 앉았다.

"이태민 씨?"

"네."

"자기 소개서가 아주 인상 깊었어요."

"감사합니다."

40대 초반쯤으로 보이는 홀 캡틴은 태민을 흥미롭게 보았다. 그에게 태민은 면접을 받는 사람으로 느껴지지 않았다. 우아하고 기품 있는 태도와 말투가 비즈니스 미팅에서의 파트너와 의견을 나누는 그런 느낌이 들게 했다.

"솔직히 처음에 이태민 씨 이력서를 보는데 경력이 전혀 없어 적합하지 않은 사람이라 생각했어요. 그런데 무려 6개 국어로 자기 소개서를 쓰셨더군요. 아주 인상 깊었어요. 읽어내느라 조금 힘들긴 했지만요."

"룩 호텔과 룩 베이커리를 찾는 외국 고객의 비중에 맞춰 한국어 외 5개의 언어를 선택해 보았는데 인상 깊으셨다니 저 또한 기쁘네요."

태민이 모국어처럼 아주 유창하게 구사할 수 있는 언어는 10개 정도였다. 그리고 회화가 가능한 언어는 20개가 넘었다. 하지만 그만큼의 언어를 구사하는 직원은 없을 거라 판단해, 많이 쓰이는 언어 6개 정도만 선택해 작성한 것이다.

[이태민 씨, 정말 여기 적힌 모든 언어를 구사하시는 건가요?]

[그야 당연하죠. 금방 들통 날 거짓말을 굳이 할 필요는 없지 않을까요?]

캡틴이 갑자기 태민에게 영어로 물어왔다. 하지만 태민은 여유롭게 대답했다.

캡틴은 전혀 당황하지 않고 대답하는 그가 흥미로웠다. 이어 중국어로 질문을 던졌다.

《이태민 씨, 왜 이곳에서 일하고 싶은 건가요?》

《이곳이 최고이기 때문이죠. 최고와 일 하는 건 배울 게 많아 언제나 즐거우니까요.》

태민이 미소로 대답하자 캡틴은 흡족한 얼굴로 고개를 끄덕였다. 이번에는 일본어로 물었다.

【이태민 씨, 당신의 장점과 단점은 무엇입니까? 당신의 장점을 어떤 방식으로 일에 적용할 수 있을까요?】

【장점은 머리가 좋다는 것이고 단점은 단점이 없다는 것이죠. 저의 장점은 제가 누구보다 빨리 일에 적응할 수 있게 하고 예상치 못한 상황에서도 빠른 대처를 할 수 있게 도와줄 겁니다.】

캡틴은 그의 자신감 넘치는 태도가 꽤 마음에 들었다. 그냥 말뿐인 오만함과는 확실히 다른 근거 있는 자신감처럼 보였다.

캡틴은 슬슬 면접을 마무리해야겠다는 생각을 했다. 마지막 질문은 프랑스어로 했다.

〈이태민 씨, 혹시 질문 있습니까?〉

〈네. 당신은 당신의 일을 사랑하십니까? 그렇다면 어떤 점에서 사랑하십니까? 제가 입사하게 된다면 당신이 나의 멘토가 될 텐데, 그렇기에 내게는 아주 중요한 문제입니다.〉

캡틴은 그의 질문에 뒤통수를 맞은 것 같았다. 그는 결코 일개 면접자가 아니었다. 그만큼 탐나는 인재였다.

〈다행스럽게도 난 내 일을 사랑하고 아주 즐겁게 하고 있어요. 물론 이 일은 결코 쉽지 않아요. 오히려 고되죠. 하지만 내가 제공하는 서비스를 받고 고객들이 기뻐하시는 걸 보면 그 노고로 쌓이는 고통이 싹 사라질 만큼 아주 보람되죠. 아마 이태민 씨도 느낄 수 있을 거예요.〉

〈그렇군요. 답변 감사합니다.〉

태민은 룩 베이커리에 유능한 인재가 있다는 사실에 흡족했다. 캡틴은 태민의 미소에 묘하게 자신이 좋은 평가를 받은 느낌이 들었다. 어쨌거나 그는 태민이 꽤 마음에 들었다. 더 이야기를 하며 시간을 낭비할 필요는 없을 것 같았다.

"제가 스페인은 할 수가 없어서 면접은 이쯤에서 정리해야겠네요. 합격자 발표는 다음 주 월요일이지만 굳이 그때까지 기다릴 필요 없을 거 같네요. 이태민 씨만 괜찮으면 함께 일하고 싶은데 어떠세요?"

"네, 좋습니다."

현아는 대기실에 앉아 초조하게 자신의 차례를 기다렸다. 현아가 맨 마지막 면접자인지 대기실은 어느 순간 사람들이 다 빠져나가고 텅 비었다.

현아 바로 앞 사람이 들어간 지 15분이 지났는데 아직 나올 생각을 않았다. 뭐 그렇게 할 말이 많은 거야? 다른 사람들은 10분이면 나오더니. 그나저나 이태민 씨는 면접 잘 봤으려나?

"김현아 씨, 들어오세요."

"네!"

김현아 떨지 마. 잘 할 수 있어. 현아가 주먹을 불끈 쥐고 일어났다.

면접이 진행되는 사무실로 들어가니 주방장과 인사부 직원이 앉아 있었다. 그리고 그 앞에 덩그러니 의자 하나가 놓여 있었다. 현아가 인사를 꾸벅하고 앉았다.

"김현아 씨, 가게를 운영했네요?"

"네, 자그마한 식빵 전문점을 했었습니다."

"그럼 식빵만 만든 건가요?"

"네. 우유, 치즈, 밤 식빵을 만들었습니다."

"여기서는 모든 빵을 만들어야 할 텐데 할 수 있겠어요?

"네, 할 수 있습니다."

50대로 보이는 주방장은 형식적으로 물어보고는 현아의 대답을 심드렁하게 듣고 넘겼다.

"제가 빵들의 매력을 한껏 살려보겠습니다!"

현아가 우렁차게 대답하자 주방장이 재밌다는 듯 보았다.

"빵들의 매력이요?"

"네, 사람마다 개성이 다르듯 빵들에게도 각각 그 매력이 있습니다. 베이글은 반죽한 도우를 뜨거운 물에 삶아 구워내 지방과 당분이 거의 없는 담백한 맛이 그 매력입니다. 그리고 바게트는 단단한 껍질 속에 부드러운 속살이 들어 있어 씹을수록 쫄깃한 맛을 내는 것이 그 매력이구요."

주방장은 신이 나서 말을 늘어놓는 현아를 보며 웃음이 났다. 마치 자신이 처음 빵을 배울 때가 떠올랐다. 저대로 두면 끝도 없을 거란 생각에 주방장은 현아의 말을 잘랐다.

"그렇게 모든 빵에 대해 말할 건가요?"

"아, 죄송합니다."

내가 너무 말을 많이 했나? 현아는 당황해서 얼른 사과를 했다. 다행히 우려와는 달리 주방장은 아주 온화한 미소로 다른 질문을 했다.

"크루아상과 그리시니의 매력은 뭐라 생각합니까?"

"크루아상은 겹겹의 층과 버터가 녹으면서 생기는 얇은 공기층이 주는 바삭바삭한 맛이 매력입니다. 그리시니는 한 입 깨물면 톡톡 부러져 과자처럼 바삭한 그 맛이 매력입니다. 그 각각의 매력을 잘 살려 빵들이 사랑 받게 하겠습니다."

주방장은 즐겁게 빵 이야기를 하는 현아의 얼굴을 유심히 보았다. 눈이 좋군, 주방장은 미소를 감추며 현아의 이력서에 별표를 그렸다.

태민은 면접을 끝내고 서둘러 집 근처 마트로 향했다. 오늘의 특별한 저녁을 위해서는 준비가 필요했다. 특별한 요리를 해주고 싶은데 뭘 하지? 고기를 좋아하니깐 안심스테이크? 태민은 식육 코너에서 가장 질이 좋은 안심을 골라 바구니에 담았다. 그리고 스테이크와 함께 곁들일 와인을 고르기 위해 와인 코너로 향했다.

그의 마음에 드는 와인은 없었다. 이럴 줄 알았으면 로마네 콩티 한 병 정도는 챙겨왔어야 하는 건데. 태민은 룩 저택의 와인 창고 생각이 절로 났다. 어쩔 수 없이 마트에서 스테이크와 가장 잘 어울릴 만한 레드와인을 골라 바구니에 담았다. 그리고 식기와 와인 잔뿐 아니라 분위기를 돋워줄 양초도 샀다. 마지막으로 한 아름 꽃다발까지 준비해서 태민은 바쁘게 집으로 향했다. 현아가 오기 전까지 준비하려면 시간이 그리 넉넉한 편이 아니었다.

썩 잘 본 것 같진 않지만, 그래도 하고 싶은 말은 다했으니까 됐어. 그리고 이태민 씨가 내 모습을 제대로만 보여주면 틀림없이 잘 될 거라고 했어. 현아는 스스로를 다독이며 룩 호텔을 나왔다. 한참 지하철역을 향해 걸어가고 있을 때 전화가 왔다.

"네, 이태민 씨."

-면접은 끝났지?

"네."

-그럼 딴 데로 샐 생각 말고 곧장 집으로 와, 6시까지.

"6시까지요?"

-그래. 그럼 이따 봐.

"저기, 이태민 씨!"

-왜?

"나 면접 잘 봤는지 어땠는지 안 물어봐요?"

-당연한 걸 왜 물어봐야 하지? 잘 봤을 거잖아. 그리고 당신 같은 인재를 뽑지 않는다면 그건 룩 베이커리에 문제가 있는 거야. 만에 하나 그렇다면 그건 내가 책임지고 보상하지. 그러니까 당신은 6시까지 늦지 않고 도착할 생각만 해.

태민은 뭐가 그리 급한지 제 할 말만 하고는 전화를 툭 끊었다.

뭐가 이리 급해? 기왕 내 편 들어주는 거면 조금만 더 오래 통화 좀 하지. 현아는 못내 서운했다.

그나저나 왜 6시까지 들어오라고 그러는 거야? 혹시 이벤트 준비하고 있는 건가? 현아는 태민과 처음 경험하는 밤이 설레기도 했지만 조금은 겁도 났다. 김현아, 잘 할 수 있어! 일단은 늦지 말자! 시간을 확인하고는 서둘러 발걸음을 옮겼다.

태민은 전화를 끊고 식탁에 늘어둔 재료들을 보았다.

"일단 스테이크부터."

안심에 소금과 후추를 뿌리고 오일을 발라 마리네이드 해두고 스테이크 옆에 곁들일 가니쉬로 채소들을 다듬기 시작했다. 냄비에 물을 올려 손질한 아스파라거스와 껍질콩을 데쳤다. 선반을 열어 접시를 찾는데, 마음에 드는 접시가 보이지 않았다. 이럴 줄 알았으면 접시도 사올 걸 그랬군.

현아는 태민이 말한 6시에 늦지 않으려고 열심히 걷고 또 걸었다. 멀리 집이 보이자 시간을 확인했다. 5시 55분. 휴, 다행이다. 시간에 딱 맞출 수 있겠어. 그제야 걸음에 조금 여유가 생겼다.

그런데 그때 집 앞에 검은 차가 섰다. 그리고 한 남자가 여행용 가방을 들고 내렸다.

어? 낯이 익는데? 현아는 남자의 얼굴이 낯설지 않았다. 그래, 이태민 씨 작은아버지!

심플한 무늬의 테이블 매트 위에 포크와 나이프가 가지런히 놓였다. 식탁 가운데는 투명한 유리컵을 꽃병 삼아 리시안셔스가 예쁘게 꽂혀 있었다. 그리고 그 옆에 향초가 달콤한 향기를 잔잔하게 흘리며 은은한 불빛을 냈다. 한쪽에는 저녁식사의 분위기를 한층 끌어올릴 와인과 와인 잔이 놓여 있었다. 준비는 얼추 끝난 거 같았다.

태민은 접시에 안심스테이크와 가니쉬들을 예쁘게 담아 올렸다. 자신의 요리에 놀랄 현아의 모습을 떠올리니 태민은 뿌듯했다. 접시를 테이블 매트 위에 올릴 때 현관에서 번호 키 누르는 소리가 들렸다. 태민은 얼른 앞치마를 벗고 꽃다발을 챙겨 현관으로 갔다.

그리고 문이 열리자마자 꽃다발을 내밀었다. 근데 뭔가 조금 이상했다. 꽃다발을 받아든 손이 현아의 손 같지가 않았다. 그 순간 꽃다발에 가려졌던 얼굴이 드러났다. 황집사였다. 황집사가 태민을 향해 방긋 웃었다. 순간 태민의 미간에 주름이 갔다.

"대체, 지금 무슨 상황…."

태민이 서늘한 표정으로 추궁하려는데 황집사가 작게 고개를 저으며 눈짓으로 옆을 가리켰다. 현아가 어느새 황집사 옆에 다가와 섰다. 태민은 화를 눌러 삼키고 어색하게 미소를 지으며 말했다.

"인 거죠, 작은아버지?"

"무슨 상황이긴, 마침 지나는 길에 들렀지. 네가 어떻게 사는지도 궁금하고."

태민의 날 선 눈빛에 황집사는 주눅이 들 법한데 예상했다는 듯 태연하게 대답했다. 잠시 두 사람 사이에 팽팽한 긴장감이 흘렀다.

8화

"여기서 이러지 마시고 안으로 들어가세요."

현아가 서둘러 신을 벗으며 황집사를 안으로 이끌었다. 황집사가 현아를 따라 들어서자 태민이 그의 옆에 바짝 다가와 섰다. 그리고 현아에게 들리지 않게 귓속말을 했다.

"여긴 대체 왜 온 거야?"

"저녁 준비 중이셨나 봅니다. 냄새가 좋군요."

황집사는 능청스럽게 화제를 돌리며 딴청을 피웠다. 치울 게 없나 서둘러 들어서던 현아가 갑자기 부엌 앞에 멈춰 섰다. 덩달아 황집사도 그 자리에 섰다.

은은한 촛불과 아름다운 꽃 장식, 먹음직스러운 음식들과 와인. 현아는 태민이 준비해둔 저녁 식탁을 보고는 깜짝 놀랐다. 시간도 얼마 없었을 텐데, 이걸 언제 다 준비했대? 너무 감동한 나머지 뭐라 말을 할 수가 없었다. 그런 현아의 뒷모습을 태민은 뿌듯하게 바라보았다.

순간 황집사는 자신이 두 사람의 로맨틱한 저녁식사를 망쳐버린 주인공이라는 사실을 깨달았다. 타이밍이 나빴군. 황집사는 태민이 왜 그렇게 잡아먹을 듯 노려봤는지 알 것 같았다.

"김현아 씨?"

황집사가 다정하게 현아를 불렀다. 현아는 그제야 정신을 차리고 황집사와 태민을 돌아보았다.

"이 꽃다발 받아요. 아무래도 우리 태민이가 현아 씨 주려고 준비한 것 같은데."

"아, 네."

황집사가 들고 있던 꽃다발을 현아에게 건넸다. 붉은 장미로 이뤄진 꽃다발은 너무 크고 묵직해서 한 손으로 받아들 수 없을 정도였다. 이 모든 걸 준비한 태민의 마음이 오롯이 느껴져 현아는 품에 안은 장미꽃처럼 얼굴을 붉혔다.

"이태민 씨, 고마워요."

황집사와 현아는 태민이 정성스레 준비한 스테이크를 맛있게 먹었다. 정작 태민은 입맛이 없다며 와인만 홀짝거렸다. 맛있게도 먹네. 태민은 현아의 입에 들어가는 스테이크를 흐뭇하게 보았다. 그러다 황집사를 보면 부아가 치밀어 올랐다. 황집사만 아니었어도! 황집사를 매섭게 노려보았다. 태민의 시선을 일부러 무시하며 황집사가 물었다.

"태민아, 정말 안 먹어도 되겠니?"

"네, 많이 드세요. 작, 은, 아, 버, 지."

"그래, 많이 먹으마. 맛이 훌륭하구나. 스테이크에 간도 잘 배었고 굽기도 아주 완벽해. 현아 씨도 그렇게 생각하죠?"

"네, 진짜 맛있어요. 이렇게 맛있는 스테이크는 처음 먹어봐요."

현아가 환하게 웃으며 엄지를 번쩍 들어 보였다. 태민은 저도 모르게 스르르 기분이 풀렸다. 그래, 현아 때문에 참는다. 태민은 현아가 저렇게 좋아하면 됐지, 하는 생각에 모든 욕심을 내려놓으려 했다. 그런데 황집사가 눈치 없이 물어 왔다.

"근데, 이렇게 멋진 요리가 어울릴 만한, 좋은 일이라도 있었던 거니?"

"네, 아주 좋은 일이 있을 뻔했죠."

잊으려고 했는데 자꾸 생각나게 만드네. 태민은 순간 울컥해 빈정거리며 말했다. 켁켁, 현아가 순간 사래가 들려 기침을 해댔다.

"괜찮아?"

현아는 태민이 건넨 물 잔을 받아들며 가슴을 쓸어내렸다. 아니, 작은아버지 앞에서 무슨 소리를 하려는 거예요? 현아가 태민을 향해 눈빛을 쏘아 보내도 통하지 않았다. 태민은 내가 뭘, 하는 입 모양으로 그냥 어깨를 한 번 으쓱일 뿐이었다.

"있을 뻔했다고?"

"네, 생각지도 못한 변수가 생기는 바람에 사라졌지만요."

"그래? 그것 참 안타깝게 되었구나."

모르는 척 태연하게 구는 황집사를 보니 태민은 화가 솟구쳤다.

안타깝게 됐다고? 아니, 이게 황집사 당신 때문이잖아! 현아와 뭐라도 해보려고 하면, 어쩜, 매번 이렇게, 번번이, 방해꾼들이 나타나는 건지. 태민은 이 정도가 되니 자신이 운명의 장난에 놀아나는 것 같은 기분이 들었다. 하지만 그깟 장난 따위에 굴복할 수야 없지.

저녁식사를 마치자 현아가 뒷정리를 하겠다며 황집사와 태민을 부엌에서 밀어냈다. 황집사는 태민의 방으로 들어가고, 태민은 따라 들어가려다 현아 곁에 남았다. 황집사를 추궁하는 것보다 현아와 단둘이 있는 게 더 중요했다.

"내가 도와줄게."

"아니에요. 이건 내가 할게요. 이태민 씨가 다 준비했잖아요."

하지만 태민은 현아의 손에 든 접시들을 빼앗아 싱크대에 옮겨 놓았다. 현아는 그를 흐뭇하게 바라보았다. 다정한 내 남자. 쑥스럽기는 하지만 근사한 이벤트를 준비해준 그에게 조금이나마 마음을 표현해야겠다는 생각이 들었다.

"이태민 씨."

"응?"

태민이 식탁의 접시들을 들다 말고 현아를 보았다. 현아는 말을 하기도 전에 얼굴이 새빨개져 있었다.

"저도… 아쉬워요."

현아가 수줍게 말하고 나서 고개를 들었다.

조금만 더 용기 내자. 태민에게 성큼 다가가더니 눈을 질끈 감고 그의 입술에 살짝 입을 맞췄다. 현아가 조심스레 눈을 뜨자 태민이 미소를 지으며 현아를 내려 보고 있었다.

"모자라. 부족해."

태민은 현아의 허리를 확 끌어당겨 안았다. 현아가 눈이 휘둥그레졌다.

"작은아버지께서 우리 이러고 있는 걸 보시기라도 하면 어떡해요?"

"왜? 보면 어때서? 저분 그렇게 꽉 막힌 분 아니야."

"아니, 그래도. 그게 아니에요."

현아는 점점 다가오는 태민의 얼굴을 보니 에라, 모르겠다, 눈을 감고 모든 걸 맡겨보고 싶은 마음이 들었다. 그때였다. 드르르, 현아의 휴대폰이 울렸다. 순간 현아는 룩 베이커리에서 온 문자일지도 모른단 생각에 태민을 밀어내고는 문자를 확인했다. 태민은 또다시 운명의 장난에 밀려난 자신의 처지에 짜증이 치밀었다.

"와!"

현아가 탄성을 내지르며 세게 태민을 껴안았다. 태민이 어리둥절하게 현아를 보았다.

"이태민 씨, 나 룩 베이커리 합격했어요."

"당연한 건데, 그렇게나 좋아?"

"네. 엄청요. 아."

"왜?"

"이태민 씨는 어떻게 됐는지 모르는데, 제가 너무 좋아했죠?"

현아가 미안한 표정을 짓자 태민이 어이없다는 듯 웃으며 볼을 살짝 잡아당겼다.

"당신 남친을 그렇게 하찮게 취급할 거야? 나도 합격했거든, 아까 전에."

"정말요? 그럼 우리 같이 룩 베이커리에서 일하는 거네요."

"그렇지, 사내 커플인 거지."

사내 커플? 현아가 그 말에 표정이 조금 어두워졌다.

"저기요, 이태민 씨, 회사에는 우리 사귀는 거 비밀로 해요."

"왜 그래야 하지?"

태민이 날카롭게 되물었다.

"그게, 아무래도 우리가 커플인 걸 알게 되면 회사 사람들이 괜히 불편해할 거 같아서요. 아무래도 말이나 행동을 조심할 수밖에 없을 테고, 그러면 친해지기도 전에 사이도 어색해지잖아요. 그리고 회사에서 일은 안하고 연애나 한다며 수군거릴지도 모르고. 그러니까 우리 사귀는 건 회사에는 비밀로 해요."

"난 우리만 생각하는데, 당신은 우리 말고도 참 많은 걸 생각하는군."

태민은 말하며 씁쓸하게 웃었다. 그리고는 상처 입은 듯 슬픈 눈빛으로 현아를 보고는 방으로 들어가 버렸다. 현아는 괜히 미안해져 안절부절못하며 닫힌 방문을 바라보았다.

태민이 침울한 얼굴로 방으로 들어오자 파자마 차림으로 짐을 정리하던 황집사가 얼른 일어나 그의 안색을 살폈다.

"도련님, 어째 안색이 저를 봤을 때보다 훨씬 더 안 좋아 보이십니다."

"대체 여기 왜 왔어?"

"그야 도련님 덕분이죠."

"왜 나 때문이지?"

"도련님이 부탁하신 건물 건 때문이지요. 물론 사지는 않았지만
그 건이 회장님 귀에까지 들어가는 바람에. 아주 크게 불호령을
맞았답니다. 두 번 다시 도련님을 도왔다가는 영원히 내쫓길 줄
알라며 썩 꺼지라고 하시는데, 제가 딱히 갈 데가 있나요? 이렇게
도련님께 오게 된 거죠."

태민은 그 말을 듣고는 일말의 책임감이 느껴져 당장 내쫓겠다
는 생각은 접었다. 하지만 이 집에 오래 두고 싶은 생각은 절대 없
었다.

"그래서 얼마나 있을 생각이야?"

"하루 이틀쯤 근신하고 회장님 화가 좀 누그러지셨다 싶으면
그땐 가봐야죠."

"내가 호텔 잡아줄 테니 그리로 가면 안 될까?"

"글쎄요. 저도 오랜만에 느껴보는 평민의 생활이 즐거운 터라
굳이 그러고 싶지는 않습니다. 근데, 도련님께 그럴 돈이 있으신
건가요?"

황집사가 태민을 의심하는 눈으로 쳐다봤다.

태민이 슬쩍 눈을 피하며 아주 자연스럽게 말했다.

"알바해서 번 돈 있어."

"그렇게 귀한 돈을 감히 제 호텔비로 쓸 순 없지요."

"아냐, 황집사한테 그 정도는 쓸 수 있어."

"저를 생각하시는 도련님의 마음 잘 알겠습니다. 그 마음만 받겠습니다."

황집사가 일부러 눈치 없이 굴자 태민은 이래서는 안 되겠단 생각이 들었다.

"황집사, 내가 지금 얼마나 심적으로 육체적으로 고통 받고 있는지 모르지? 웬만하면 지금이라도 갑자기 일이 생겼다고 말하고 좀 가주면 안 될까?"

"도련님이 자꾸만 이러시니 더 가기가 싫군요. 전 그럼 세면대에 딸려 있는 샤워기를 보러 가야겠습니다."

황집사가 즐겁게 콧노래를 부르며 여행용 가방에서 세면도구를 찾았다.

"정말 이럴 거야?"

"도련님 때문에 직장에서 쫓겨났는데, 이렇게 눈치를 주시면 제가 아주 서운하다는 걸 알아주십시오."

드르르, 태민에게 전화가 걸려왔다. 태민이 굳은 표정으로 전화를 받았다.

"말해."

-도련님, 수석비서 차입니다. 회장님 지시사항 전달해드리겠습니다. 내일 오후 12시, 한국호텔 스위트룸에서 한국호텔의 따님과 점심 함께 하시라고, 지시하셨습니다.

"뭐? 원이어 중이라 룩 기업의 후계자로 수행하는 일은 불가하다고 전해 드려."

-도련님께서는 원이어 도중 수석집사님을 통해 일을 도모하던 것이 발각되었으니 이번 일정을 반드시 하셔야 할 거라고 전하셨습니다. 그러지 않으면 다른 지역에서 원이어를 처음부터 다시 시작하게 될 거라고 전하셨습니다. 그럼 이만.

수석비서는 이회장의 지시사항을 전하고는 전화를 끊었다. 태민은 전화를 끊고 잠시 아무 말 없이 서 있었다. 황집사가 이상하게 여겨 물었다.

"무슨 일이신가요?"

"내일 한국호텔 일정에 대해 아는 거 있어?"

"아뇨, 저는 아는 바가 전혀 없습니다."

"할아버지께서 황집사와의 일을 빌미로 나더러 한국호텔 딸을 만나라고 하시는군."

"도련님께서 걱정할까 봐 말씀 못 드렸는데, 회장님 건강이 최근 들어 급격히 나빠지셨습니다. 아무래도 그래서 인수합병을 서두르려 하시는 것 같습니다."

태민은 생각에 잠겼다. 내일 일정은 단순한 차원의 점심식사 자리가 아니었다. 이왕 이렇게 된 것 만나서 설득하는 수밖에 없었다.

왜 저렇게 내 마음을 몰라 줘? 남들 입방아에 오르락내리락 해서 좋을 게 뭐 있다고. 우리가 뭐 하는지 눈을 부릅뜨고 감시하며 볼 텐데. 뭘 사방팔방에 알리려고 그래. 현아가 꿍한 얼굴로 돌아누웠다. 그러자 벽에 세워둔 장미 꽃 다발이 보였다. 현아는 자꾸만 태민의 상처 입은 슬픈 눈이 마음에 걸렸다.

그때 하은에게서 전화가 걸려왔다.

"어. 웬일이냐?"

-야, 김현아. 괜찮냐? 그래도 힘내라. 가게는 망했어도 사랑은 챙겼잖냐.

"나 룩 베이커리 취직했다. 태민 씨도 같이."

-진짜? 잘 됐네. 담에 우리 셋이서 구내식당 밥 한 번 먹자. 엄청 맛있어.

"그래, 그러자."

-그나저나 김현아 앞으로 마음고생 많이 하겠네.

"마음고생? 왜?"

-야, 이태민 씨가 어떤 인물이냐! 경기도 그 먼 데서도 니네 가게를 찾아오게 만든 얼굴 아니냐. 그런 얼굴이 유명 호텔 베이커리에 떡하니 있다고 해봐. 이건 완전 핫이슈. 넌 이제 세상의 모든 여자들을 라이벌로 두게 된 거야.

"우리 이태민 씨한테는 나밖에 없거든."

-얼씨구! 그래, 내 말은 정신 똑바로 차리고 이태민 씨 지키라는 거야.

"그럼… 사람들한테 커플이라고 말할까?"

-얘가 지금 무슨 소리야? 무조건 사내에선 비밀 연애지. 만에 하나 둘이 헤어지기라도 해 봐. 너 그 뒷감당은 어떻게 할 거야? 사내 공개 연애는 무조건 여자가 손해야.

"안 헤어질 거거든!"

-그래, 아주 오래오래 사랑하세요. 어쨌거나, 청첩장 돌리기 전까지는 비밀로 해.

문득 현아는 태민이 했던 말이 떠올랐다.

'난 우리만 생각하는데, 당신은 우리 말고도 참 많은 걸 생각하는군'

그러네, 내가 지금 그러고 있네. 서로가 아닌 다른 누군가의 시선에 더 신경 쓰고, 현재의 서로에게 집중하기보다는 언젠가 있을지 모를 헤어짐에 대비하고. 이태민 씨가 나한테 서운해 할 만하네. 현아는 내일 태민에게 미안하다 말해야겠다고 생각했다.

현아는 그간의 긴장이 풀린 탓인지 늦잠을 잤다. 일어나 보니 오전 10시가 훌쩍 넘었다. 어제 저녁 먹은 보답으로 아침을 준비하려고 했는데. 현아는 서둘러 밖으로 나갔다. 황집사는 식탁에 앉아 커피를 마시던 중이었다.

"일어났어요? 얼른 씻고 와서 샌드위치 먹어요."

"네."

현아는 손으로 퍼뜩 얼굴을 가리고 화장실로 들어가 세수를 하고 나왔다. 그리고 황집사 앞에 조심스레 앉았다.

"제가 늦잠을 잤네요."

"그럴 수도 있죠. 그동안 많이 바빴잖아요."

"네."

"내가 만든 샌드위치에요. 먹을 만할 거예요."

"잘 먹겠습니다."

현아가 샌드위치를 들어 베어 물었다. 맛이 좋았다.

"정말 맛있어요."

"현아씨가 만든 식빵이 맛있어서 그래요."

훈훈하게 서로 이야기를 나누고 있는데 태민의 방문이 열렸다. 어제와는 또 다른 우아한 슈트 차림이었다. 현아는 눈이 휘둥그레져 태민을 보았다. 역시 남자는 슈트발이지. 너무 멋지다, 내 남자. 근데 웬 슈트? 면접은 어제 봤는데. 혹시 나랑 데이트하려고? 현아가 기대하는 눈빛으로 태민에게 물었다.

"이태민 씨 어디 가요?"

"일이 있어."

일? 무슨 일? 나랑 데이트 가는 게 아니라? 현아는 실망했다. 하지만 말은 저래도 실은 데이트일지도 모른다며 실낱같은 희망으로 다시 물었다.

"무슨 일이요?"

현아가 눈을 반짝이며 묻자 태민은 상당히 곤란했다. 사랑하는 여자에게 정략결혼의 상대를 만나러 간다는 얘길 할 수도 없고. 태민은 대신 뭐라 말해주기를 바라며 황집사를 보았다. 하지만 황집사는 제 일이 아니라는 듯 커피만 홀짝였다. 어쩔 수 없이 태민이 천천히 입을 떼었다.

"당신은 신경 쓰지 않아도 될 일이야."

현아는 순간 기분이 확 상했다. 당신은 신경 쓰지 않아도 될 일? 태민이 자신에게 선을 긋는다는 느낌이 들었다. 설마 어제 회사에서는 우리 사이 비밀로 하자고 한 것 때문에 저러는 건가? 현아는 별게 다 신경 쓰였다.

"다녀올게. 저녁 같이 먹자."

현아가 마음에 걸렸지만 늦지 않으려면 지금 나가야 했다. 현아는 태민의 말에 대답도 않고 나가는 걸 보지도 않았다. 그런 둘의 모습을 황집사는 흥미롭게 지켜보았다.

띠리리, 현관문 닫히는 소리가 들리자 현아는 더 마음이 심란해졌다. 그래도 잘 다녀오란 인사는 해줄 걸. 기분 안 좋게 나가면 괜히 나가서도 기분 안 좋은데. 현아는 속 좁게 구는 자신이 너무 싫었다.

"태민이 녀석도 나갔는데, 우리도 나갈까요?"

현아가 우리란 말에 놀라 황집사를 보았다.

"서울에 오기는 여러 번 왔는데, 한 번도 제대로 구경한 일이 없었네요. 어딜 가야 하는지도 잘 모르겠고. 현아 씨 괜찮으면 가이드 좀 부탁하고 싶은데, 어때요?"

"네, 제가 가이드 해드릴게요."

현아가 흔쾌히 황집사의 부탁을 들어주었다. 원체 남의 부탁을 잘 거절 못하기도 하거니와 태민의 작은아버지니까 잘 해주고 싶은 마음이 컸다.

그 시각 태민은 집 앞에서 대기하고 있던 차를 타고 한국호텔로 향했다. 오늘 만나 정략결혼에 대해 명확하게 입장을 말하고 정리할 생각이지만 그래도 마음이 편하지 않았다. 태민을 태운 차는 한국호텔 입구에서 안으로 몇 분을 더 달려 스위트룸에서 내렸다.

한국호텔의 스위트룸은 룸 타입이 아니라 2층 빌라 타입이었다.

각각의 빌라는 거리를 두고 독립적인 공간을 이루고 있어 여러 시선에서 자유로웠다. 차에서 내리자 멀리 한강이 내려다 보였다. 대기하고 있던 직원이 태민을 1층 응접실로 안내했다. 빌라 안으로 들어서자 곳곳에 놓인 수공예 가구와 미술품들이 보였다. 아름다우면서도 고급스러운 분위기를 풍겼다. 응접실에 한국호텔의 외동딸 세라가 기다리고 있었다. 누가 봐도 머리에서 발끝까지 명품으로 한껏 치장한 느낌이었다.

"어서 오세요. 박세라입니다."

"다니엘 리입니다."

세라가 반갑게 인사를 건네고는 태민을 자리로 안내했다. 태민은 코트를 벗어 메이드에게 건네고 여유로운 자세로 자리에 앉았다. 두 사람이 자리에 앉자 메이드가 기다렸다는 듯 다가와 찻잔을 내려놓았다.

"좋아하시는 블렌딩으로 준비해뒀어요. 괜찮으시죠?"

"네."

세라는 과하게 친절하게 굴었다. 태민은 언뜻 온화해 보이지만 실은 차가운, 비즈니스용 얼굴로 대했다. 정중하지만 간결하게 대답하고는 커피를 마셨다. 태민의 건조한 반응에 세라는 적잖이 실망한 눈치였다.

"원이어 중이시라 외부에 노출되면 곤란하다고 이리로 모셨어요."

"배려 감사합니다."

태민의 태도와 말투에서는 고고함이 느껴졌다. 감히 범접하기 어려운 기운이라는 걸 세라는 처음 느꼈다. 틀림없이 감사의 인사를 받았는데, 오히려 그런 인사를 해줘서 고마운 느낌이 들다니. 세라는 그런 태민이 살짝 기분 나쁘면서도 흥미로웠다.

"일 년간 평민으로 살아야 한다니, 정말 재미있는 전통이네요."

"네, 여러모로."

"상당히 터무니없는 전통이기도 하구요."

세라는 도발해보고 싶었던 건지, 자극적으로 말하며 태민을 보았다. 하지만 태민의 표정에는 아무런 변화가 없었다. 왠지 그 모습이 더 서늘하게 느껴졌다.

"우리 같은 사람은 절대 평민으로 살 수가 없어요. 그렇게 태어나질 않았으니까. 그리고 죽을 때까지 그렇게 살 필요가 전혀 없죠. 그런데 어느 날 갑자기 평민으로 살라니, 아주 터무니없는 요구죠."

태민은 아무런 대꾸도 하지 않고 그저 조용히 세라의 말을 들었다. 세라는 태민의 침묵을 동조로 받아들이고는 말을 이어갔다.

"게다가 우리의 한 시간과 평민들의 한 시간은 그 가치가 아주 다르죠. 우린 그들이 하는 일보다 훨씬 더 중요하고 가치 있는 일을 할 수 있어요. 그런 우리에게 평민들처럼 살라는 건 시간을 낭비하라는 거나 다름없다고 생각해요."

세라는 오만함이 가득한 얼굴을 하고 있었다. 태민은 천천히 입을 뗐다.

"안타깝게도 우리의 고객들은 그런 평범한 사람들이죠. 우리는 그들에게 서비스를 제공하고 돈을 받는 한낱 장사꾼일 뿐이고. 원이어 동안 평민으로 살면서 나는 고객들을 조금이나마 이해할 수 있게 되고, 그런 나의 성장은 곧 회사의 성장을 이끌죠. 그러니 절대 그 시간을 시간 낭비라 할 수 없죠."

세라의 얼굴이 살짝 구겨졌다. 태민의 말은 겉으론 정중해 보여도 날카롭게 세라의 우월감을 파고들어 속을 쓰리게 만들었다.

"아, 그리고 원이어를 하게 되면 진정한 시간의 가치를 알게 되죠. 내 시간의 가치가 내가 가진 돈의 가치였는지, 아니면 내가 가진 능력의 가치였는지를 확실하게 알 수 있죠."

태민은 온화한 얼굴로 미소를 지었다. 세라는 그 미소가 진짜 미소가 아니라는 것쯤은 잘 알았다. 하지만 그런 것 따위는 전혀 신경 쓰이지 않았다. 자신에게 저런 말을 아무런 거리낌 없이 할 수 있는 눈앞의 남자를 세라는 갖고 싶어졌다.

현아와 황집사는 남산 아래 왕돈가스 가게에서 왕돈가스가 나오길 기다리고 있었다.

남산타워에 가보고 싶다던 황집사에게 어떤 점심을 대접할까, 현아가 한참을 고민한 끝에 찾은 곳이 이 가게였다.

주말이라 그런지 가게에는 사람들이 꽤 많았다. 손님들 대부분은 연인으로 보이는 남녀였다. 서로 다정하게 음식을 먹여주는 모습을 보니 그저 부럽기만 했다. 태민 씨랑도 못해 본 데이트를 태민 씨 작은아버지랑 하고 있구나. 현아는 잠시 자신의 처지가 안타까웠다.

그때 기다리던 왕돈가스가 나왔다.

"오! 완전 크네요. 정말 왕이네요."

황집사는 얼굴보다 큰 크기의 돈가스를 보며 아주 좋아라 했다. 그 모습을 보며 현아는 다행이다 싶었다.

"이런 것도 기념인데, 우리 같이 사진 찍을까요?"

"네, 좋아요."

황집사가 핸드폰을 들어 자신과 현아를 중심으로 왕돈가스가 잘 보이게 사진을 찍었다. 다정한 두 사람 모습이 마치 사이좋은 아버지와 딸 같았다. 황집사는 사진을 확인하는 척하며 현아와 함께 찍은 사진을 태민에게 보냈다. 그리고는 콧노래를 흥얼거리며 돈가스를 썰어 입에 넣었다. 현아는 순간 긴장했다. 제발 입에 맞아야 할 텐데.

"음, 맛있네요. 어릴 적에 먹었던 그 맛, 그대로군요!"

"다행이에요. 입에 맞으셔서."

"태민이 녀석은 이런 돈가스는 못 먹어봤을 텐데."

"네? 돈가스를 못 먹어봐요? 왜요?"

"현아 씨 보기에는 어떨지 모르겠지만 그 녀석이 꽤 귀하게 자랐거든요."

"딱 봐도 귀하게 자랐을 거 같아요."

"하하, 그래서 혹시라도 탈이 날까 먹는 거 하나하나 조심했죠. 그리고 이런 음식은 볼 수도 없는 외진 곳에서 자라서, 그 녀석 못 먹어본 게 꽤 많아요."

황집사가 태민의 이야기를 꺼내자 현아의 얼굴에 생기가 돌며 눈이 초롱초롱해졌다. 그 얼굴을 보니 황집사는 태민이 왜 현아를 좋아하는지 알 것도 같았다. 황집사가 느낀 현아는 솔직하면서도 밝은 사람이었다. 주위 사람들까지 밝혀줄 수 있을 만큼. 황집사가 현아를 보며 흐뭇한 미소를 지었다.

태민은 세라를 따라 응접실에서 다이닝룸으로 자리를 옮겼다. 깔끔한 유니폼을 입은 웨이터들이 음식을 내오기 시작했다. 웨이터들은 멀찌감치 떨어져 태민과 세라가 식사를 마치기를 기다려 접시를 치워내고 다음 음식을 내놓았다. 태민과 세라는 서로 말이 없었다. 넓디넓은 다이닝룸에는 칼질 소리만 날 뿐, 아주 적막했다. 그런 적막함 사이에서 태민을 향한 세라의 시선만이 강렬했다.

드르르, 태민의 휴대폰 진동 소리가 적막을 깼다. 하지만 태민은 예의를 지키려 휴대폰에 신경 쓰지 않고 식사에만 집중했다.

"괜찮아요, 확인하셔도."

"그럼."

안주머니에서 휴대폰을 꺼내 들었다. 황집사에게 온 문자였다. 뭐지? 문자를 열자 현아와 황집사가 사이좋게 왕돈까스 가게에서 찍은 사진이 떴다. 환하게 웃고 있는 현아의 얼굴을 보니 태민은 기분이 좋으면서도 한편으로 속이 쓰렸다. 나 없이 황집사랑 이렇게나 즐겁게 있다니.

"기분 좋은 소식은 아닌가 봐요?"

세라가 태민의 표정을 보더니 물었다.

"네, 조금은요."

현아의 사진을 받고나니, 태민은 더 미룰 것 없이 지금 이야기를 꺼내야겠단 생각이 들었다. 태민이 조심스레 입을 떼었다.

"어른들은 인수합병과 우리의 결혼을 묶어 생각하시는 거 같지만, 전 일은 일로만 진행하고 싶은데. 박세라 씨 생각은 어떠신가요?"

태민은 아주 정중하게 물었다. 하지만 세라는 자신과 결혼하지 않겠단 태민의 명확한 태도에 자존심이 상했다. 그래도 애써 태연한 척 입 꼬리를 올리며 미소를 지었다.

"요즘 세상에 정략결혼이라니, 우습죠."

"그럼 박세라 씨 뜻도 저와 같은 걸로 알고, 정리하도록 하죠."

태민은 세라가 말이 통해 다행이라 생각했다. 하지만 불행하게도 세라의 말은 거기서 끝이 아니었다.

"아뇨, 전 정리할 생각이 없어요."

"네?"

"처음에는 정략결혼 따위가 뭔가 싫었는데, 이렇게 직접 다니엘을 만나보니, 정략결혼도 나쁘지 않을 거 같네요."

태민이 줄곧 지켜오던 온화한 표정을 지우고 서늘한 얼굴을 내비쳤다.

"전 명품이 좋아요. 누구나 가질 수 없는, 나만이 가질 수 있는 특별한 것. 그런 것이 저를 더 특별하게 만드니까요. 그래서 다니엘이 갖고 싶어졌어요. 전 마음에 드는 건 가져야만 해요. 그게 물건이든, 사람이든. 참고로 전, 제가 갖고 싶어 한 걸 못 가진 적은 한 번도 없어요."

세라가 태연하게 웃으며 말했다. 태민은 어이없다는 듯 헛웃음을 짓고는 차가운 눈빛으로 보았다.

"나를 갖겠다? 지금, 감히 나를 상대로 그런 말을 하는 건가?"

그렇게 말하는 태민은 마치 이 세상의 유일한 군주와 같았다. 누구든 그의 앞에 서면 자신의 존재가 하찮게 느껴질 만큼 태민의 위엄은 압도적이었다. 순간 세라도 자신도 모르게 몸이 움츠러들었다. 하지만 태민의 카리스마가 더 강렬해질수록 그녀의 소유욕도 점점 커졌다.

"여느 때 같았다면 감히 상대도 못했을 입장이겠지만, 지금은 다르잖아요. 룩 그룹은 우리 한국호텔의 도움이 필요할 텐데요."

"박세라 씨, 지금 잘못 생각하고 있는 거 같은데, 그쪽이 도울지 말지를 선택하는 게 아니야. 룩이 그쪽에게 기회를 줄지 말지를 선택하는 거지."

태민이 세라를 아주 가소롭다는 듯 쳐다보며 빙긋 웃더니 냉랭하게 말했다. 세라는 태민의 날 선 말에 살짝 표정이 일그러졌다. 하지만 다시 한껏 입 꼬리를 올려 미소 지으며 말했다.

"아뇨, 다니엘 씨가 잘못 생각하고 있는 거 같네요. 제가 누구의 손을 잡을지에 따라 룩의 후계자가 달라진다는 걸 모르시는군요."

태민은 세라의 꽤나 도발적인 말에도 전혀 당황하지 않고 그저 피식 웃었다.

"글쎄, 누가 잘못 생각한 건지는 차차 알게 되겠지. 더는 할 이야기가 없으니 이만 먼저 일어나지."

태민은 자리에서 일어나 다이닝룸을 나갔다.

두고 봐. 자존심에 금이 간 세라는 그의 뒷모습을 사납게 노려보았다.

날씨가 좋았던 덕에 전망대에 오르자 서울 시내가 멀리까지 잘 보였다. 황집사는 키메라에 서울을 담아내느라 정신이 없었다. 창밖으로 확 트인 풍경을 보니 현아도 기분이 너무나 상쾌했다. 이태민 씨도 함께 왔으면 참 좋았을 텐데. 현아는 이렇게 좋은 순간을 태민과 함께 나누지 못하는 게 너무나 아쉬웠다.

"무슨 생각해요?"

"아, 태민 씨도 함께 왔으면 좋았을 거 같아서요."

"음, 아주 좋아했을 거예요."

황집사가 아는 태민은 두바이의 부르즈 칼리파에서도 시큰둥한 반응을 보였던 사람이었지만, 아마도 현아와 함께한 남산의 전망대는 아주 좋아했을 것도 같았다.

태민은 VIP 빌라를 나와 대기하고 있던 차에 올라탔다. 차에 오르자마자 현아에게 전화를 걸었다. 전화기가 꺼져 있다는 응답이 들려왔다. 태민은 어쩔 수 없이 황집사에게 전화를 걸었다.

-네.

"어디야?"

-글쎄요. 제가 서울 지리를 잘 몰라서요.

"요즘 내가 너무 잘해줬지?"

-시청 앞 광장입니다.

서슬 퍼런 태민의 말에 황집사가 냉큼 위치를 알려주었다. 태민은 원하는 정보를 얻어내고는 황급히 전화를 끊었다.

"시청 앞 광장."

시청 앞 광장은 루미나리에를 즐기러 온 사람들과 스케이트를 타러 온 사람들로 가득했다. 태민을 태운 차가 광장 앞에 섰다.

저 많은 사람들 사이에서 현아를 어떻게 찾지? 태민은 광장을 가득 메운 인파들에 걱정이 되었다. 하지만 곧, 그런 걱정은 할 필요조차 없었다는 걸 깨달았다. 태민이 차에서 내려 광장을 향해 고개를 드는 순간, 단번에 현아를 찾을 수 있었다. 저 멀리, 마치 조명이라도 비춘 듯 현아가 빛을 내며 그의 눈에 들어왔다.

어떻게 내 눈에는 당신만 보이지? 태민은 피식, 웃음이 났다. 현아밖에 모르는 바보가 되어버린 것만 같았다. 그 기분이 나쁘지 않았다. 오히려 좋았다. 하지만 겁은 났다. 자신에게 너무나 커져 버린 현아의 존재에 덜컥 겁이 났다.

이제 정말 너 아니면 안 되겠다. 당신이 평생 날 책임져야겠어. 태민은 현아를 향해 발걸음을 내딛었다. 현아는 태민이 오는 줄도 모르고 신나게 황집사와 함께 스케이트를 탔다. 그리고 잠시 숨을 돌리려 벤치에 앉았다.

"오랜만에 타니까 즐겁네요. 고마워요, 같이 와줘서."

"아니요, 저도 엄청 재밌는 걸요."

현아는 스케이트 타는 사람들을 바라보았다. 다정하게 손을 잡고 타는 연인들을 보니 태민이 떠올랐다.

"태민 씨도 스케이트 잘 타나요?"

"아주 잘 타죠. 그 녀석, 겨울 호수에서 스케이트 타는 걸 좋아해서 사람들 마음을 조마조마하게 했죠."

"동네에 호수가 있었나 봐요."

"네, 뭐, 그런 셈이죠. 태민이 녀석도 함께 왔으면 좋았을 텐데, 그죠?"

"네, 다음에는 꼭 같이 올래요."

현아는 아쉽지만 괜찮다는 얼굴을 했다. 앞으로 함께할 날이 많으니까 그렇게 조바심 내지 말아야지. 함께 스케이트도 타고, 남산도 가고, 다 할 수 있으니까. 현아는 생각만으로도 기분이 좋아져 웃음이 나왔다. 그런 현아를 보며 황집사가 입을 열었다.

"태민이 녀석, 겉으론 차가워 보이지만 속은 엄청 따뜻하고 좋은 녀석이에요."

"네, 알아요. 태민 씨 좋은 사람인 거."

현아가 그렇게 대답해놓고는 쑥스러운지 고개를 푹 숙였다. 현아는 고개를 숙인 채 손가락을 만지작대며 다음 말을 고르느라 태민이 온 줄도 몰랐다. 눈치 빠른 황집사가 이상한 낌새에 돌아보다 태민을 발견했다. 태민이 조용히 하라는 듯 손가락을 입에 가져다 댔다. 태민이 황집사에게 비켜달라는 눈짓을 보내자 황집사가 슬쩍 자리에서 일어났다. 태민이 아주 조심스레 현아 옆에 앉았다.

"말로는 툴툴거리면서도 항상 다정하게 대해줬어요. 아팠을 땐 죽도 끓여주고, 우울했을 땐 커피도 내려주고. 일일이 다 말하지도 못할 만큼, 내가 힘들 때면 늘 함께 해줬어요. 정말 좋은 사람이에요, 태민 씨는."

"아니야, 좋은 사람."

태민 씨? 현아가 놀라 얼른 고개를 들었다. 태민이 방긋 웃으며 현아를 보았다. 놀라면서도 너무 반가웠다. 아침에 있었던 일도 있고 해서, 반가운 척을 안 하고 싶은데, 그게 잘 되지가 않았다.

"이태민 씨 언제 왔어요?"

"나 좋은 사람 아냐. 당신을 사랑해서 좋은 사람이 되고 싶은 거지. 난 당신에게 좋은 사람이 되기 위해서라면 다른 사람에게 나쁜 사람도 될 수 있어."

태민은 다정하게 현아를 바라보았다. 현아는 자신을 뚫어져라 보는 태민의 눈빛에 심장이 터질 것만 같았다.

"그나저나 아주 즐거워 보이던데, 나 없이도. 난 하나도 즐겁지가 않았는데, 김현아가 없어서."

태민은 서운하다는 감정을 일부러 노골적으로 드러냈다. 그렇게 말하니 현아는 괜히 미안한 마음이 들었다. 하지만 번뜩 아침의 일이 생각났다. 그때 나 서운했던 거에 비하면 이건 서운한 축에도 못 끼지. 현아가 팔짱을 끼고는 태민을 흘겨보았다.

"치, 아침에 당신은 신경 쓰지 않아도 될 일이야, 하면서 쌩하니 나간 사람이 누군데요. 서운한 건 내가 백 배 더 서운하거든요!"

"그래? 많이 서운했어?"

태민이 어린아이 달래는 투로 말하자 현아는 살짝 기분이 나빠졌다.

"나 엄청 근엄 진지하니까 이태민 씨도 진지하게 대해 줄래요?"

"난 정말 당신이 신경 안 썼으면 해서 하는 말이었어. 별거 아닌 일에 당신이 마음을 쓰는 게 싫어서."

"별거 아니라면서 뭔지 말도 안 해주고. 뭐냐고 물으면 또 그러겠지. 지금은 말 못 하지만 나중에 때가 되면 다 이야기해주겠다. 안 그래요?"

현아가 태민의 흉내까지 내며 밉지 않게 투덜거렸다. 태민은 그런 현아가 귀여우면서도, 한편으로 미안한 마음이 들었다.

"웃지 마요. 미우니까."

잘 생기면 다야? 저렇게 웃으니까 제대로 미워하지도 못하겠네. 현아는 태민의 웃는 모습에 서운했던 마음도, 화가 났던 마음도 눈 녹듯 사라졌다. 태민은 현아의 기분이 풀린 걸 알아차리고는 살포시 손을 잡았다.

"어제 당신이, 우리 사이, 회사에서 비밀로 하자고 했던 거."

"그건 내가 잘못했어요."

"그래, 그건 당신이 잘못했어."

이 남자가! 현아가 살짝 태민을 눈으로 흘겼다.

"근데, 당신 뜻대로 할게. 내가 사랑하는 당신이니까, 당신이 원하는 대로 해주고 싶어. 대신, 잠시만이야."

"고마워요!"

현아가 태민을 보고 활짝 웃었다. 태민도 현아를 따라 환하게 웃었다, 차가운 얼음도 녹일 듯 따뜻한 눈빛으로. 정말 이 남자 너무 심장에 해로워. 현아는 태민의 눈빛에 녹아버릴 것 같은 심장을 부여잡으며 외치듯 말했다.

"선물! 이태민 씨한테 줄 선물 있어요!"

현아는 얼른 가방에서 작은 봉투를 꺼내 건넸다.

남산타워 기념 펜. 뚱뚱하고 짧은 모양에 아래는 볼펜이고 위는 스노볼처럼 남산타워 구조물에 반짝이가 날리는 형태였다. 현아는 태민의 반응을 기대하며 바라보았다.

"대체 어디서 이런 걸 파는 거야?"

태민이 웃으며 말하자 현아는 기분이 확 상했다. 아주 소스라치게 기뻐할 거란 생각은 않았지만 그래도 고맙다, 이런 말을 할 거라 생각했는데. 대체 어디서 이런 걸 파냐고? 자기 생각해서 신경써서 고른 건데, 어떻게 저런 말을 할 수가 있어?

"이리 줘요. 내놔요."

"줘 놓고는 왜 도로 내놓으래?"

"맘에 안 들면 안 쓰면 되잖아요."

"누가 맘에 안 든대. 맘에 쏙 드는데. 딱 김현아 수준이잖아. 김현아가 아니면 안 살."

"그거 지금, 나 흉보는 거 맞죠?"

"아니, 애정 표현인데."

애정 표현? 흥이다. 나 화 났거든.

현아가 입을 쭉 내밀고 씩씩거리며 앞으로 보고 앉아 팔짱을 꼈다.

"고마워, 잘 쓸게."

태민이 현아의 볼에 입을 맞췄다. 순간 현아가 놀라서 보았다.

"지금 뭐 하는 거예요?"

"뽀뽀."

"아니, 사람들이 보잖아요."

"그게 왜?"

"아니, 공공장소에서 이러면 조금 곤란하거든요."

"그래? 그럼 얼른 집으로 가지."

헐, 이 남자, 이야기가 왜 갑자기 거기로 튀어? 현아가 황당해하고 있자 태민이 현아의 손을 잡고 일어섰다.

그때 잠시 자리를 비켜주었던 황집사가 나타났다.

"그만 가려고? 이 근처 시장에 전이 그렇게나 유명하다는데 먹고 갈까?"

그러면 그렇지, 이쯤 방해꾼이 등장할 타이밍이었지. 태민은 새삼 운명의 장난이 여전하다는 걸 느끼며 한숨을 내쉬었다.

"사장님, 여기 막걸리 한 주전자랑 모듬전 하나 주세요."

전 가게로 들어서며 현아가 말했다. 세 사람은 전이 지글지글 익는 불판이 보이는 자리에 나란히 앉았다. 현아를 사이에 두고 왼쪽에는 태민이, 오른쪽에는 황집사가 앉았다. 태민이 현아의 왼손을 살며시 감싸 쥐어 제 허벅지 위에 올렸다. 별것도 아닌데 괜히 현아는 쑥스러웠다.

곧 막걸리와 모듬전이 나왔다. 현아가 태민의 손을 풀고는 막걸리 주전자를 들어 황집사에게 건넸다. 황집사가 현아에게 막걸리를 건네고 태민에게도 막걸리를 건넸다. 태민은 그에게 마음에 안 든다는 눈빛을 보내며 잔을 받았다.

"건배!"

세 사람의 잔이 채워지자 현아가 신난 얼굴로 말했다. 황집사도 덩달아 즐겁게 건배를 외치고는 시원하게 한 잔 들이켰다.

"카아, 맛있다."

현아가 기분 좋은 얼굴로 전을 하나 들더니 황집사의 접시 위에 올려놓았다. 황집사가 아주 흐뭇하게 웃자 태민은 살짝 골이 났다. 현아의 왼손을 꽉 잡았다. 현아가 왜 그러냐는 듯 돌아보았다.

"난?"

현아는 살짝 골이 난 태민의 표정이 귀여웠다. 현아가 선뜻 전을 가져다 태민의 접시에 올려주었다.

"나만 특별하게 대해줘."

태민이 전을 젓가락으로 쪼개며 투덜거렸다. 이 남자, 왜 이렇게 귀엽기까지 해. 현아가 저도 모르게 미소를 지으며 귓가에 속삭였다.

"태민 씨가 특별하니까 작은아버지도 특별한 거예요. 이태민에 속하는 모든 것들이 내겐 특별해요. 난 태민 씨에게 소중한 사람들에게 인정받고 싶어요. 물론 욕심인 건 알지만. 제 맘이 그래요."

태민은 현아의 마음이 못 견디게 사랑스러웠지만 한편으로 그 마음이 다칠까 걱정되었다.

바보, 나한테 인정받았으면 됐지, 뭐 하러? 태민은 안타까운 눈빛으로 현아를 바라보며 다시금 손을 꼬옥 잡았다.

잠시 태민이 화장실에 다녀온 사이 현아는 테이블에 엎드려 곤하게 잠들어 있었다.

"대체 안 말리고 뭐 한 거야?"

"죄송합니다. 현아 씨가 워낙 시원시원하게 마시길래 술이 셀 거라 생각했습니다."

"정말, 이 여자는 술이 세지도 않으면서 마셔대서 이렇게나 나를 힘들게 만들어."

태민이 현아를 업고 가게를 나섰다. 황집사가 서둘러 계산을 하고 현아의 가방을 챙겨 태민의 뒤따랐다. 투덜거리며 걷는 태민의 얼굴에 슬며시 미소가 떠오르는 걸 보고는 황집사가 낮게 웃었다.

"지금 웃어?"

태민이 황집사에게 정색하며 되물었다.

"아, 그게, 도련님께서 행복해 보이셔서요."

"이게 지금 행복해 보여?"

"네, 아주. 김현아 씨 참 좋은 분이세요. 도련님이 왜 빠졌는지 알 수 있을 만큼."

"헛소리 그만 하고 얼른 택시나 잡아."

태민이 쑥스러워하는 모습에 황집사는 마음이 훈훈해졌다.

참을 수 없는 갈증에 현아가 눈을 떴다. 아, 목말라. 어젯밤에 막걸리를 마시고, 집에 어떻게 왔더라.

"아!"

현아가 깜짝 놀라 벌떡 일어나 앉았다. 어제 나 또 술 처먹고 길바닥에서 잠들었어? 태민 씨 작은아버지도 계셨는데 나 어떡해? 현아가 머리를 쥐어뜯으며 일어나 방문을 살짝 열었다. 태민이 부엌에 서 있었다.

"저기, 태민 씨. 작은아버님은요?"

현아가 조심스럽게 태민에게 물었다.

"아침 일찍 가셨어."

"아."

설마 내 얼굴 보기 민망해서 아침 일찍 나가신 건 아니겠지? 현아가 심각한 얼굴이 되었다.

태민은 왠지 모르게 장난이 치고 싶어졌다.

"어제 태민 씨가 저 업고 왔어요?"

"응, 내 소중한 사람들에게 인정받고 싶다고 말한 지 두 시간도 안 지나서 술에 취해 업혀 들어왔지."

"아악, 어떡해요? 작은아버님이 완전 저 이상하게 봤겠죠?"

"그리 이상하게 보지는 않았겠지만, 좋게 보지도 않았겠지."

"어떡해. 좀 말리지 그랬어요."

술 때문에 언젠가 큰일 한 번 날 거란 생각은 했지만 그게 남친 가족 앞일지는 몰랐네.

어느새 현아가 울상이 되었다. 태민이 현아에게 다가가 어깨를 감싸 안았다.

"그렇게나 걱정 돼?"

"그럼요."

"걱정하지 마. 당신 덕분에 즐거웠다고 말씀하셨어. 또 오겠다 하셨고."

"정말요?"

"응, 그래. 그러니까 얼른 씻고 나와. 우리 나가야 하니까."

현아와 태민, 둘 다 첫날이라 인사부에 들러 간단한 인사 서류 들 몇 개만 제출하고 팀원들에게 인사만 드리고 오면 되었다. 약속된 시간도 오전 10시까지라 시간도 넉넉했다. 하지만 지하철은 여전히 출근 시간대인지 미어터졌다.

사람들에게 휩쓸려 순식간에 지하철에 탔다. 하지만 예전과는 달리, 복잡한 지하철이 싫지만은 않았다. 사람들이 지하철 안으로 밀려들어오자 현아는 자연스럽게 태민의 품에 안길 수가 있었다.

태민 씨 냄새 참 좋다! 현아는 아늑한 태민의 가슴에 살짝 기대었다. 몇 정거장이 지나자 사람들이 썰물처럼 내리고 지하철 안은 순식간에 한산해졌다. 현아는 아쉽지만 그만 태민에게서 몸을 떼려고 했다. 그런데 태민이 현아를 꽉 안고는 놔줄 생각을 않았다.

"태민 씨, 이제 우리 그만 떨어져도 될 거 같은데요"

"왜?"

"왜라뇨? 이제 사람도 많이 없고 지하철 안도 널찍해졌으니까."

"그게 무슨 상관이지?"

태민이 전혀 모르겠다는 듯 되물었다. 대체 이 남자에게는 어떻게 설명을 해야 하나, 현아는 순간 말문이 막혔다.

"아무튼 공공장소에서는 막 껴안고 있으면 안 돼요. 대신 내가 손잡아 줄게요."

현아가 방긋 웃으며 태민을 보았다. 여전히 이해는 안 되지만 그래도 웃는 현아가 예쁘니…. 태민은 못 이기는 척 몸을 풀고 현아에게 손을 내밀었다. 현아가 태민의 커다란 손을 꼬옥 잡았다.

멀리서 룩 호텔이 보이기 시작하자 현아가 태민의 손을 놓았다.

"뭐지?"

"회사 근처잖아요. 회사 사람들 많을 거예요. 여기서부터 조심해야죠."

태민은 자신이 잘못했단 생각이 들었다. 비밀로 한다고 하지 말걸. 괜히 내가 내 무덤을 팠어. 태민은 살짝 거리를 두고 걷는 현아를 보며 괜히 답답해졌다.

"같은 동네 사람이지만?"

"같이 살진 않는다."

"식빵 가게에서 알바를 했지만?"

"잘 아는 사이는 아니다."

현아가 던지는 말에 태민이 정해놓은 답을 읊었다. 하지만 태민은 이런 상황이 슬슬 짜증나기 시작했다.

"그만해, 더 하면 나 마음 바꿀지도 몰라."

"네! 알겠어요. 여기까지."

어느새 두 사람은 룩 호텔 직원 전용 출입구 앞에 와 섰다. 현아가 앞서 들어가다 말고 멈춰 돌아서더니 태민을 보며 주먹을 쥐어 보였다.

"우리 둘 다, 파이팅!"

"하은아, 여기!"

"이야, 이런 데서 보니까 완전 색다르다."

현아와 하은이 반갑게 인사를 나누는데, 약간 떨어진 곳에 태민이 못마땅한 얼굴로 서 있었다.

"오랜만이에요, 태민 씨."

"아니, 너무 자주야. 일주일도 안 지났어."

"여전히 퉁명스러우시네요. 까칠한 게 참 매력 있으세요."

하은은 현아와 태민을 데리고 룩 호텔 내 구내식당으로 들어섰다. 맛있는 냄새에 현아가 들뜬 얼굴을 했다. 태민이 식당으로 들어서자 순간 사람들의 시선이 쏠렸다.

"이태민 씨는 어딜 가나 시선을 모으는 재주가 있네요. 미모가 참 일을 열심히 해요."

하은이 살짝 빈정거리며 태민을 칭찬했다. 이 남자가 내 남자입니다. 현아는 흐뭇하게 태민의 뒷모습을 보았다. 문득 하은이 했던 말이 생각났다. 이제부터 전 세계의 모든 여자들을 라이벌로 두게 된 것이라 하더니만.

현아는 태민에게 쏟아지는 시선에 저도 모르게 한숨을 내쉬었다. 음식을 받아 나온 하은이 먼저 자리를 잡고 앉았다. 그리고 맞은편에 태민이 앉았다. 태민은 당연히 현아가 옆에 앉을 거라 생각해 앉기 쉽도록 의자를 뺐다. 하지만 현아는 태민을 지나치더니 하은의 옆에 앉았다. 태민의 미간이 살짝 구겨졌다.

"뭐하는 거지?"

"여긴 회사잖아요, 회사."

현아가 하은의 옆에 앉으면서 작게 대답했다.

왜 비밀로 하겠다고는 해서! 태민은 화가 났지만 자신도 동의한 거라 어쩔 수 없이 입을 다물었다.

"그나저나 같은 데서 일하면 좋겠네. 매일 얼굴 보고."

"그게….."

하은이 부럽다는 듯 말했다. 하지만 현아는 태민의 눈치를 살피며 조심스럽게 말했다.

"난 야간근무조고 태민 씨는 오후근무."

"뭐? 그러면 회사에서만 못 보는 게 아니라 집에서도 못 보겠는데, 푸훕."

커플들의 고통이 곧 내 즐거움이라는 듯, 하은이 터져 나오는 웃음을 겨우겨우 참으며 태민을 보았다. 저것 봐, 얼마나 웃긴 상황인지 알겠지? 태민이 현아를 매서운 눈빛으로 보았다.

현아는 하하하, 멋쩍게 웃으며 하은의 옆구리를 쿡쿡 찔렀다.

"야, 웃지 마. 안 그래도 그것 때문에 태민 씨 화 엄청 났단 말이야."

"태민 씨, 밤이 길겠어요."

어느 정도 웃음이 진정되자 하은이 능글맞게 웃으며 태민을 놀렸다.

현아는 안 되겠다 싶었는지 퍼뜩 대화의 주제를 바꾸었다.

"넌 일은 할 만해?"

"완전 꿀이지, 뭐. 사장 미국 가서 난 할 일이 없어."

태민의 얼굴이 살짝 굳어졌다. 사장이 미국에? 황집사도 아침 일찍 나가더니, 무슨 일이라도 있는 건가? 태민은 뭔가 좋지 않은 예감이 들었다.

"나 여기 와서 들었는데, 룩 그룹에 후계자들은 원이어라는 걸 한대."

하은이 신기한 걸 본 것 마냥 신이 나서 말했다. 태민은 순간 뜨끔했지만 아무렇지 않은 듯 식판을 보며 귀로는 하은이 하는 말에 귀를 기울였다.

"원이어? 그게 뭔데?"

"룩 그룹의 후계자가 평민으로 일 년을 사는 거라던네. 그룹 성식 후계자가 되기 전에 하는 통과의례 같은 거라는데, 웃기지 않냐? 태어나 평생을 평민, 아니 서민으로 살고 있는 우리는 뭐냐?"

"야, 그래도 아예 안 하는 것 보다는, 일 년이라도 살아보면 좀 낫지 않을까? 다른 사람을 이해하는 폭도 깊어질 테고."

현아의 대답이 마음에 드는지 태민이 작게 고개를 끄덕였다.

역시, 우리 김현아는 생각이 깊어.

"야, 그 사람들이 제대로 하겠냐? 평민 생활이라고 하면서 수영장 딸린 최고급 빌라에서 살고 있을지도."

태민은 살짝 기분이 상했다. 최고급 빌라는 무슨, 변두리 동네에 전전세로 살고 있는데. 대놓고 아니라고 말할 수도 없고, 애꿎은 밥만 짓이겼다.

"여튼 지금 룩 그룹 회장 손자가 원이어를 하는 중인가 봐."

"그래? 어디서?"

"룩 호텔 있는 나라 중 하나라는데, 극비래."

"그럼 우리나라에 있을 수도 있는 거 아냐? 우리 근처에서 살고 있을지도 모르고."

태민이 은근히 미소를 지으며 현아를 보았다. 그래, 김현아 당신 앞에.

"뭐 좋다고 헬 조선에 오겠냐? 나라가 얼마나 많은데."

"하긴."

"근데, 궁금하긴 하다. 어떻게 생겼는지. 타고나기를 다이아몬드 수저로 태어난 그 얼굴 한 번 보고 싶다."

"봐서 뭐하게?"

"봐서 뭐하기는. 꼬셔야지, 평민일 때. 아니면 언제 나한테 그런 기회가 오겠냐? 그야말로 신데렐라가 될 수 있는 기횐데."

태민은 하은의 말에 고개를 저었다. 안타깝게도 그쪽은 내 타입이 아니야. 내 타입은 김현아지. 태민은 사랑스러운 눈빛으로 현아를 보았다.

"신데렐라? 야, 그런 게 어딨냐? 그런 건 드라마에서나 가능한 거지. 현실에서는 다 비슷한 사람들끼리 만나. 재벌은 재벌끼리, 평민은 평민끼리. 그리고 그게 서로 행복한 거고. 비슷한 일상을 산 사람들이 만나야지 앞으로의 일상도 함께 행복하게 만들어 갈 수 있는 거야."

"친구, 친구는 가끔씩 참 현실적이더라."

현아의 지극히 현실적인 말에 놀란 건 하은 뿐만이 아니었다. 태민 역시도 적잖이 놀랐다. 태민은 자신의 정체를 알게 되면 어떤 반응을 보일지 걱정이 되었다.

"우린 어떤데?"

"우리야, 이미 함께 일상을 만들어가고 있잖아요, 행복하게."

현아는 왜 그런 당연한 걸 물어보냐며 태민을 향해 수줍게 미소를 지었다. 태민이 동조하듯 활짝 웃었다. 그래, 벌써부터 그런 거

정할 필요는 없어. 어떤 일에도 흔들리지 않을 견고한 관계를 원이어 동안에 만들면 되니까.

"어이, 두 분! 그만하고 밥이나 먹읍시다."

현아와 태민이 다정한 눈빛을 도무지 거둘 생각을 않자 하은이 짜증을 섞어 말했다.

드르르, 현아의 휴대폰이 울렸다. 발신자는 룩 베이커리 주방장이었다.

"네, 주방장님."

현아가 조심스럽게 전화를 받았다. 무슨 내용인지 현아의 표정이 살짝 굳어졌다.

"아뇨, 괜찮습니다. 할 수 있습니다. 네, 이따 뵙겠습니다."

현아가 주방장과 통화를 마치고는 자꾸만 태민의 눈치를 살폈다. 대체 저 여자 뭐길래 저래? 태민이 궁금해 물었다.

"왜? 무슨 전환데 그렇게 눈치를 봐?"

"미안해요. 저 여기 숙직실서 잠시 자고 야간 근무하러 들어가야 할 거 같아요."

"뭐? 내일부터 하기로 한 거 아냐?"

"그게, 직원 중 한 분이 독감에 걸려서 일손이 갑자기 부족하게 됐대요."

태민은 잠시 할 말을 잃었다. 황집사도 돌아갔는데! 정말 오랜만에 둘이 있는 밤인데! 내일부터는 얼굴 볼 시간도 없는데! 태민은 진심 열 받은 얼굴이었다.

"이태민 씨 힘내요. 언젠가는 좋은 날이 오겠죠."

하은이 약 올리듯 태민에게 말했다.

현아는 금방이라도 폭발할 것처럼 분노한 태민을 조마조마하게
쳐다보았다.

"수고하셨습니다."

현아는 오전 근무조에게 나머지 일들을 정리해 넘기고 주방을
나섰다.

"현아야."

"동원 선배."

동원이 뒤따라 나오며 현아를 불렀다. 현아가 피곤한 걸음으로
가다 멈춰 섰다.

"수고 많았어."

"선배도 수고하셨어요."

"너무 바빠서 이야기도 못 나눴네."

"그러게요."

현아와 동원 사이에는 어색한 기운이 감돌았다.

"주방장님께 새 직원 이름을 듣고는 설마 너일까 했었어. 그런
데, 너였네."

동원의 들뜬 표정에 현아가 곤란하다는 얼굴을 지었다. 그러자
동원이 씁쓸하게 웃으며 말을 이어갔다.

"네가 보낸 문자 봤어. 니 의견 충분히 알아들었으니까, 좋은 선
배로 있을게. 그러니까 너도 날 불편하게 대하지 않았으면 좋겠다."

"고마워요."

현아가 잔뜩 미안한 표정으로 말했다. 동원은 그 모습에 가능성이 없다는 걸 받아들이고는 그저 쓸쓸히 웃을 수밖에 없었다.

"피곤할 텐데, 내 차 타고 가."

"아니에요. 남자 친구가 싫어할 거예요."

"그래, 그럼 조심해서 가."

"네, 선배도 잘 들어가세요."

현아는 동원과 헤어져 호텔을 나왔다.

너무 피곤해서 눈을 반쯤 감고 걸어갔다. 차는 그냥 얻어 탈 걸 그랬나, 후회가 들만큼 현아는 몸이 천근만근이었다. 남들 잘 때는 같이 자야 하는데.

그때였다. 빵! 자동차 경적소리가 났다. 누구야? 매너 없게! 현아는 짜증을 내며 돌아보니 빨간색 고급 세단이 보였다. 현아는 잘 떠지지도 않는 눈으로 째려봐주고 다시 걸었다. 그런데 또다시 빵, 자동차 경적소리가 울렸다.

대체 왜 이래? 현아가 한 마디 해줘야겠다 싶어서 차로 걸어갔다. 그리고 차 유리창을 두드렸다. 창이 내려가자 현아가 고개를 숙이고 운전석을 보았다.

"이봐요! 대체 왜 그렇게 빵빵거려요? 어, 태민 씨?"

운전석에 타고 있던 사람은 태민이었다.

"안 타?"

당황해서 멍하니 서 있던 현아는 엉겁결에 차에 올라탔다. 태민이 시키는 대로 타긴 탔는데, 아직 무슨 상황인지 판단이 잘 안 되는 모양이었다.

"뭐예요?"

"야간 근무하신 여자 친구 피곤하실까 봐 손수 모시러 왔지."

"아니, 웬 차냐구요?"

"샀어."

"사요? 아, 아까 주식 자문료 가져간다더니, 설마 그 돈으로 산 거예요?"

"응, 맞아."

"아니, 이 사람이! 쓸데없는 일에 헛돈을 쓰면 어떡해요?"

"난 내 여자 친구 조금이라도 빨리 보고, 내 여자 친구는 편하게 퇴근할 수 있는데, 그게 왜 쓸데없지?"

태민이 그렇게까지 말하니 현아는 달리 할 말이 없어졌다. 마음이 고맙고 좋기는 한데, 뭔가 편하지가 않았다. 딱 봐도 엄청 비싸 보이는데.

"피곤할 텐데, 눈 좀 붙여. 도착하면 깨울 테니까."

태민이 현아의 손을 부드럽게 움켜쥐며 말했다.

그의 다정한 눈빛을 보며 현아는 무슨 걱정인가 싶었다. 이미 벌어진 일이고, 돈이야 앞으로 열심히 벌면 되지. 그래도 앞으로 돈 관리는 내가 해야겠어.

"그럼, 조금 잘게요."

현아는 마음을 놓고 눈을 감았다. 차가 멈춘 줄도 모르고 곤히 잠이 들었다. 태민은 깨지 않게 조심스레 안아들어 방에다 눕혔다. 이불을 덮어주고 잠시 그 옆에 누워 현아를 보았다. 어쩜 이렇게 남의 속도 모르고 잘 자냐? 내가 하고 싶은 게 얼마나 많은데.

이렇게 잠만 자?

　현아가 온몸을 뒤틀며 힘들게 일어났다. 어, 방이네. 태민씨가
안아서 옮겨줬나 보다, 흐흐흐. 현아는 저도 모르게 좋아서 웃음
이 새어나왔다. 시간을 확인하니 점심을 훌쩍 넘었다. 태민 씨는
출근했겠네. 현아는 몸을 일으켜 방을 나갔다.
　식탁에는 태민이 준비해놓은 샌드위치와 갓 짜낸 오렌지 주스
가 있었다. 우렁이 각시, 아니 신랑인가? 현아는 배시시 웃으며 샌
드위치를 들어 한 입 베어 물었다.
　우리 태민 씨는 일 잘하고 있으려나? 얼른 먹고 보러 가야겠다.

〈2권에서 계속〉